Querido Edward

(Un lugar en el cielo)

Querido Edward

(Un lugar en el cielo)

ANN NAPOLITANO

Traducción de Paula Vicens

Penguin
Random House
Grupo Editorial

Título original: *Dear Edward*

Primera edición: julio de 2020

© 2020, Ann Napolitano
© 2020, The Dial Press, una división
de Penguin Random House, LLC, Nueva York
© 2020, Penguin Random House Grupo Editorial, S. A. U.
Travessera de Gràcia, 47-49. 08021 Barcelona
© 2020, Paula Vicens, por la traducción
© 2023, de la presente edición en lengua castellana:
Penguin Random House Grupo Editorial USA, LLC.,
8950 SW 74th Court, Suite 2010
Miami, FL 33156

© Adaptación de diseño de cubierta de Sandra Chiu: Penguin Random House Grupo Editorial
©Dirección de arte: Joseph Pérez
Ilustración: Romy Blümel

Impreso en Estados Unidos - *Printed in USA*

ISBN: 978-1-644732-14-4

23 24 25 26 27   10 9 8 7 6 5 4 3 2 1

Para Dan Wilde, por todo

Puesto que la muerte es segura pero su
momento incierto, ¿qué es más importante?

PEMA CHÖDRÖN

PRIMERA PARTE

12 de junio de 2013,
7.45

El aeropuerto de Newark está flamante tras su reciente reforma. Hay maceteros con plantas en las esquinas que forman las cintas de la cola del control de seguridad, para que los pasajeros no sepan cuánto tendrán que esperar. La gente aguarda apoyada en la pared o sentada en la maleta. Todos se han levantado antes del alba; suspiran ruidosamente, murmurando quejas, agotados.

Cuando los Adler llegan a la cabeza de la cola meten los ordenadores y los zapatos en unas bandejas. Bruce Adler se quita el cinturón, lo enrolla y lo deposita con esmero junto a los mocasines marrones en un contenedor de plástico gris. Sus hijos no son tan cuidadosos; dejan sin ningún miramiento las zapatillas encima de los ordenadores y los billeteros, con los cordones colgando por el lateral de la bandeja que comparten. Bruce no puede evitar meterlos dentro.

El cartel rectangular que tienen al lado reza: «Depositen las carteras, llaves, teléfonos, joyas, aparatos electrónicos, ordenadores, tabletas, objetos metálicos, zapatos, cinturones y comida en los contenedores de seguridad. Desháganse de cualquier bebida o producto importado ilegalmente».

Eddie, el hijo de doce años de Bruce y Jane Adler, va entre ambos mientras avanzan hacia el escáner. Su hijo de quince años, Jordan, espera a que su familia lo haya cruzado.

—No quiero pasar —dice entonces.

El guardia de seguridad se lo queda mirando.

—¿Cómo dices?

El chico hunde las manos en los bolsillos.

—Me niego a pasar por ese escáner.

—¡Tenemos a uno que «se niega»! —dice el agente gritando, por lo visto para que todos lo oigan.

—Jordan —lo interpela su padre desde el otro lado del túnel—, ¿qué estás haciendo?

El muchacho se encoge de hombros.

—Es un aparato de retrodispersión integral, papá. Es el escáner más peligroso y menos eficaz del mercado. Lo he leído y no pienso pasar por ahí.

Eddie, que está a diez metros de distancia y sabe que no van a dejarlo retroceder por el escáner para estar con su hermano, no abre el pico. No quiere que Jordan diga nada más.

—Ponte a un lado —le ordena el guardia—. Estás entorpeciendo el paso. —Una vez que Jordan ha obedecido, añade—: Voy a darte un consejo, chico. Es mucho más fácil y agradable pasar por esa máquina que dejar que ese tipo de ahí te registre. El cacheo será minucioso, no sé si entiendes a qué me refiero.

Jordan se aparta el flequillo de la frente. En un año ha crecido quince centímetros y está flaco como un palillo. Tiene el pelo rizado, al igual que su madre y su hermano, y le crece tanto que enseguida se le descontrola. Su padre, que lo tiene blanco, lo lleva corto. Empezó a peinar canas a los veintisiete, el mismo año que nació Jordan. A

Bruce le gusta señalarse el pelo y decirle a su hijo: «¿Ves? Esto lo has conseguido tú». El chico es muy consciente de que su padre lo está mirando fijamente, como si desde la distancia quisiera infundirle sensatez.

—No pienso pasar por ese escáner por cuatro motivos —dice—. ¿Sabe cuáles?

El guardia de seguridad parece divertido. Ya no es el único que presta atención al muchacho. Los pasajeros que hay cerca lo están escuchando.

—Dios mío... —dice Bruce por lo bajo.

Eddie Adler coge a su madre de la mano por primera vez en al menos un año. Ver a sus padres preparando la mudanza de Nueva York a Los Ángeles —«la Gran Conmoción», como la describe su padre—, le ha revuelto el estómago. Tiene retortijones y se pregunta si habrá un baño cerca.

—Tendríamos que habernos quedado con él —dice.

—No le va a pasar nada —asegura Jane, más para sí misma que para el niño. Su marido no aparta los ojos de Jordan, pero ella no soporta mirar. En lugar de eso, se concentra en el placer táctil que le produce sujetar la mano de su hijo.

Ya lo había olvidado. «Cuántas cosas se resolverían si nos diéramos la mano más a menudo», piensa.

El guardia respira hondo.

—Adelante, chico.

Jordan alza una mano para ir contando con los dedos.

—Uno: prefiero exponerme a la radiación lo menos posible; dos: no creo que esta tecnología prevenga el terrorismo; tres: me fastidia que el gobierno quiera fotografiarme los huevos; y cuatro —toma aire—: creo que la postura que deben adoptar los que pasan por la máquina, con las manos arriba, como si los estuvieran atracando, está pensada para que se sientan rebajados e impotentes.

El guardia de seguridad ya no sonríe. Mira a su alrededor. No tiene claro si el chico le está tomando el pelo.

Crispin Cox, en silla de ruedas, está al lado, esperando que se la revisen buscando explosivos. El anciano ha estado refunfuñando. ¡Buscar explosivos en su silla! Si le quedara un poco más de aire en los pulmones, se negaría. ¿Quién demonios se creen que son esos estúpidos? ¿Por quién lo han tomado? ¿No tiene bastante con verse obligado a ir en silla de ruedas y viajar con una enfermera?

—¡Registre al chico de una vez, porras! —protesta.

El anciano ha dado órdenes durante décadas sin que lo hayan desobedecido casi nunca. Su tono quiebra la indecisión del guardia igual que la mano de un karateka cinturón negro rompería una tabla.

Deja a Jordan en manos de otro guardia, quien le indica que separe los pies y alce los brazos. La familia observa consternada cómo le pasa la mano groseramente por la entrepierna.

—¿Cuántos años tienes? —le pregunta, cuando se detiene un momento para ponerse bien los guantes de goma.

—Quince.

El hombre pone cara de vinagre.

—Los niños no hacen esto casi nunca. ¿Quién te ha dado la idea?

—Los hippies, sobre todo. —Se queda pensando un momento—. O quienes lo fueron en su día. —Jordan tiene que hacer un esfuerzo para estarse quieto. El guardia le palpa la cinturilla de los tejanos y le hace cosquillas—. A lo mejor de mayor seré hippy.

—Ya está, chaval. Puedes irte.

Jordan se reúne sonriente con su familia. Coge las zapatillas que sostiene su hermano.

—Venga, que al final perderemos el avión —dice.

—Ya hablaremos de esto luego —advierte Bruce.

Los dos chicos van delante por el pasillo con ventanas por las que se ven los rascacielos de Nueva York a lo lejos: montañas creadas por el hombre de acero y cristal que penetran en el cielo azul. Del mismo modo que la mella de un diente atrae la lengua, Jane y Bruce no pueden evitar mirar hacia donde estaban las Torres Gemelas.

Sus hijos, que eran muy pequeños cuando las torres cayeron, aceptan el perfil de la ciudad tal como es en la actualidad.

—Eddie —dice Jordan, y los chicos se miran.

Los hermanos se entienden sin palabras; a sus padres los desconcierta que puedan mantener una conversación y tomar una decisión sin haber dicho nada. Siempre han sido como una sola persona, lo hacen todo juntos. En los últimos meses, sin embargo, Jordan ha empezado a distanciarse. Ha pronunciado el nombre de su hermano en un tono que significa: «Sigo aquí. Siempre volveré».

Eddie le da un puñetazo a su hermano en el brazo y sale corriendo.

Jane camina despacio. La mano que le ha soltado su hijo menor le hormiguea.

En la puerta de embarque hay que volver a esperar. Linda Stollen, una joven vestida de blanco, echa a correr hacia la farmacia. Tiene las palmas sudadas y el corazón tan acelerado que parece que se le vaya a salir por la boca. Su avión llegó de Chicago a medianoche y se ha pasado horas sentada en un banco, intentando dormir, con el bolso apretado contra el pecho. Compró el billete más barato —de ahí la escala en Newark— y, de camino al aeropuerto, le dijo a su padre que nunca más volvería a pedirle dinero. Él soltó una carcajada, hasta se palmeó la rodilla, como si acabara de contarle el chiste más gracioso del mundo.

Sin embargo, se lo había dicho en serio.

En este momento sabe dos cosas: una, que nunca volverá a Indiana, y dos, que no les pedirá a su padre y a la tercera mujer de este nada, jamás.

Es la segunda vez que va a la farmacia en las últimas veinticuatro horas. Busca en el bolso y toca el envoltorio del test de embarazo que compró en South Bend. En esta ocasión lleva a la cajera una revista del corazón, una bolsa de caramelos de chocolate y un refresco sin azúcar.

Crispin Cox suelta un bufido en la silla de ruedas. Es un origami cadavérico de piel y huesos. De vez en cuando agita los dedos, que semejan pajaritos luchando por alzar el vuelo. Su enfermera, de mediana edad y cejas espesas, se lima las uñas en un asiento cercano.

Jane y Bruce están sentados juntos en las sillas azules del aeropuerto, discutiendo, aunque al verlos nadie lo sospecharía. Mantienen la cara serena y hablan en voz baja. Sus hijos llaman a este estilo de disputa «DEFCON 4» y no los inquieta. Sus padres se encaran, pero se trata más de comunicación que de lucha. Están contactando, no atacándose.

—Ha sido una situación peligrosa —dice Bruce.

Jane sacude ligeramente la cabeza.

—Jordan es un niño. No le habrían hecho nada. Estaba en su derecho.

—No seas ingenua. Se ha pasado de listo y en este país hablar de más está mal visto, diga lo que diga la Constitución.

—Has sido tú quien le ha enseñado a opinar.

Bruce aprieta los labios. Quisiera replicar, pero no puede. Da clase a sus hijos en casa y el pensamiento crítico es algo en lo que siempre ha insistido. Recuerda que hace poco les soltó una perorata acerca de la importancia de no tomarse las normas al pie de la letra. «Cuestionadlo todo —les dijo—. Todo.» Se había pasado semanas obsesionado por la estupidez de los petulantes de Columbia que le habían negado la titularidad en el puesto porque no asistía a los cócteles. «¿Qué demonios tiene que ver con las matemáticas el hecho de charlar mientras te tomas unas copas?», le había dicho al jefe del departamento.

Quería que sus hijos también pusieran en duda a los petulantes, pero todavía no. Tendría que haberles dicho más bien: «Cuestionadlo todo cuando ya seáis mayores, cuando podáis ejercer plenamente vuestros derechos y no viváis en casa, para que yo no tenga que verlo y preocuparme por ello».

—Mira a esa mujer de ahí —dice Jane—. Lleva campanillas cosidas en el bajo de la falda. ¿Te imaginas llevar algo que tintinea en cuanto te mueves? —Hace un gesto de sorna, o eso espera que parezca en lugar de admiración.

Se imagina caminando con el tintineo de las campanillas a su alrededor, creando música y llamando la atención a cada paso. Se ruboriza al pensarlo. Lleva tejanos y el que considera su «jersey de escribir». Por la mañana se ha vestido para ir cómoda. ¿Para qué se ha vestido esa mujer?

El miedo y la vergüenza que ha sentido Bruce junto al escáner empiezan a remitir. Se masajea las sienes y reza una plegaria de gratitud de judío ateo por no haber desarrollado uno de esos dolores de cabeza suyos que hacen que le palpiten todos y cada uno de los veintidós huesos del cráneo. En una ocasión el médico le preguntó si sabía cuál era el desencadenante de las migrañas y Bruce resopló. La respuesta era meridianamente evidente: sus hijos. La paternidad, en su opinión, es un sobresalto tras otro. Cuando los chicos eran bebés, Jane decía que los llevaba en brazos como si fueran granadas vivientes. Por lo que a él respecta, lo eran y seguían siéndolo. El motivo principal por el que estuvo de acuerdo en mudarse a Los Ángeles fue que los estudios de cine les alquilan una casa con patio. Bruce tiene intención de meter a sus granadas en ese cercado: si quieren ir a cualquier parte, dependerán de que los lleve en coche. En Nueva York, les bastaba con montar en el ascensor y adiós muy buenas.

Los observa. Están leyendo en el extremo más alejado de la sala; un gesto de tranquila independencia. El más pequeño le echa una ojeada al mismo tiempo. Eddie también es un luchador. Se miran, dos versiones distintas de la misma cara. Bruce se esfuerza por sonreír en un intento por contagiarle el gesto. Siente el súbito deseo de verlo feliz.

La mujer de la falda ruidosa pasa entre los dos, interrumpiendo la conexión. Las campanillas tintinean mientras camina. Es alta, filipina y de constitución robusta. Lleva cuentas en el pelo negro. Canturrea para sí. Apenas se la oye, pero deja caer las palabras por la sala de espera como si esparciera pétalos: «Gloria, gracia, aleluya, amor».

Hay un militar afroamericano, vestido de uniforme, de pie ante una ventana, de espaldas a la sala. Mide un metro noventa y es tan ancho de hombros como un armario. Benjamin Stillman llena el espacio incluso en un lugar donde hay de sobra. Está escuchando a la mujer que canta; su voz le recuerda a su abuela. Sabe que, al igual que el escáner por el que acaba de pasar, su abuela verá a través de él en cuanto le ponga los ojos encima al llegar al aeropuerto de Los Ángeles. Verá lo que pasó durante la pelea con Gavin; verá la bala que le perforó el costado al cabo de dos semanas y la bolsa de colostomía que ahora le cubre el agujero. Frente a ella, a pesar de que es un experto en subterfugios y se ha pasado la vida ocultando la verdad a todos, incluso a sí mismo, el juego terminará. En este momento, sin embargo, encuentra paz en los fragmentos de una canción.

La empleada de una compañía aérea camina hacia la entrada de la sala de espera con un micrófono. Se queda erguida, con el peso del cuerpo apoyado en un solo pie. A los demás empleados de la puerta de embarque el uniforme les queda grande o pequeño, pero a ella le sienta como hecho a medida. Lleva el pelo recogido en un moño perfecto y los labios pintados de rojo brillante.

Mark Lassio, que ha estado mandando mensajes con instrucciones a su socio, alza la vista. Tiene treinta y dos años y, en los tres últimos, han escrito acerca de él en dos ocasiones en la revista *Forbes*. Mandíbula cuadrada, ojos azules que dominan el arte de lanzar miradas fulminantes y pelo corto engominado. Lleva un traje gris de acabado mate, de aspecto sobrio pero caro. Mark evalúa a la mujer y la cabeza le da vueltas como una rueda de patín, con el regusto amargo del whisky de la pasada noche. Se yergue en la silla y le presta toda su atención.

—Señoras y caballeros, bienvenidos al vuelo 2977 con destino a Los Ángeles. Nos disponemos a embarcar.

El avión es un Airbus A321, una ballena blanca con una franja azul en el costado. Tiene cabida para 187 pasajeros y un único pasillo central. En primera clase hay dos asientos espaciosos a cada lado del pasillo. En clase turista, hay tres. En este vuelo están todos ocupados.

Los pasajeros forman una fila. Las bolsas en las que llevan las pertenencias demasiado preciadas o esenciales para ser facturadas les rebotan en las rodillas. Lo primero que notan al entrar en el avión es la temperatura. Reina un frío de cámara frigorífica y el aire acondicionado emite un siseo constante y sentencioso. A quienes han subido con los brazos al aire se les pone la piel de gallina y no tardan en cubrirse con un jersey.

La enfermera se ocupa de Crispin mientras él pasa de la silla de ruedas al asiento de primera clase. Está despierto y su irritación es extrema. Una de las peores cosas de estar enfermo es que autoriza a la gente, «a unos malditos desconocidos», a tocarlo. La enfermera se estira para rodearle la cintura y colocarlo bien en el asiento. ¡La cintura! Antes cruzaba decidido las salas de juntas, cubría la pista de squash del club y bajaba por las pistas negras de Jackson Hole. Ahora una mujer que él considera a lo sumo mediocre se cree con derecho a rodearle con las manos. La aparta con un gesto.

—No necesito ayuda para sentarme en un maldito asiento —le dice.

Benjamin sube al avión con la cabeza gacha. Llegó a Nueva York en un avión militar, así que es el primer vuelo comercial que toma desde hace más de un año. Sabe lo que le espera, sin embargo, y le resulta incómodo. En 2002, lo habrían pasado automáticamente de clase turista a primera y todo el avión lo habría aplaudido al verlo. Ahora un pasajero se pone a aplaudir, otro se le suma y, luego, unos cuantos más. La ovación avanza como una piedra por un lago, a saltos, rebotando aquí y allá antes de hundirse. Mientras dura, el sonido es timorato, con un fondo de aprensión.

—Gracias por su servicio —le susurra una joven.

El soldado la saluda con la mano y se deja caer en el asiento de clase turista.

La familia Adler se separa en la puerta del avión. Jane dice adiós con la mano a sus hijos y a su marido, que la preceden, y luego, cabizbaja, se apresura hacia primera clase. Bruce la mira un momento mientras se aleja y luego se lleva a los desgarbados Jordan y Eddie a la parte posterior del aparato. Se va fijando en los números de los asientos y calcula que van a estar a veintinueve filas de Jane, que había prometido cambiar el billete para sentarse con ellos. Bruce ya se ha dado cuenta de que sus promesas, si tienen que ver con el trabajo, significan muy poco. A pesar de todo, opta por creerla cada vez, lo que implica que opta por llevarse una decepción.

—¿Qué fila, papá? —pregunta Eddie.

—La treinta y uno.

Los pasajeros van sacando bolsas de aperitivos y libros, que luego meten en los bolsillos de los respaldos de los asientos delanteros. La parte posterior del avión huele a comida india. Los que cocinan en casa, incluido Bruce, olfatean y piensan: «comino». Jordan y Eddie discuten acerca de quién se queda con el asiento de ventanilla —su padre se ha quedado con el de pasillo para poder estirar las piernas—, hasta que el mayor se da cuenta de que están impidiendo que los demás pasajeros lleguen a sus plazas y acaba cediendo. Lamenta su acto de madurez en el acto: se nota como atrapado entre su padre y su hermano. La euforia, el poder que ha experimentado después del cacheo, se ha evaporado. Por un momento se ha sentido como un verdadero adulto. Ahora se siente como un niño tonto en una trona. Decide no dirigirle la palabra a Eddie durante una hora por lo menos, para castigarlo.

—Papá, ¿todas nuestras cosas estarán en la casa nueva cuando lleguemos? —dice Eddie.

Bruce se pregunta qué es lo que preocupa en concreto al chico: si su puf, su música de piano o el elefante de peluche con el que todavía duerme de vez en cuando. Sus hijos han vivido siempre en el piso de Nueva York. Ahora está alquilado; si a Jane le va bien y deciden quedarse en la Costa Oeste, lo venderán.

—Las cajas de la mudanza llegarán la semana que viene —le responde—. Pero la casa está amueblada, o sea que no habrá problema.

El chico, que aparenta menos de los doce años que

tiene en realidad, asiente sin dejar de mirar por la ventanilla ovalada junto a la que está sentado. Aprieta con las yemas de los dedos el plástico transparente.

Linda Stollen, vestida con unos tejanos blancos y una camiseta fina, está tiritando. La mujer sentada a su derecha, por increíble que parezca, se ha quedado dormida. Se ha tapado la cara con una bufanda azul y tiene la cabeza apoyada en la ventanilla. Linda ha metido la mano en el bolsillo del respaldo delantero para ver si encuentra una manta adicional cuando la mujer de la falda musical se dirige a su fila de asientos. Es tan corpulenta que, cuando se acomoda en la plaza del pasillo, invade por encima del reposabrazos el espacio de Linda.

—Buenos días, guapa —la saluda—. Soy Florida.

Linda pega los codos a la cintura para evitar el contacto.

—¿Igual que el estado?

—Igual que el estado, no. Yo soy el estado. Soy Florida.

«Dios mío. Este vuelo dura seis horas. Tendré que hacerme la dormida todo el rato», piensa Linda.

—¿Cómo te llamas, reina?

Linda duda un momento. Es una oportunidad inesperada de poner en marcha su nuevo yo. Se ha propuesto que, en California, se presentará a los desconocidos como Belinda. Forma parte de su nuevo comienzo: una versión mejor de sí misma, con un nombre mejor. Ha decidido que Belinda es una mujer atractiva que irradia confianza. Linda es una ama de casa insegura con los tobillos gruesos. Mueve la lengua dispuesta a pronunciarlo, Be-lin-da, pero no emite las sílabas. Tose.

—Me caso. Voy a California para que mi novio pueda proponerme matrimonio. Va a proponérmelo —anuncia.

—Bueno —dice Florida—, ya es algo.

—Sí —afirma Linda—. Sí, supongo que sí.

Entonces se da cuenta de lo cansada que está y de lo poco que ha dormido. «Supongo», resulta ridículo dicho por ella. No está segura de si es la primera vez que usa esa palabra.

Florida se inclina para ordenar el contenido de su gigantesca bolsa de lona.

—Yo me he casado unas cuantas veces —dice—. Incluso más que unas cuantas.

El padre de Linda se ha casado tres veces y su madre, dos. Eso de unos cuantos matrimonios no le suena nada raro, aunque su intención es casarse una sola vez. Aspira a ser diferente de todos los Stollen. A ser mejor.

—Si tienes hambre, preciosa, he traído muchos bocadillos. Me niego a tocar esa comida asquerosa del avión. Si es que puede llamarse comida.

A Linda le ruge el estómago. ¿Cuánto hace que no ha comido decentemente? ¿Desde ayer? Mira fijamente la bolsa de caramelos de chocolate que asoma penosamente del bolsillo del respaldo del asiento delantero. Con una urgencia que la sorprende, la coge, la abre y se mete uno en la boca.

—No me has dicho cómo te llamas —comenta Florida.

Ella deja de masticar.

—Linda.

La azafata, la misma mujer que los ha recibido en la puerta, recorre el pasillo central comprobando los compartimentos superiores y los cinturones de seguridad. Parece que siguiera una banda sonora interna; va más despacio, sonríe, luego cambia de ritmo. Tanto hombres como mujeres la miran; el paseo es magnético. La auxiliar de vuelo está acostumbrada a que le presten atención, evidentemente. Le saca la lengua a un bebé sentado en el regazo de su madre y el niño balbucea. Se detiene junto al asiento del pasillo de Benjamin Stillman y se agacha.

—Me han advertido acerca de su problema de salud. Soy la sobrecargo de este vuelo; si necesita ayuda en cualquier momento, no dude en pedirla —le susurra al oído.

El militar se sobresalta; estaba mirando por la ventana la mezcla de grises del horizonte. Aviones, pistas de aterrizaje, la distante silueta dentada de la ciudad, una carretera, coches que pasan zumbando. La mira a los ojos y, mientras lo hace, se da cuenta de que lleva días, tal vez incluso semanas, evitando todo contacto visual. Son ojos de color miel, profundos, agradables de ver. Asiente, conmovido, y se da la vuelta a su pesar.

—Gracias.

En primera clase, Mark Lassio ha ordenado meticulosamente la zona que ocupa. El ordenador portátil, una novela de intriga y una botella de agua están en el bolsillo del respaldo delantero. En la mano tiene el teléfono. Se ha quitado los zapatos y los ha dejado debajo del asiento. El maletín, que ha guardado tumbado en el compartimento superior para el equipaje de mano, contiene documentos, sus tres mejores bolígrafos, pastillas de cafeína y una bolsita de almendras. Va a California para cerrar un trato importante en el que lleva meses trabajando. Echa un vistazo por encima del hombro, tratando de parecer desenfadado. Sin embargo, nunca se le ha dado bien el desenfado. Tiene mejor aspecto con un traje de tres mil dólares. Mira fijamente la cortina que separa la primera clase de la clase turista, con la misma intensidad que imprime a sus entrenamientos, sus cenas románticas y sus presentaciones de negocios. En la oficina lo apodan El Martillo.

La azafata le llama la atención por razones evidentes, pero no es solo por su manifiesta belleza. Está en esa edad mágica, brillante —le echa unos veintisiete años— en que una mujer tiene un pie en la juventud y otro en la madurez. En cierto modo, es al mismo tiempo una niña de dieciséis años de piel suave y una mujer sabia de cuarenta, en un momento infinito y floreciente. Y esta en concreto arde como una casa en llamas. Mark no había visto a nadie tan abarrotado de células, genes y biología en mucho tiempo, tal vez nunca. Tiene dentro lo mismo que cualquiera, pero encendido.

Cuando por fin la azafata llega a primera clase, Mark siente ganas de desabrocharse el cinturón de seguridad, agarrarle la mano izquierda con su derecha, pasarle el otro brazo por la cintura y ponerse a bailar salsa. No sabe bailar salsa, pero está bastante seguro de que el simple contacto físico con ella resolvería el problema.

Esa chica es la viva imagen de un musical de Broadway, mientras que él, cae de pronto en la cuenta, solo funciona a base de vapores alcohólicos y *pretzels*. Se mira las manos, desinflado. La idea de agarrarla de la cintura y ponerse a bailar no le es extraña. Ya ha hecho antes cosas parecidas; su terapeuta las llama «arrebatos». Sin embargo, lleva meses sin tener un arrebato. Ha renunciado a ellos.

Cuando vuelve a mirar, la azafata está en la parte delantera del avión, lista para recitar las instrucciones de seguridad. Solo para seguir viéndola, muchos pasajeros se han inclinado hacia el pasillo y se sorprenden de estar prestando atención por primera vez desde hace años.

—Señoras y caballeros, me llamo Veronica y soy la sobrecargo. Me encontrarán en primera clase y, a mis compañeros Ellen y Luis, en clase turista. —Señala a una versión menos brillante de sí misma (pelo castaño claro, piel clara) y a un hombre bajo y calvo—. En nombre del capitán y de toda la tripulación, les doy la bienvenida a este vuelo. Por favor, comprueben que el respaldo de su asiento y la bandeja estén en posición vertical. A partir de este momento, cualquier aparato electrónico debe estar apagado. Les agradecemos su colaboración.

Obedientemente, Mark apaga el móvil. Por lo general se limita a metérselo en el bolsillo. Nota en el pecho el vibrante borbollón de estar haciendo algo por otra persona.

Sentada a su lado, Jane Adler observa con regocijo a los embelesados pasajeros. Considera que ella, en la veintena, cuando conoció a Bruce, era bastante mona, aunque ni de lejos tenía el magnetismo sexual de Veronica. La azafata está demostrando a los pasajeros cómo abrocharse el cinturón de seguridad y el tipo de Wall Street se comporta como si nunca hubiera oído hablar del cinturón y mucho menos de cómo usarlo.

—El avión dispone de varias salidas de emergencia —prosigue Veronica—. Por favor, tengan la bondad de localizar la más próxima a ustedes. Si hubiera que evacuar el avión, las balizas del suelo se encenderán y los guiarán hacia las salidas. Las puertas se abren girando la palanca en la dirección de la flecha. Cada puerta está equipada con un tobogán hinchable que puede separarse del aparato y ser usado también como bote salvavidas.

Jane sabe que su marido, esté donde esté en la parte posterior del avión, ya ha localizado las salidas y escogido por cuál va a sacar a los chicos en caso de emergencia. También intuye que ha puesto los ojos en blanco durante el comentario acerca de los toboganes hinchables. Bruce procesa el mundo y decide lo que es verdad basándose en las cifras, y estadísticamente nadie ha sobrevivido al desplome de un avión usando un tobogán inflable. Eso no es más que una fábula para dar a los pasajeros la falsa sensación de seguridad. A Bruce no le sirven los cuentos de hadas, pero por lo visto a la mayoría de la gente le gustan.

Crispin se pregunta por qué no se habrá casado nunca con una mujer con un cuerpazo como el de esa azafata. Ninguna de sus esposas tenía un culo digno de mención. «A lo mejor las muy flacas son del gusto de los jóvenes y solo con los años se aprecia el valor de tener un cuerpo mullido en la cama», piensa. No se siente atraído por ella; esa joven tiene la edad de algunos de sus nietos y él ha perdido la fogosidad. La mera idea de dos personas retozando le parece una broma pesada. Una broma que, de joven, pasaba mucho tiempo practicando, eso sí. Mientras se agarra a los brazos del asiento debido al punzante dolor que siente de vez en cuando en el vientre, cae en la cuenta de que los capítulos más importantes de su vida empezaron y terminaron entre sábanas arrugadas. Todas las esposas, las futuras esposas, las ex esposas negociaron sus términos en el dormitorio.

«Me llevo a los niños.»
«Nos casaremos en junio, en el club de campo.»
«Me quedo con la casa de veraneo.»
«Págame las facturas o se lo diré a tu mujer.»

Mira detenidamente a Veronica, que explica cómo hinchar el chaleco salvavidas soplando por un tubo. «A lo mejor, si las mujeres que elegí hubieran pesado unos kilos más, se habrían quedado más tiempo conmigo», piensa.

—Les recordamos que en este vuelo no está permitido fumar —prosigue la azafata, sonriente—. Si tienen alguna pregunta, por favor, no duden en hacérsela a un miembro de la tripulación. En nombre de Trinity Airlines, les deseo —alarga la palabra, lanzándola como una burbuja de jabón— un vuelo agradable.

Veronica desaparece y, sin nada ya que mirar, los pasajeros acuden a sus libros o revistas. Unos cuantos cierran los ojos. Las salidas del aire acondicionado sisean mucho; en parte porque el sonido viene de arriba y en parte porque va acompañado de bocanadas de aire helado, el siseo resulta molesto.

Jane Adler se arrebuja en el jersey para combatir el frío y se reconcome de culpa por no haber terminado el guion antes de coger el avión. Detesta volar y esta vez tiene que hacerlo lejos de la familia. «Es mi castigo, por la pereza, por la evitación, por haber aceptado de entrada este encargo demencial», piensa. Si ha estado escribiendo para una serie de televisión de Nueva York tanto tiempo ha sido en parte porque no tenía que viajar. Pero aquí está, aprovechando otra oportunidad, con otro trabajo y otro viaje en avión.

Se deja llevar por sus pensamientos como es habitual en ella; cuando la asalta la ansiedad recuerda momentos de su vida, tal vez para convencerse de que tiene un pasado real. Ha fabricado recuerdos, lo que significa que fabricará más. Ella y su hermana corriendo por una playa canadiense; compartiendo el periódico con su padre, sentados a la mesa de la cocina; haciendo pis en un parque después de haber bebido demasiado champán en una celebración de la facultad; observando a Bruce, pensativo, en la esquina de una calle del West Village; dando a luz a su hijo menor sin anestesia en una bañera caliente, asombrada por los bramidos que le salen de los pulmones. Ahí están, en un montón, las siete novelas que más le gustan y que ha estado guardando desde la infancia, y su mejor amiga, Tilly, y el vestido que se pone siempre que tiene una reunión importante porque con él se siente delgada y con más aplomo. El modo en que su abuela fruncía los labios y lanzaba besos y saludaba: «¡Hola, hola!».

Jane explora lo trivial y lo significativo, tratando de distraerse tanto de dónde está como de adónde va. Sus dedos encuentran automáticamente el punto debajo de la clavícula donde vive su marca de nacimiento con forma de cometa, y lo aprieta. Es algo que hace desde niña. Lo aprieta como para establecer una conexión con su verdadero ser, con su auténtico yo. Aprieta hasta que le duele.

Crispin Cox mira por la ventanilla. Los médicos de Nueva York (los mejores médicos de Nueva York, ¿no es eso como decir del mundo?) le aseguraron que merecía la pena someterse a tratamiento en un hospital especializado de Los Ángeles. «Conocen perfectamente este tipo de cáncer —le han dicho los de Nueva York—. Lo incluiremos en el tratamiento experimental.» Crispin reconoció la luz en la mirada de los médicos. No querían que muriera, que la enfermedad lo venciera, porque eso habría significado que ellos, algún día, también serían derrotados.

«Si eres fuerte, luchas. No te hundes. Ardes como una maldita hoguera.» Crispin había asentido porque por supuesto que iba a vencer aquella estúpida enfermedad. Claro que no iba a poder con él. Hacía un mes, sin embargo, había pillado un virus que lo había dejado sin fuerzas y lo había llenado de preocupación. Oía mentalmente una voz nueva, una que le pronosticaba la fatalidad y le hacía dudar de la confianza que había tenido hasta entonces. Había superado el virus, pero no la ansiedad. Desde entonces apenas salía de su piso. Cuando el médico lo había llamado para concertar una última cita antes de su partida, para hacerle más analíticas, Crispin le había dicho que estaba demasiado ocupado.

Lo cierto era que temía que los análisis revelaran cómo se sentía en realidad. Su única concesión a aquella nueva e indeseada inquietud había sido contratar una enfermera para viajar. No le gustaba la idea de estar solo en el cielo.

Bruce Adler mira a sus hijos. Sus rostros le resultan indescifrables. Piensa una vez más que es demasiado viejo y está demasiado desfasado para descifrarlos. Hace unos días, mientras esperaban mesa en su restaurante chino preferido, Bruce vio que Jordan se fijaba en una chica de su misma edad que iba con su familia. Los dos adolescentes se habían mirado brevemente, con la cabeza ladeada, y la cara de Jordan se había iluminado, literalmente, con una sonrisa. Se lo había dedicado todo a aquella desconocida: su alegría, su amor, su mente, su completa atención. La había mirado con una cara que Bruce, que había estudiado a su hijo todos los días de su vida, nunca había visto, cuya existencia no sospechaba siquiera.

Benjamin se rebulle en el estrecho asiento. Desearía estar en la cabina de mando, detrás de la puerta cerrada. Los pilotos hablan como los militares, usando un código establecido, con precisión. Si pudiera oírlos durante unos minutos mientras se preparan para el despegue, eso eliminaría la presión que siente en el pecho. La mezcla de charlas y ronquidos a su alrededor no le gusta. Los civiles se comportan de un modo desordenado que lo molesta. La mujer blanca sentada a su lado huele a huevos y ya le ha preguntado dos veces si estuvo en Irak o en «ese otro lugar».

Linda tiene que hacer un ejercicio de abdominales raro y agotador para tratar de alejarse de la corpulencia de Florida sin tocar al pasajero que duerme al otro lado. Se siente como la torre inclinada de Pisa. Ojalá hubiera comprado más chocolate. «En California, con Gary, comeré más», piensa, y se alegra. Lleva a dieta desde los doce años; hasta ahora nunca se ha planteado librarse de ese yugo. Siempre le ha parecido fundamental estar delgada, pero ¿y si no lo es? Intenta imaginarse voluptuosa, sexy.

Florida vuelve a cantar, pero tan para sí y tan bajito que lo que sale de su boca parece un zumbido. Como conjurados por ese sonido, los motores del avión arrancan. Cierran herméticamente la puerta de la cabina. El aparato se estremece y se sacude mientras Florida murmura. Es una fuente de melodías que empapa cuanto la rodea. Linda se retuerce las manos sobre el regazo. Jordan y Eddie, a pesar de su mudo resentimiento, no evitan el contacto con los hombros para animarse mutuamente a medida que la velocidad del avión aumenta. Los pasajeros que leían un libro o una revista han dejado de hacerlo. Los que tienen los ojos cerrados no duermen. Todos están atentos mientras el avión despega.

12 de junio de 2013,
por la tarde

El equipo de emergencias de la NTSB, la Junta Nacional de Seguridad en el Transporte, llega siete horas después del accidente, el tiempo que se tarda en tomar un avión desde Washington D.C. hasta Denver, alquilar un coche y dirigirse hacia esa minúscula ciudad en las llanuras del norte de Colorado. Como es verano y hay muchas horas de luz, todavía no es de noche. Mañana empezarán a trabajar en serio; por ahora, como punto de partida únicamente, tratan de hacerse una idea de lo ocurrido.

El alcalde ha acudido para saludar a la jefa de la investigación. Juntos posan para los medios de comunicación. El primer edil y a la vez tesorero, porque el pueblecito no puede permitirse tener empleados a tiempo completo, lleva las manos en los bolsillos para ocultar que le tiemblan. Solo las saca para el apretón de manos.

La policía ha acordonado la zona. Los miembros de la brigada de la NTSB, equipados con trajes de protección naranja y mascarillas, caminan entre los restos o pasan por encima de ellos. La zona, completamente llana, está quemada, carbonizada, como una tostada ennegrecida por el grill del horno. Aunque el fuego ya se ha extinguido, el aire sigue caliente. El avión ha patinado entre un grupo de árboles y se ha hundido en la tierra. Los miembros del equipo comentan que por suerte no ha caído en una zona residencial. Nadie que no estuviera en el avión ha resultado herido. Encuentran dos vacas aplastadas y un pájaro muerto entre los asientos, las maletas, los fragmentos de metal y las ramas.

Las familias de las víctimas llegan a Denver en avión o en coche en el transcurso de las veinticuatro horas posteriores al suceso. El hotel Marriott del centro ha reservado unas cuantas plantas para alojarlos. El 13 de junio, a las cinco de la tarde, el portavoz de la NTSB, un hombre agradable con marcas de acné, informa a los allegados y a los medios de comunicación en la sala de banquetes del hotel.

Los familiares se sientan en sillas plegables, echados hacia delante como si escuchasen por los hombros; con la cabeza gacha, como si los folículos capilares pudiesen reconocer algo indistinguible para el resto del cuerpo. Cada poro abierto, los dedos separados. Prestan atención como si les fuese la vida en ello, confiando en que, tras los hechos que les exponen, exista una realidad mejor, menos destructiva.

En un rincón del fondo hay unos ramos de flores muy elaborados que nadie mira. Peonías rosadas y rojas en jarrones enormes, ramos en cascada de lirios blancos. Restos de la boda que se celebró ayer noche. Debido a su aroma unos cuantos familiares no volverán a entrar jamás en una floristería.

La prensa se mantiene al margen durante la sesión informativa. Cuando entrevistan a los parientes, los periodistas evitan mirarlos a los ojos. Acaban por manifestar cada cual su manía: uno se rasca el brazo como si hubiese tocado ortigas; otro que emite en directo no para de retocarse el pelo. Informan de las novedades valiéndose de entrevistas en directo y artículos de la agencia de noticias AP enviados por correo electrónico. Se centran en los pasajeros «conocidos». Un industrial del plástico, célebre por haber levantado un imperio y dejado sin trabajo a miles de trabajadores; un joven valor de Wall Street de ciento cuatro millones de dólares; un oficial del ejército; tres profesores universitarios; un activista en favor de los derechos civiles; una antigua guionista de *Ley y Orden*. El suceso tiene al mundo en vilo y ellos sacian incesantemente el hambre de noticias. No hay internauta que no opine sobre el tema.

Un periodista muestra al cámara un ejemplar del *New York Times* para que se vea el enorme titular, de un tamaño que solo se usa para las elecciones presidenciales y los paseos por la Luna. «191 muertos en un accidente de avión; un único superviviente», reza.

Cuando la sesión informativa para la prensa termina, los familiares tienen una sola duda. Todos se centran en ella como si fuese una ventana en una habitación oscura:

—¿Cómo está el niño?

Las piezas intactas del avión se enviarán a las instalaciones de la NTSB en Virginia. Ahí resolverán el rompecabezas. Ahora están buscando la caja negra. La jefa del equipo, una mujer de sesenta años de fama legendaria en su campo a la que llaman Donovan, a secas, está segura de que darán con ella.

Para alguien con tanta experiencia, el escenario es sencillo. Los restos se encuentran esparcidos en un radio de 800 metros. No hay ningún punto anegado ni embarrado, solo tierra seca y hierba. Todo está ahí. Nada puede haber desaparecido o haberse perdido para siempre. Hay metal chamuscado, asientos partidos y cristales rotos. También hay partes de cuerpos humanos, pero ningún cadáver intacto. Uno tiende a ignorar la carne humana para centrarse en el metal, tratando de encontrarle un sentido al rompecabezas. El equipo de Donovan está compuesto por mujeres y hombres cuyo trabajo depende de que se produzca una tragedia. Trabajan a conciencia, con mascarilla, haciendo inventario y embolsando las pruebas.

Al cabo de unos días no queda nadie en las habitaciones que el hotel Marriott tenía reservadas; los familiares se han ido. También se han interrumpido las sesiones informativas para la prensa. El equipo de la NTSB ha encontrado la caja negra y ha regresado a Virginia. Se ha comunicado que dentro de tres semanas saldrán a la luz las conclusiones preliminares y que, aproximadamente en seis meses, se celebrará una vista pública de presentación de pruebas en Washington D.C.

La cobertura informativa se ha ampliado; son varios los artículos que se centran en los tíos del niño, que han viajado desde Nueva Jersey para adoptarlo. La hermana menor de Jane Adler, Lacey Curtis, de treinta y nueve años, es el único familiar directo que le queda al chico. Se la ve en una fotografía, una mujer rubia, pecosa, de mejillas regordetas y sonrisa tímida. De ella solo se sabe que es ama de casa. Su marido, John Curtis, de cuarenta y un años, es ingeniero informático y se dedica a asesorar a empresas locales en cuestiones relacionadas con la tecnología de la información. No tienen hijos.

La opinión pública sigue ansiosamente las noticias acerca del accidente, de modo que los comentaristas de internet y de televisión siguen especulando. ¿Estaban borrachos los pilotos? ¿Hubo una avería en el avión? ¿Se puede descartar por completo que haya sido un acto terrorista? ¿Algún pasajero perdió la cabeza e irrumpió en la cabina de mando? ¿Fue culpa de la tormenta? Los datos de Google indican que, una semana después del accidente, el cincuenta y tres por ciento de las búsquedas en línea de los estadounidenses tienen que ver con el accidente.

—¿A qué se debe que, entre las muchas catástrofes que ocurren en este aciago mundo, nos preocupen tanto un avión accidentado y un niño? —refunfuña un veterano presentador de informativos.

Lleva una semana en el hospital. Una mujer con muletas entra en la habitación. Es la directora de relaciones públicas del hospital de Denver, y la han designado para comunicar a la familia cualquier novedad que no sea médica.

—Susan —la saluda John Curtis. Es un hombre alto con barba, tan pálido y barrigón como cabe esperar en una persona que se pasa la mayor parte de su vida frente a una pantalla de ordenador.

—¿Hoy ha dicho algo?

Lacey, pálida y con la blusa manchada de café, niega en silencio.

—No.

—¿Qué nombre preferís que empleemos, Eddie o Edward? —pregunta Susan.

John se vuelve hacia su esposa. Se miran con un cansancio y una falta de energía que sugieren que, desde que los llamaron por teléfono, no habrán dormido más de una hora seguida. Llevaban media semana sin hablarse cuando el avión se estrelló, porque ella quería seguir intentando tener un hijo y él no. Ahora el silencio y las peleas les parecen irrelevantes. Su vida ha dado un vuelco radical. Tienen a su maltrecho sobrino tendido en una cama y deben encargarse de él.

—¿Te refieres al hablar con la prensa? —dice Lacey—. No lo conocen; mejor dicho, no nos conocen. Los periodistas deberían usar su nombre de pila: Edward.

—Eddie no —tercia John.

—Bien —conviene Susan.

Edward, puesto que así se llama ahora, duerme o finge hacerlo. Los tres adultos lo miran como si lo vieran por primera vez. Del vendaje que le cubre la frente escapan unos mechones espesos. Tiene el cutis blanco y delicado y unas profundas ojeras. Ha adelgazado y aparenta menos de doce años. El hematoma del pecho asoma bajo el cuello holgado de la bata. Le han escayolado las dos piernas, pero la derecha se la sostiene en alto una férula de tracción. Los calcetines naranja que lleva los compraron en la tienda de regalos del hospital. En las plantas de los pies hay escrito en letras blancas «¡¡¡Denver!!!».

A Lacey le cuesta mirar el suave elefante de peluche que Edward abraza. La empresa de mudanzas que los Adler habían contratado para transportar sus pertenencias a través del país detuvo el camión en un motel de Omaha la noche después del accidente. Los empleados lo descargaron en el aparcamiento, pusieron todas las cajas en el asfalto y abrieron la que ponía «Habitación de Eddie». Sacaron el elefante de peluche y lo enviaron al hospital de Denver con una nota: «Hemos pensado que el chico tal vez lo querría».

—El plan sigue siendo que viaje en avión dentro de dos días, ahora que está estable. Han cedido un avión privado para el traslado, así que podréis ir con él —explica Susan.

—¡Qué bien se están portando con nosotros! —contesta Lacey. Inmediatamente se sonroja. Tiene tantas pecas que el rubor únicamente sirve para unirlas. Ha adquirido la manía de retorcerse las manos, como si el movimiento repetitivo pudiese cambiar la inaceptable realidad.

—Hay más —dice Susan, apoyándose en las muletas—. ¿Habéis entrado en internet?

—No, la verdad es que no —contesta John.

—Bueno, para que lo sepáis, han aparecido varias páginas de Facebook dedicadas tanto a Edward como al avión. También habían creado una cuenta de Twitter llamada @elniñodelmilagro, con la cara de Edward como foto de perfil, pero la han cerrado.

Los dos se la quedan mirando, sorprendidos.

—El contenido es positivo en su mayor parte —continúa Susan—. Pésames, mensajes de apoyo y cosas por el estilo. A vosotros también se os menciona un poco, porque la gente sentía curiosidad por saber quién se encargará de Edward. Simplemente no quiero que os sorprendáis si os topáis con eso.

—¿Positivo «en su mayor parte»? —inquiere Lacey.

—Siempre hay *trolls* —apunta John.

—¿*Trolls?* —Lacey abre unos ojos como platos.

—Gente que redacta comentarios provocativos en internet para generar una respuesta emocional. Su objetivo es molestar. Cuantas más personas molestan, más éxito tiene el *troll* —le explica John.

Lacey frunce la nariz.

—Hay quien lo considera un arte —puntualiza John.

Susan deja escapar un suspiro apenas audible.

—Por si no tenemos otra ocasión de hablar debidamente antes de que os marchéis, quería comentaros el tema de los abogados de la compañía aérea y los especializados en demandas por daños y perjuicios, porque me temo que caerán sobre vosotros como buitres. Sin embargo, no pueden abordaros hasta pasados cuarenta y cinco días del accidente. Así que, por favor, ignorad o demandad a cualquiera que incumpla el plazo. Ya sabéis que la compañía cubre todos los gastos médicos. No tenéis ninguna prisa por llegar a un acuerdo. Primero recibiréis el pago de la Seguridad Social por fallecimiento y después, en caso de que el padre o la madre de Edward estuviera asegurado, el importe del seguro de vida. Llevará tiempo resolver el resto, y no quiero que dejéis que nadie os convenza de que urge emprender algún tipo de acción legal.

—De acuerdo —contesta Lacey, aunque salta a la vista que no le prestaba atención. El sonido del televisor del rincón está apagado, pero por la parte inferior de la pantalla corre un titular: EL NIÑO DEL MILAGRO ES TRASLADADO A UN HOSPITAL CERCANO AL HOGAR DE SUS FAMILIARES.

—La gente es espantosa a veces —comenta Susan.

Edward cambia de postura en la cama; vuelve la cabeza y deja ver una mejilla amoratada.

—Algunos familiares de otros pasajeros querían ver a Edward, pero no se lo hemos permitido —continúa Susan.

—Madre mía. ¿Y por qué quieren verlo? —pregunta John.

Susan se encoge de hombros.

—Quizá porque Edward fue el último en ver vivos a sus seres queridos.

John carraspea.

—Lo siento. —Susan se ruboriza—. Tendría que haberme expresado de otra manera.

Lacey ocupa una de las sillas que hay al lado de la ventana. Un rayo de sol crea un halo alrededor de su cara de agotamiento.

—Una cosa más —dice Susan—, el presidente os llamará.

—¿El presidente?

—El presidente de Estados Unidos.

John se ríe, alterando por un instante la extraña atmósfera que reina en la habitación. Una atmósfera expectante, a la espera de la siguiente palabra del niño que reposa en la cama. Una atmósfera que silencia a todo el que entra, separando a quienes han perdido a alguien de quienes no han perdido a nadie.

Lacey se lleva las manos al cabello, sucio.

—Hablaremos por teléfono, Lace. No te verá —la tranquiliza John.

Las enfermeras despiertan al niño para extraerle sangre y tomarle las constantes vitales justo cuando la llamada debería producirse.

—Estoy aquí —le dice Lacey—, con el tío John.

A Edward se le crispa la cara.

Lacey siente una punzada de miedo. «¿Le duele algo?», piensa. Luego entiende lo que intenta. Trata de sonreír para complacerla.

—No, no —le susurra, y después, dirigiéndose a todos en general—: ¿Estamos preparados para la llamada?

En cuanto le vuelve la espalda, Edward abandona el intento de sonreír.

Han instalado un teléfono sin estrenar junto a la cama y Susan aprieta el botón del altavoz.

—¿Edward? —La voz, profunda, llena la habitación.

El niño está acostado en la cama, pequeño y maltrecho a los ojos de los adultos que tiene alrededor.

—¿Sí, señor?

—Jovencito... —El presidente hace una pausa—. Poco podemos decirte yo o cualquier otra persona que en este momento tenga sentido para ti. Solo puedo imaginarme por lo que estás pasando.

Edward tiene los ojos muy abiertos, la mirada vacía.

—Solo quería decirte que todo el país lamenta tu pérdida y que cuentas con todo nuestro apoyo para salir adelante. Tienes todo nuestro apoyo, hijo.

Lacey le sacude un poco el brazo a Edward, que sigue mudo.

La voz profunda repite lo dicho, más despacio, como si creyera que repitiéndolo va a cambiar algo.

—Tienes el apoyo de todo el país.

Edward permanece callado en el avión durante el trayecto de vuelta a Nueva Jersey. Sigue en silencio en la ambulancia, de cristales tintados para evitar que la prensa le saque fotografías. Únicamente habla cuando es necesario para su tratamiento a lo largo de las dos semanas más que pasa en el hospital de Nueva Jersey, mientras se le cura el pulmón y le quitan la férula de tracción de la pierna.

—Te estás recuperando muy bien —le dice un médico.

—Sigo oyendo un sonido, como un repiqueteo.

Al médico le cambia la cara; un sintonizador invisible gira en su interior hasta colocarse en modo clínico.

—¿Desde cuándo lo oyes?

El chico se lo piensa.

—Desde que me desperté.

Llaman al neurólogo, que encarga más pruebas y una resonancia magnética del cerebro de Edward. El especialista, que aparte de las cejas blancas no tiene pelo, todos los días le sujeta la cara por el mentón al chico mientras lo mira fijamente a los ojos, como si contuvieran información que solo él es capaz de descifrar.

El neurólogo pide a Lacey y John que salgan al pasillo.

—La verdad es que si diez personas pasaran por el trauma que ha sufrido el chico, o sea, si recibieran golpes por todo el cuerpo y salieran disparadas a una velocidad tremenda antes de parar súbitamente —les dice—, cada una presentaría síntomas distintos. —Enarca las cejas para enfatizar su afirmación—. El instrumental de diagnóstico de que disponemos no detecta en su mayoría las lesiones cerebrales, de modo que no puedo decirles por lo que está pasando Edward ni por lo que pasará. —Dirigiéndose a Lacey, explica—: Imagine que la agarrase de los hombros y la zarandease con todas mis fuerzas. Cuando la soltara no estaría herida, me refiero a que no tendría una distensión muscular ni nada parecido, pero su cuerpo sufriría el trauma. ¿Me sigue? Lo mismo le ocurre a Edward. Podría manifestar síntomas extraños durante meses o incluso años, como por ejemplo depresión, ansiedad, pánico. El sentido del equilibrio, el oído y el olfato podrían verse afectados. —Echa un vistazo a su reloj de pulsera—. ¿Alguna duda?

John y Lacey se miran. Todo, incluso el lenguaje, parece haberse hecho trizas y derrumbado a sus pies. «¿Alguna duda?»

—Ahora mismo no —responde finalmente John, y Lacey asiente.

La enfermera despierta al chico en plena noche para tomarle la tensión y la temperatura. Le pregunta si está bien. El médico calvo siempre le dice: «¿Aún te duele?». Cuando su tía lo visita cada mañana, le acaricia el pelo y le pregunta: «¿Cómo va eso?».

Edward no puede responder a ninguna de esas preguntas. No se plantea cómo está, es demasiado peligroso abrir esa puerta. Evita todo pensamiento, cualquier emoción, como si fueran los muebles de una habitación en los que no se fija. Mira los dibujos animados cuando la enfermera los pone en la tele. Siempre tiene la boca seca, y el repiqueteo que oye viene y va. En ocasiones duerme despierto y las horas pasan sin que se dé cuenta. Tiene en el regazo la bandeja del desayuno, después se hace de noche.

No le gusta el paseo diario, que en realidad no es un paseo porque va en silla de ruedas.

—Tienes que cambiar de aires —le dice de lunes a viernes la enfermera con rastas. La de los fines de semana, una rubia con una melena tan larga que casi le llega a las nalgas, no dice nada. Se limita a sentarlo en la silla de ruedas para sacarlo al pasillo.

Allí lo espera la gente. El pasillo está lleno. Enfermos en silla de ruedas como él o teniéndose en pie con esfuerzo junto a las puertas. El personal sanitario intenta que vuelvan a sus habitaciones.

—Dejen libre el pasillo —grita un enfermero—. Hay peligro de incendio. Dejen un poco de espacio al chico.

Un anciano y una mujer de piel oscura con una vía intravenosa en el brazo se santiguan. Un adolescente pelirrojo, de la edad de Jordan, lo saluda con la cabeza, observándolo con curiosidad. Hay tantas miradas centradas en Edward que la escena parece un cuadro de Picasso: cientos de globos oculares y un puñado de extremidades y peinados. Mientras avanza, una anciana se inclina a tocarle la mano.

—Dios te ha bendecido.

Los peores son los que lloran. Edward intenta no mirarlos, pero los gemidos resuenan como los tubos de un órgano, absorbiendo todo el aire. Le desagrada que viertan en él todas esas penas cuando está tan triste y aterrado que debe esconderse de sus propias emociones. Las lágrimas de aquellos desconocidos le escuecen en la piel en carne viva. Sigue oyendo un repiqueteo y la gente se lleva el pañuelo a la boca y la enfermera y él llegan al final del pasillo y la puerta automática se abre y salen. Se mira las piernas rotas con tal de no ver el cielo letal.

Le dan el alta en cuanto puede apoyar el peso en la pierna más sana y, por lo tanto, usar muletas. Se le han curado las heridas de la cabeza y las costillas, y las contusiones del pecho y las piernas han pasado del morado al amarillo. El personal se reúne en la habitación para despedirlo y en ese momento Edward se cae en la cuenta de que no sabe cómo se llama nadie. Todos llevan una placa con el nombre, pero leerlas le da dolor de cabeza. Se pregunta si será otro síntoma. Puede que nunca vuelva a ser capaz de poner nombre a una cara y que solo sepa cómo se llaman aquellos a los que ya conocía antes del accidente. La idea, curiosamente, lo reconforta, y estrecha la mano del médico calvo, de la enfermera rubia y de la de rastas.

En la puerta principal del hospital se levanta de la silla de ruedas y le dan las muletas. Avanza despacio hacia el coche, entre Lacey y John. Ahora la presencia de sus tíos tiene un sentido distinto. La última vez que los vio fue en Navidades, cuando quedaron en un restaurante de Manhattan. Recuerda haber escuchado a su padre charlando con su tío sobre un nuevo lenguaje de programación. Tan aburrido estaba, sentado entre su madre y Lacey, que había construido una casa con los cubiertos y la servilleta. Las mujeres iban saltando de un tema aparentemente banal a otro: los vecinos, el helado que Lacey preparaba una vez al año con algún tipo de fruta del bosque canadiense, un actor atractivo que salía en el programa de televisión de su madre.

Si se lo hubieran preguntado, Edward habría dicho que quería a sus tíos, pero siempre había tenido claro que no estaban allí por él, ni por Jordan. Los adultos se relacionaban con los adultos. Aquellos encuentros eran para que su madre y su tía se despidiesen con un abrazo entre lágrimas prometiéndose verse más a menudo. Le parece ver a su hermano frente a él, en el *brunch*, juntando las yemas de los dedos de ambas manos e intentando meter baza en la conversación técnica que mantenían su padre y John, como un adulto más. La visión de su hermano le resulta tan dolorosa que por un momento se le nubla la vista y trastabilla.

—Te tengo —dice John.

Oye algunas frases de despedida: «Adiós, Edward. Buena suerte, Edward».

La puerta del coche se abre y entonces se percata de que, más allá, al otro lado de la calle, hay un grupo de personas. Se pregunta vagamente qué están haciendo ahí. Entonces alguien lo llama por su nombre, y otros aplauden y hacen señas con los brazos cuando se dan cuenta de que Edward los mira. Se fija en la cartulina que sujeta una niña pequeña. Le duele la cabeza mientras asimila lo que pone: «Sé fuerte». El cartel de al lado, en mayúsculas, reza: «¡EL NIÑO DEL MILAGRO!».

—No sé cómo se han enterado de que hoy te daban el alta. No ha salido en los periódicos —dice John.

Lacey le acaricia el brazo y, dado que el chico apenas se tiene en pie, casi lo tira.

—Piensan que soy famoso, por lo visto.

—Eres famoso, o algo parecido —le aclara John.

—Vámonos —dice Lacey.

Suben al coche y pasan por delante del grupo de gente que se despide y agita los carteles. Edward los observa por la ventana y les dedica un breve gesto de saludo. Un hombre alza el puño como si hubiese estado deseando que Edward se despidiera. Entonces el chico vuelve a oír aquel clic repetitivo, similar al del metrónomo que usaba con el piano para llevar el ritmo de las notas. Se hunde en el asiento y escucha los sonidos de su cuerpo. No recuerda haber oído nunca tales sonidos. Por debajo de los clics agudos capta los latidos sordos, más tenues y confusos, de su corazón.

Se dirigen a una casa que Edward ha visitado esporádicamente desde pequeño, siempre con sus padres y su hermano. Ahora será su hogar. ¿Cómo es posible? Intenta recordar el nombre de la ciudad de sus tíos. Observa los coches y los árboles que pasan al otro lado de la ventanilla. Le parece que van muy deprisa, y está a punto de comentarlo cuando ve un cementerio. Por primera vez, se pregunta qué pasó con los cuerpos.

Nota un sudor frío empapándole el cuerpo.

—¿Puedes parar, por favor?

John se desvía hacia el arcén y Edward abre la puerta, saca la cabeza y vomita en la tierra gris. Avena y zumo de naranja. Los coches los adelantan a toda velocidad. Lacey le acaricia la espalda. Él imagina, como siempre que no ve directamente a su tía, que es su madre quien lo hace.

No puede dejar de vomitar; las arcadas se suceden.

—Me enfurecía cuando los enfermeros te aseguraban que ibas a ponerte bien —oye que dice Lacey. Tiene la voz más estridente que su madre; de nuevo se convierte en su tía—. Tú no estás bien. ¿Me escuchas, Edward? ¿Me estás escuchando? No estás bien. No estamos bien. Nada está bien.

Las arcadas cesan, aunque no está seguro de si se repetirán. Se incorpora en cuanto comprende que ya ha terminado, que su cuerpo se ha limpiado por completo y solo queda vacío en su interior. Asiente en silencio. En cierto modo, la afirmación de su tía y su propio asentimiento aflojan y quiebran el aire que los separa. Se sienten aliviados. Tienen un punto por donde empezar, aunque sea el peor imaginable.

9.05

Desde la ventana se ven los puntiagudos edificios de Manhattan, el brazo levantado de la Estatua de la Libertad y un puente sobre el río. Los pasajeros se rebullen en los asientos, buscando una postura lo bastante cómoda para resistir seis horas de vuelo. Se desabrochan el cuello de la camisa, se quitan los zapatos. Quienes tienen el don de dormirse en cualquier parte ya duermen. Al fin y al cabo, no necesitan estar despiertos. En tierra, las personas utilizan el cuerpo, pero, en un avión, la estatura, la complexión y la fuerza física no son útiles, sino más bien un inconveniente. Cada cual debe encontrar el modo de acomodarse como buenamente pueda durante el vuelo.

Florida mira más allá de Linda y de la mujer de la bufanda azul, que duerme. Ansía ver la ciudad antes de que las nubes la borren del todo. Cada lugar posee una energía diferente, y para ella Nueva York consiste en sombra de ojos brillante, grafitis de Basquiat y extranjeros con sueños audaces. Se ve a sí misma bailando en bares, paseando despacio por calles ruidosas mientras los hombres la piropean, sacándole todo el jugo a esa ciudad tan peculiar.

Florida vivió en Nueva York entre los veinte y los treinta y pocos años, pero nunca recuerda una sola época. Tiene que pensar en todas a la vez, formando estratos, algo así una ensalada mexicana en siete capas. Ha vivido tantas vidas en tantos cuerpos que sus recuerdos son como un océano, una masa de agua en la que nada a menudo. En una ocasión intentó hacer un recuento de todas sus vidas y contó trece antes de aburrirse. Había entrado en algunas sin más, es decir, metiéndose en un cuerpo cuya alma se había marchado, bien debido a un traumatismo, como un accidente de coche que dejaba en coma a alguien, bien tras un intento de suicidio. Aquellas entradas eran emocionantes de por sí y, por lo tanto, las que más le gustaban. No había nada como despertarse en el cuerpo de otra persona, de otro adulto, rodeada por un aura distinta a la suya. Siempre se llevaba una pequeña decepción cuando, como en el caso de su actual vida, entraba a la manera tradicional, siendo un bebé.

Mientras el avión asciende, Florida recuerda su boda más reciente, siete años antes. Veintitantos amigos en el terreno de Vermont que Bobby y ella acababan de comprar. Dos hectáreas y media totalmente vírgenes, un prado que bajaba hacia un arroyo, con un bosque al fondo. Acababan de empezar la planificación para construir la casa, tarea que recayó principalmente en Bobby, cosa de la que Florida se arrepentiría más tarde, y todavía faltaban unos cuantos meses para que comenzaran las obras. Los amigos de Florida, venidos desde el East Village, instalaron una carpa con luces navideñas y un grupo de música. Estuvieron bailando música filipina comprometida de los años setenta, una mezcla de rock y folk, rodeados de aire azulado por el humo. Florida tomó vino, meneó el culo, las tetas y el pelo, y cantó cogida de la mano de su marido. Fue una de esas tardes mágicas en las que la felicidad brilla en cada rostro y cada corazón, y Florida se sintió unida a los demás por el amor.

Suspira al recordarlo, embutida en el asiento. Nota bajo los pies el ascenso del avión. Mira a Linda, que tiene los ojos cerrados. Es profundamente consciente de lo irónico de la situación: mientras esa mujer va al encuentro de un marido, ella huye del suyo.

El avión alcanza los nueve mil metros. Mark Lassio está recordando algo que ocurrió ayer noche, una cosa que su mente ha bloqueado hasta ahora. Fue a un club para celebrar el cumpleaños de un amigo, en realidad más un colega que un amigo, y al fondo del local vio a su ex novia. A su ex más reciente, la que detestaba los clubes y bailar; a quien se le daba mucho mejor detestar que vender bonos, trabajo al que se dedicaba. Ambos tenían eso en común; les encantaba despotricar. Después de hacer el amor, se tumbaban en la cama y se turnaban para dedicarse a ese arte. Criticaban a colegas, amigos, jefes, políticos, familiares, a cualquiera. Era lo mejor de su relación, le producía una alegría infantil, como bajar en trineo por una colina. A Mark le supo mal cuando su terapeuta le dijo que aquello no era sano.

Su ex vio a Mark un segundo después de que él la viera a ella, que estaba de pie junto a la pared del fondo. Entre ambos había gente bailando y enrollándose. La música era un cúmulo de ritmos a todo volumen que impedían cualquier pensamiento. No tendría que haber estado allí, porque intentaba mantenerse limpio, pero percibía el olor de la maldita cocaína, ácido y penetrante, como el de una rodaja de limón. Buscó la cara de su ex y se preguntó: «¿Quizá? ¿Podríamos? ¿Alguna vez llegamos a...?».

Ella también lo miró, con aquellos ojos oscuros, casi negros. Negó con un gesto y articuló: «No».

Él le respondió del mismo modo: «Que te den», y se puso a bailar, algo que ya casi nunca hacía. Al principio iba a destiempo y tuvo que acompasar los movimientos con el ruido ensordecedor. Daba saltos de puntillas, con los brazos alzados, y cuando la gente berreó el estribillo, indescifrable para él, también gritó. Un tipo que tenía al lado lo miró sorprendido y después sonrió y chocaron las manos.

Veronica habla por megafonía y Mark estira el cuello para verla, pero no lo consigue. Explica que ya han llegado a la altura en que está permitido el uso de dispositivos electrónicos. Tanto Mark como su vecina de asiento sacan el portátil del bolsillo delantero. Se sonríen.

—Hoy es el último día para entregar un trabajo —le dice ella.

—La vida no sería lo mismo sin esos días.

La mujer tuerce el gesto como si de verdad sopesara el comentario.

A Mark le molesta.

—Mmm —contesta ella.

Mark no quiere hablar más, pero quiere demostrarle a su vecina que está al corriente de todo.

—Tienes dos hijos. Estaba con vosotros en la cola del control de seguridad —le dice.

La mujer debe de tener unos cuarenta y cinco años, no mucho mayor que él, pero su procedencia es completamente diferente, seguramente un barrio residencial. Está claro que lleva una vida de madre casada, vamos, en las antípodas de la de Mark. Ella lo mira sorprendida. De reojo observa el portátil encendido.

—Sí, tengo dos hijos.

—Yo tengo un hermano —dice Mark. Luego piensa: «Claro, es lógico. Esta mujer se parece un poco a mamá, y los chicos somos Jax y yo».

Recuerda haber ido en avión con su familia a visitar a sus abuelos. Se acuerda de Jax y él dándose golpes y partiéndose una barrita de Twix. Su madre parecía estresada, como le ocurre a la pasajera de al lado, aunque él no entendió el motivo de aquel estrés hasta que creció y empezó a sacudirse como una olla hirviendo a punto de perder la tapa. Su madre, callada y de labios finos, que siempre parecía estar alejándose de él, tomó demasiados somníferos y jamás despertó. Mark tenía dieciocho años.

—No me siento con mis hijos porque tengo que trabajar.

Mark interpreta que quiere que la deje en paz. Se centra en su propia pantalla, llena de tablas y gráficos precisos que representan las tendencias del mercado, las pérdidas, los índices de variación. Le echa un vistazo a las negociaciones. Busca lo mismo que todos los días: oportunidades que los demás no sean capaces de detectar.

Linda busca en el bolso y se mete el test de embarazo bajo la manga. Espera todo lo posible antes de pedirle a Florida que la deje pasar.

—¿Tienes que ir al baño? —le pregunta la mujer.

Cuando Florida se levanta, la ropa le tintinea. Sale al pasillo y Linda la esquiva pasando de lado. Va deprisa hacia el baño y, sin querer, cruza la mirada con un soldado que ocupa un asiento de pasillo.

—Hola. —Es más un gemido que un saludo.

El hombre la saluda con una mano enorme y Linda lo deja atrás, más nerviosa de lo que estaba al levantarse. Hay cola para usar el baño y se pone al final. Delante de ella, a un lado del pasillo, está el adolescente que ha visto antes, un chico alto y despeinado, ese al que han cacheado. Lleva auriculares y se mece ligeramente al ritmo de una música que ella no alcanza a oír. La despreocupación con la que mueve los hombros, aunque lo haga levemente, le resulta dolorosa a Linda. Se parece un poco a un ex novio suyo, uno de los primeros. Recuerda cómo le acariciaba el pelo, tan despeinado como el del chico, pero descarta el recuerdo porque, sin duda alguna, el muchacho es menor de edad. Cuando lo ha visto antes con el guardia de seguridad, ha pensado: «¿Por qué no pasas por la máquina y punto?». Nunca ha entendido a los que se oponen a ello. ¿Qué más da que la máquina de seguridad sea inútil? ¿Para qué montar un escándalo y fastidiar a los encargados? Después de todo, el aeropuerto no rehará el sistema de seguridad por lo que diga un adolescente. No le ve ningún beneficio.

Se toca la manga y nota el crujido del envoltorio de plástico. Cuando iba al instituto solía esconder los tests de embarazo en el mismo sitio. Se cuestiona si la piel del dorso de la muñeca derecha está harta de ser testigo de sus fracasos.

—Señora, ¿se encuentra bien? —le pregunta el chico de delante.

—¿Me lo dices a mí? Sí. —Linda se plantea qué cara debe de estar poniendo como para haber sacado a un adolescente de su planeta. Intenta relajarse—. No me llames señora, que solo tengo veinticinco años. —Pero incluso mientras lo está diciendo entiende que, para el chico, una persona de veinticinco años es vieja, y merece que la llame «señora».

El adolescente le sonríe con amabilidad y entra en un baño libre.

«A los veinticinco soy muy joven, en realidad», piensa mirando la puerta cerrada del baño.

Siendo adolescentes, Linda y su mejor amiga decidieron que para una chica no era aceptable seguir soltera pasados los veinticinco años. Gary tiene treinta y tres, la edad perfecta para ella. Los hombres tardan más en madurar. Gary, con treinta y tres años, se ha acostado con suficientes personas (según él nueve, aunque ella piensa que más) como para establecer una relación seria. Ella se ha acostado con dieciséis hombres, suficientes como para querer algo definitivo. El noveno de la lista la quemó con un cigarrillo en pleno orgasmo; el decimoprimero la engañó con el profesor de mates del instituto; el decimoquinto se gastó el dinero del alquiler en droga. El único con un trabajo decente y dinero en la cuenta había sido el decimotercero, pero no le gustaba el modo crítico que tenía de demostrarle su afecto. Por su cumpleaños le regaló maquillaje y en Navidad unas pastillas para perder peso. Lo dejó antes del día de San Valentín, pero salió de aquella relación cargada de complejos.

Linda se mete en el baño que acaba de quedar libre. Cierra la puerta y corre el pestillo, acción que enciende automáticamente el fluorescente del techo. Solo puede estar de pie entre el inodoro y el pequeño tocador. Se saca el test de la manga, muerde la punta del envoltorio y estira un poco para romperlo.

Se baja el pantalón blanco y la ropa interior y se pone en cuclillas encima del váter, con un brazo entre las piernas. Toma una buena bocanada de aire y mea en el test, o eso espera. Recuerda al adolescente diciéndole al guardia de seguridad que no le gusta la postura que hay que adoptar en el escáner del control de seguridad porque ¿es humillante? Se pregunta qué opinaría de su postura en este momento. Tiemblan tanto el avión como los muslos de Linda.

En primera clase, Crispin Cox intenta no pensar en las punzadas que siente en la barriga. Se centra en su primera esposa, Louisa, la que nunca se rinde. Cuando piensa en ella le viene a la cabeza este eslogan: «La que nunca se rinde». Llevan divorciados treinta y nueve años, mucho más tiempo del que pasaron juntos, pese a lo cual cada pocos años el abogado de Louisa contacta con el suyo con alguna excusa original para sacarle algo más. Más dinero, más acciones, más propiedades. A veces en nombre de sus hijos, a veces en su propio nombre. Y, maldita sea, en la mitad de las ocasiones gana ella.

—El médico dice que está usted estable, señor, pero me da la impresión de que le duele bastante. ¿Podría puntuar el dolor en una escala del uno al diez? —le dice la enfermera, sentada a su lado.

—Estoy bien, solo necesito otra pastilla —contesta Crispin.

Podría repetir palabra por palabra la charla que tuvo con Louisa aquella noche en el Carlino's. Ella llevaba un vestido azul pavo real y el peinado que a él le gustaba. ¿Por qué recuerda tan bien a Louisa pero es incapaz de decir dónde fueron de luna de miel o de qué trabaja su hijo menor, el más inteligente y excéntrico? Su vida está ahí, con todos los personajes, pero los nubarrones siguen al acecho. Cambia continuamente todo lo que ve, todo lo que recuerda.

La enfermera se pone la pastilla en la palma abierta de la mano.

—Deja de mirarme así —protesta él.

—Señor, solo intento hacer mi trabajo.

—Exactamente. Me miras como si yo fuese tu maldito trabajo. No soy el trabajo de nadie, nunca lo he sido y nunca lo seré. A ver si lo entiendes de una vez.

La enfermera baja la mirada, como si de golpe se le hubiesen prendido fuego a los pies y observara las llamas. «Madre mía, qué débiles llegan a ser algunos. Se hunden por nada —piensa. Recuerda de nuevo a Louisa—. Ella nunca apartaba la mirada mientras le gritaba.»

La azafata de caderas preciosas se le ha acercado. ¿De dónde ha salido? De golpe el dolor empeora, las punzadas se suceden.

—¿Puedo hacer algo por usted? ¿El caballero desea

una bebida o un tentempié? —pregunta la azafata con suavidad.

Sin embargo el dolor no cede, la oleada prosigue y no puede responder. A su lado, la enfermera guarda silencio. ¡Por Dios! A lo mejor incluso llora. Crispin alza una mano con esfuerzo esperando que la azafata se dé por aludida y se marche.

—Me gustaría tomar algo —dice un hombre sentado al otro lado del pasillo.

Crispin cierra los ojos, con la pastilla a buen recaudo bajo la lengua.

El avión da un leve tumbo; Veronica apoya la mano en el asiento y se vuelve hacia atrás. Solo se oye el gorgoteo del aire acondicionado del techo, el resto del avión permanece en silencio. Los pasajeros están ensimismados; el largo trayecto acaba de empezar y tienen que acostumbrarse al nuevo entorno, a esta bala de plata en la que pasarán buena parte del día. Uno por uno, van resignándose a la nueva situación. La mayoría se pregunta: «¿Qué hago hasta que aterricemos?».

Jane sonríe disimuladamente mientras su vecino de asiento coquetea con la azafata que le ha traído la bebida.

—¿De dónde eres? —le pregunta.

—Aquí tiene su *bloody mary*, caballero.

—Llámame Mark, por favor.

—Mark —dice Veronica—, soy de Kentucky, pero actualmente vivo en Los Ángeles.

—Yo soy de Baltimore, aunque vivo en Nueva York. No podría vivir en ninguna otra parte. ¿Desde cuándo te dedicas a esto?

—Oh, pues creo que desde hace cinco años ya.

Mark está nervioso. Jane se fija en que le tiembla la rodilla bajo la mesa del asiento. Intenta no prestarle atención, ha de escribir. Antes de aterrizar tiene que haber pulido el texto completo, lo que implica reescribirlo casi todo. Es capaz, trabaja bien bajo presión. La cuestión está en que no quiere trabajar. Si Bruce no se hubiese enfadado y estuviese sentado con ella, le preguntaría: «¿Qué quieres hacer?». Él siempre vuelve al punto de partida, a la duda esencial. A diferencia del cerebro de Jane, el de Bruce no se entretiene con digresiones, obligaciones o sentimientos. A veces ladea la cabeza mientras la observa y ella entiende lo que piensa: «¿Todavía la amo?». Afortunadamente, hasta ahora la respuesta siempre ha sido que sí.

Viaja en primera clase porque se ha pasado las últimas semanas sin escribir, empaquetando sus pertenencias de manera obsesiva. Sabe exactamente en qué caja está el elefantito de Eddie y en cuáles todos y cada uno de los preciados libros de Jordan. Numeró las cajas según el orden en que van a abrirlas en Los Ángeles. Mientras las llenaba, pensaba que ojalá hubiera estado participando en un concurso para trasladar una familia a la otra punta del país con absoluta eficacia, porque habría ganado el primer premio. Cuando hace una semana Lacey se ofreció a ir en coche a Nueva York para ayudarla con la mudanza, Jane se rio.

—Perdona por intentar ayudarte —dijo su hermana, ofendida.

—Ay, perdona. No me río de ti, sino de mí.

La conversación degeneró a causa de las espinitas emocionales y su tendencia a buscarse las cosquillas, y pese a que ambas intentaron reconducirla, colgaron sin haberlo logrado ninguna de las dos. Cada hermana entiende el mundo a su manera, lo que suele causarles problemas. Comparten las principales preocupaciones, pero hay diferencias esenciales. Lacey siempre ha querido encajar y, según ella, eso implica vivir en una buena casa de las afueras, estar casada y tener dos hijos. Siempre ha aspirado a vivir «como toca». Eso a Jane nunca le ha interesado, eso es todo. Cuando ha deseado algo, ya fuese una relación, un hijo o un empleo, ha intentado conseguirlo. Casi nunca se compara con los demás. En una ocasión, en casa de su hermana, le sorprendió mucho descubrir que Lacey estaba suscrita a trece revistas femeninas. Le explicó además que las tenía agrupadas por temas: cocina, limpieza del hogar, fertilidad, decoración, belleza.

Al ver la cara que ponía Jane, su hermana le preguntó qué pasaba. «¿Yo soy rara? La rara eres tú», repuso Jane.

Lacey mantiene la salud de sus relaciones de una manera impensable para Jane, pero que puede servirle, en un momento como este, para limar asperezas con su hermana. «La llamaré en cuanto lleguemos a la casa —piensa—. Se conmoverá porque habrá sido la primera persona a la que habré llamado desde el teléfono fijo. Ese tipo de cosas le importan.» Se da cuenta de que Veronica se ha ido y de que Mark, con el *bloody mary* en la mano, parece abatido. Ese abatimiento se asienta como una neblina sobre su piel y se pone a escribir.

En las instrucciones del test de embarazo pone que el resultado tarda tres minutos en aparecer. Se queda mirando el palito blanco. A Linda le gustaría caminar de un lado a otro, o incluso salir del baño, pero no puede. No le queda más remedio que permanecer quieta. Puede que sea la inmovilidad forzada lo que la lleva a divagar.

Recuerda la primera vez que tomó alcohol, en concreto Jägermaister. Ocurrió la noche anterior a las pruebas de acceso a la universidad. Había dormido solo dos horas cuando llegó al instituto para el examen; tenía el cerebro hecho puré. La mirada de su tutora, que no paraba de decirle que su padre se equivocaba, que ella tenía cabeza y un gran futuro por delante a poco que se esforzase, perdió el brillo seis semanas después, cuando le enseñó las malas notas que había sacado. En ese preciso instante la vio decidirse a centrar sus esperanzas y su atención en un alumno menor.

La luz del baño es fatal. Cuando se mira en el espejito tiene la piel amarillenta. Toda de blanco el día que coge un avión, ¿a quién se le ocurre? Saca la lengua y en el reflejo ve la cicatriz del *piercing* que se hizo en la lengua a los trece años. Otra mala decisión. Se la perforó porque una chica a la que admiraba se había hecho gótica. Dos días después se le había hinchado tanto que le costaba respirar. Su madrastra la llevó a urgencias y quedó tan encantada con aquello que desde entonces lo sacaba a relucir incluso cuando no venía al caso.

—Por poco te quedaste sin lengua. ¿Qué habría sido de ti? Te habría costado aún más atrapar a un hombre.

—He atrapado a Gary —les dice al espejo y a su madrastra.

Pero en el fondo siempre ha compartido el escepticismo de esta. La atormenta que la distancia sea el único motivo por el que ha llegado a los once meses de relación con Gary, y esa distancia está a punto de desaparecer. Se han ido viendo, por supuesto. La visita más reciente fue hace seis semanas. Pero han sido visitas cortas y, por tanto, dulces. En un fin de semana largo no da tiempo a que afloren el malhumor o las inseguridades arraigadas. La convivencia pondría de manifiesto todos sus defectos.

Se conocieron en una boda: Gary había sido compañero de universidad de la novia y Linda había salido hacía tiempo con el novio. Aquella noche terminaron consolándose mutuamente de la tremenda soledad. Linda lo había considerado un lío de una noche, pero Gary le escribió al día siguiente mientras regresaba a California.

Durante las semanas siguientes estuvieron chateando y llamándose por teléfono. Linda se molestó cuando Gary le explicó que se dedicaba al estudio de ballenas. Creyó que se burlaba de sus carencias en materia de educación y estuvo a punto de colgarle. Él tenía un doctorado y ella no había puesto un pie en la universidad. Estaba claro que la consideraba tan tonta como para poder decirle que tenía un trabajo fantástico sin que ella lo pusiera en duda. Es más, aquella mentira era una puñalada por la espalda. De niña estaba obsesionada con las ballenas. Tenía las paredes de la habitación forradas de carteles de aquellos enormes mamíferos y los libros que más le gustaban trataban en su mayoría sobre la vida marina. Le pareció que Gary se burlaba tanto de la Linda adulta de veinticinco años como de la niña de doce que había sido.

—¿Te refieres a que estás en el paro? —le espetó con mala uva.

—Te envío al correo información sobre mi programa.

No habían colgado todavía cuando Linda abrió el enlace a unos vídeos de barbudos con anorak en un barco, en alta mar. Se fijó en que uno de ellos era Gary, muy bronceado. En otro vídeo se veía la joroba de una ballena junto al barco. Después unas aulas y un cuchitril lleno de material de buceo. Cerró el portátil y tosió.

—¿Linda? —inquirió Gary cuando ella dejó de toser.

—Me he atragantado.

Linda suponía que eran simplemente amigos, porque no estaba obsesionada con él, como le ocurría siempre que le gustaba un hombre. Le alegró el día hablar con él y se le escapó esa risa aspirada que desde siempre trataba de evitar. «Qué horror», había mascullado su madrastra una vez que oyó a Linda reírse así.

Nunca han hablado de tener hijos; Linda no sabe qué opina él sobre el tema. La niñez de Gary fue dura. Le dijo que prefería morir antes que volver a pasar ese trago. En el fondo, ella desea que su vida juntos pueda curarle las heridas del pasado. «A tu lado dejo de estar roto», le dijo Gary en una ocasión, y aunque fue incapaz de responderle en aquel momento, ella sentía lo mismo en su compañía.

Suena un pitido y anuncian por el altavoz que en breve se iniciará el servicio de bar. De golpe Linda se percata de que tiene muchísima sed.

—¿Hola? —Alguien acciona con insistencia el picaporte del baño—. ¿Se encuentra bien? —dice una voz masculina.

—¡Sí! —Linda sujeta la prueba de embarazo como una lanza. En medio del blanco asoma un signo rosa de suma—. ¡Sí! —Descorre el cerrojo y sale al pasillo.

Julio de 2013

Cuando Edward llega a casa de sus tíos le enseñan el cuarto del bebé. John ha trasladado la cuna al desván y la ha sustituido por una cama individual con la colcha azul oscuro. La librería, llena de cuentos con las páginas de cartón que los bebés pueden morder sin peligro, sigue donde estaba. Tanto las paredes como las cortinas son rosa pálido, porque Lacey, cada vez que se queda embarazada, está segura de que será niña. Hay una mecedora junto a la ventana.

Sobrino y tío se quedan un momento en el umbral. John parece desconcertado, como si hubiera olvidado por qué están donde están. Edward se pregunta si puede volverse y escurrirse sin que se dé cuenta.

«Este no es mi cuarto, no puede serlo», piensa.

—¿Quieres ver el lago? —dice John. Se acerca a la ventana y Edward lo sigue con las muletas.

West Milford está a orillas de un lago de once kilómetros. Durante la época de apogeo del pueblo, a finales del siglo XIX, tres barcos de vapor enormes surcaban sus aguas transportando a los visitantes desde los trenes a alguno de los varios centros turísticos. Con la llegada de los aviones, el turismo cambió. La gente seguía acudiendo al lago Greenwood, pero únicamente las familias de Nueva Jersey y de Nueva York, muchas de las cuales habían comprado allí una casa de veraneo. Los padres de John se habían conocido a los ocho años, jugando junto al lago, y los dos habían veraneado en la zona durante toda su infancia. Era un pueblo seguro, aunque en esa época todos los pueblos de las afueras lo eran. Los niños corrían a sus anchas y solo aparecían por casa para comer y dormir, mojados y bronceados.

En la década de 1970, el lago perdió su atractivo. Si una familia podía permitirse una casa de veraneo, elegían la costa de Nueva Jersey o Long Island. Los hoteles tuvieron que cerrar por falta de clientela. John y Lacey se compraron la casa poco después de casarse, en 2002, porque podían acceder a una más bonita en West Milford que más cerca de la ciudad. Además, allí John tenía bastantes clientes para su negocio de tecnología de la información y a Lacey el lago le recordaba Canadá. Hay unas vistas muy bonitas desde el segundo piso. Tanto el cuarto del bebé como el dormitorio de John y Lacey dan a la vasta superficie tranquila del lago.

—Cuando estés mejor podríamos ir a nadar —propone John.

Algo dentro de Edward, algo que se reveló después del accidente, empieza a hacer clic. Recuerda haber oído a su madre decirle a su padre que Lacey había tenido otro aborto espontáneo. No sabía lo que significaba, así que lo buscó en el diccionario.

—Arreglaremos mejor la habitación —dice John—. Claro que sí. Tú decides de qué color quieres las paredes y yo las pintaré. ¿Prefieres algún color?

—No —dice Edward. Se vuelve, sale despacio del cuarto y baja las escaleras.

Esa noche duerme o, mejor dicho, no duerme, en el sofá del salón. Es horrible no estar en el hospital. Mientras permaneció ingresado, no imaginaba que se sentiría así. Ahora le resulta imposible anticipar nada. Al parecer, quedarse en el hospital, con los pitidos de las máquinas, sus rutinas y el desfile constante de personal médico, le había ayudado a mantener la cordura. Ahora el cuerpo le duele de otro modo; la monotonía ha desaparecido. Se nota la varilla de metal que le sustituye parte de la tibia y la piel extraña y rugosa al tacto. El cabello, a pesar de no tener terminaciones nerviosas, le duele. La segunda noche que pasa en West Milford, se sienta en el sofá a las dos de la madrugada con las manos en los muslos. El dolor pulsa más allá de los límites de su cuerpo. Parece imposible que vaya a sobrevivir a eso.

A la mañana siguiente llaman a la puerta principal. John ya se ha ido a trabajar y Lacey todavía no ha bajado. Edward parpadea; tiene los ojos como dos piedras secas y calientes. Se apoya en las muletas para levantarse y abrir. Hay una mujer y una niña de más o menos su misma edad en los escalones de entrada. La mujer es morena, de piel café con leche. Lleva un termo rojo. La niña lo mira, escondida a medias detrás de su madre. Edward no le ve más que un ojo con gafas. El cerebro le hace clic, le repiquetea casi, y luego para. Por un momento se siente bien. Despejado, normal, intacto. La sensación, que desaparece casi al instante, es estremecedora.

—Hola —saluda, dirigiéndose a la niña.

—Soy Besa —dice la mujer—. Ella es Shay. Vivimos al lado, así que nos verás muchas veces. Le he traído café a tu tía, pero me parece que te hace más falta a ti.

Le tiende el termo y Edward se lleva el cilindro cálido al pecho. El olor le recuerda la cafetería cerca del piso de sus padres, que impregnaba el aire de la acera de aroma a café para tentar a los que pasaban.

—Yo soy... —No termina la frase. Es la primera vez que se presenta. Eddie ya no existe. Se alegra de que su tía tomara la decisión que tomó en el hospital—. Soy Edward.

Besa le sonríe con calidez, desencadenando el recuerdo de la sonrisa de su madre y luego una oleada de miedo en Edward. Siente el repentino deseo de tenderse a sus pies. ¿Todas las madres que vea van a recordarle la suya? Si es así, está perdido.

—Ya sabemos quién eres, *niñito** —dice Besa.

Shay sale de detrás de su madre con los labios levemente fruncidos.

—Soy dos meses mayor que él, y me has dicho que he de esperar a tener dieciocho años para tomar café.

Besa la invita a callar con un gesto de la mano.

—*Cállate, mi amor.*

En ese momento llega Lacey y los acompaña a la cocina. Edward se sienta a la mesa y se sirve un dedo de café en la tapa del termo.

—¿Te gusta? —dice Shay.

El sabor del café se parece al que Edward imagina que debe de tener el asfalto húmedo: ardiente y pegajoso. Sin embargo, asiente y trata de erguirse en la silla. Shay es dos centímetros y medio más alta que él, lleva la melena castaña hasta los hombros y tiene un hoyuelo en la mejilla izquierda.

—¿Ya has ido a dar una vuelta por el pueblo? —dice Besa.

—Tiene que descansar —interviene Lacey—. Aún no se ha recuperado lo suficiente.

—Bien, porque este lugar se ha vuelto *completamente loco*. West Milford es pequeño, Edward. Todo el mundo se conoce y hace décadas que no pasa nada tan emocionante como tu llegada, si es que ha pasado alguna

* En español en el original.

vez. ¿Te ha contado tu tía que el pueblo pintó esta casa mientras estabais en el hospital?

Edward no lo entiende.

—¿Cómo pinta una casa el pueblo?

—Ha sido el consistorio. Querían ayudar —explica Lacey, que aparta la silla y se acerca a la encimera—. Se sentían mal y querían ayudar, pero no sabían cómo. Ha sido una tontería que la pintaran porque John lo hizo el verano pasado. No le hacía ninguna falta.

—En el campamento todos comentan por qué estás aquí —dice Shay—. Soy casi una celebridad porque soy tu vecina de al lado.

«Campamento», piensa Edward. La palabra le suena, pero su cerebro tarda un momento en entenderla. Las vacaciones de verano. Niños. Pasatiempos y manualidades. Jordan y él iban a un campamento de ciencias todos los veranos, en el Museo de Historia Natural.

—¿Todos queremos tortitas? —tercia Lacey, en un tono conminatoriamente alegre, para cambiar de tema.

Edward está mirando fijamente el café cuando la chica le habla.

—Una vez estuve con tu hermano.

Cree haberla entendido mal. Cuando repite mentalmente la frase, se hunde un poco en la silla.

Aunque, por lo visto, Besa ha oído lo mismo.

—¿Qué dices? Nunca conociste a su hermano —salta.

—Lo conocí aquí —insiste la niña—. Bueno, en el césped. Creo que yo tenía seis años. Sabía que tu familia estaba de visita ese día y fingí cortar el césped con mi segadora de juguete. Jordan salió solo.

—Eso no lo sabía yo —dice Besa, ofendida.

—Mamá, tenía seis años. Seguramente te lo conté y no te acuerdas. Además, no era nada importante. Ni siquiera había vuelto a pensar en ello hasta... —Tras una pausa, añade—: Hasta hace poco.

—A Jane le encantaba traer aquí a los chicos. —Lacey yergue la espalda—. Necesitaba darles un respiro del barullo de la ciudad.

—¿Hablaste con él? —le pregunta Edward a Shay.

—Un poco. Cuando salió, bajó de un salto los escalones, desde el porche hasta el césped. No sé por qué razón eso me impactó bastante. Puede que soltara una exclamación, porque se fijó en mí.

Edward trata de imaginar la escena: el sol radiante, la hierba verde, los cinco escalones de cemento ante la casa de sus tíos.

—Jordan dijo: «¿Nunca habías visto saltar a nadie?», o algo así. Y yo le respondí que no había visto a nadie saltar de aquella manera. Se rio y corrió hacia la calle. Luego se subió al techo de la furgoneta de tus padres.

—Eh, un momento —dice Lacey, con el ceño fruncido—. No nos vengas con historias, Shay. Eso no está bien.

—Jordan hacía esas cosas —tercia Edward—. No sería de extrañar que hubiera hecho eso.

Shay asiente levemente.

—Me saludó con la mano y saltó del techo de la furgoneta.

—*Dios mío...* —dice Besa.

—Ah, sí... —dice Lacey. Tras una pausa, añade, ya en otro tono—: Me acuerdo. Se lastimó una rodilla. No me dijo cómo, pero le di una bolsa de guisantes congelados para que se la aplicara sobre la hinchazón.

Edward no se acuerda de nada. No recuerda a Jordan saliendo de casa sin él. No recuerda los guisantes congelados, ni a la chica, ni a su hermano cojeando. Tiene una sensación de que algo se le resquebraja en el pecho, como de huesecitos partiéndose. ¿Por qué no consigue acordarse?

—No me pareció que se hubiese hecho daño —comenta Shay—. Un adulto lo llamó justo después de saltar y volvió adentro. —Empuja hacia atrás la silla y le planta un beso en la mejilla a su madre—. Tengo que irme, mami. El autobús está a punto de llegar.

—*Que tengas un buen día.*

—*Adiós* —dice Shay, y se va.

Edward toma otro sorbo de café para controlar el nudo que se le ha formado en la garganta. Tose en la servilleta. Nota que Lacey quiere que coma, pero hay un campo de fuerza alrededor de la comida que no logra atravesar: su olor, su solidez son insoportables. Vuelve a sentarse en el sofá. Lacey le pone la televisión, pero él es incapaz de concentrarse en las imágenes. Oye el runrún de su tía y de Besa hablando en la cocina. Cuando pasa por delante de la puerta para ir al baño, oye a su tía decir: «En lugar de un bebé, tengo un niño de doce años». Edward se mira fijamente los pies para asegurarse de no caer.

Cuando anochece y John llega a casa, Edward se sienta a la mesa de la cocina. Su tío le revuelve el pelo; su tía le sirve una cucharada de puré de patatas con mantequilla en el plato.

—Por favor, Edward —le ruega.

John comenta algo sobre un abogado y Lacey dice que es una mala época para los tomates. Su tío y su tía se pasan los cuencos de comida con más frecuencia de la necesaria, en opinión de Edward.

—Ojalá me gustara la ensalada —comenta Lacey.

—A nadie le gusta —dice John haciendo una mueca.

Edward no sabe por qué está seguro, pero lo está, de que esta conversación sobre la ensalada es un clásico de su repertorio de convivencia. Es una interacción que repiten para reconocerse como individuos tanto en el matrimonio como en la vida. Lo mismo que cuando John pregunta «Lace, ¿estás bien?» al entrar en una habitación, sin esperar ni necesitar una respuesta. Igual que cuando Lacey se lleva la mano al pelo para comprobar cómo lo lleva varias veces por hora. Igual que ella guarda las especias en la puerta de la nevera y John las traslada al estante superior.

—¿Tenéis que acogerme? —pregunta.

Ambos lo miran. Las pecas de Lacey se oscurecen. Una arruga cruza la frente de John.

—Quiero decir... ¿Lo exige la ley, ya que sois mis únicos parientes?

—No sé si lo exige la ley —le responde Lacey, y mira a su marido.

—Estaba fuera de discusión —dice John—. No había nada que decidir. Somos tu familia.

—Sí —añade Lacey, pero cuando las pecas se le aclaran, Edward se da cuenta de que está al borde de las lágrimas. Ve que John también se da cuenta y le aprieta la mano.

—Me duele la pierna —dice—. ¿Me disculpáis?

—Claro que sí —responde John.

Poco a poco, la noche acaba por apoderarse de la ventana cuadrada bajo la que está el sofá.

—Es hora de acostarse, chico —le dice su tío desde el umbral de la sala de estar—. ¿Te ayudo a subir las escaleras?

Edward le contesta lo mismo que las dos noches anteriores.

—La pierna... Las escaleras me ponen nervioso. ¿Os importa si me quedo otra vez aquí abajo?

—En absoluto.

Al cabo de un momento Lacey le trae mantas y una almohada y le susurra las buenas noches al oído. Edward oye sus pisadas en las escaleras antes de que cierre la puerta del dormitorio. Se levanta, se acerca a la puerta de entrada, la abre y sale renqueando.

Cruza el césped y el camino de entrada. Se mueve con lentitud. Son las diez de la noche. El suave aire nocturno le acaricia las mejillas y se le eriza el vello de los brazos. Se da cuenta de que aquí los sonidos nocturnos son muy diferentes de los de la ciudad. Aquí se alza un muro de silencio frente a las criaturas que gorjean, las hojas que crujen y los distantes motores de los coches. Cruza con dificultad otra extensión de césped y sube los escalones de una casa que, en sombras, parece casi idéntica a aquella de la que viene.

Llama a la puerta.

Un momento después abre una mujer. Besa trata de distinguirlo en la oscuridad.

—¿Edward? ¿Estás bien?

—¿Puedo entrar para ver a Shay? —dice él.

Otra pausa y un recuerdo se abre paso en la mente de Edward. Así lo asaltan los recuerdos ahora: de improviso, como un ladrón que reventara una puerta cerrada. Unas cuantas semanas antes de tomar el avión, él y Jordan están en el ascensor de su edificio. Se han escabullido del piso sin que su padre lo haya notado y se sonríen. Saben que cuando lleguen al vestíbulo el portero estará cabeceando. «Chicos, vuestro padre ha llamado —les dirá—. Volved a subir ahora mismo.» Pero mientras el ascensor baja simulan estar tocando la guitarra.

Edward piensa: «Tendría que haber sido Jordan el superviviente, no yo».

Besa vuelve la cabeza hacia atrás.

—Shay, *mi amor*, ¿estás visible?

—¿Por qué? —oyen preguntar a Shay desde lo alto de las escaleras.

Besa no responde. Acompaña a Edward por el salón y suben juntos las escaleras al piso de arriba. Por el umbral de una puerta abierta ve a Shay recostada en las almohadas de la cama. Lleva un pijama con nubes rosas y tiene un libro en las manos.

—Hola —la saluda.

La chica se incorpora de golpe, entrecerrando los

ojos como ha hecho antes su madre en la puerta, pero detrás de las gafas.

—Ah, hola...

—Podrías contarle a Edward lo que has hecho hoy en el campamento —le sugiere Besa a su hija. Lo sujeta por el hombro, lo que provoca en el chico una sensación tan maravillosa como terrible.

—¿Y eso por qué?

Edward se da cuenta de que Besa intenta transmitirle un mensaje a su hija con la mirada porque sabe, intuye quizá, el motivo de su visita. Quiere estar con otro niño, quiere descansar un rato de la mirada intensa, escrutadora y preocupada de los adultos.

—¿Alguna vez has estado en un campamento, Edward? —dice Besa en un tono alegre y animoso.

—Qué raro es esto —comenta Shay.

Ante la declaración de su hija, Besa lanza un suspiro.

—Si no quieres, no estás obligada a hablar conmigo —puntualiza Edward.

—Bueno, pronto tendré que acostarme.

Él echa un vistazo alrededor y ve la butaca que hay bajo la ventana.

—Puedo sentarme ahí un ratito y ya está. —Nota pesadez. Traga saliva. Inspira—. Solo un momentito.

Shay y su madre se miran. Otra mirada prolongada, enrevesada, con recovecos. Edward se acerca al sillón. Le parece estar moviéndose bajo el agua. Arrastra las muletas por la alfombra. «¿Por qué habrán fabricado una alfombra tan mullida?», piensa.

—Telefonearé a Lacy para decirle que estás aquí.

—Repito, para que conste. Esto es muuuuy raro —insiste Shay.

Cuando Besa se marcha, Edward ya duerme.

Al despertarse, la luz es tan intensa que tiene que parpadear varias veces. Mientras lo hace, no sabe quién es ni por qué ni dónde está. Hasta que no se acostumbra a la claridad y deja de sentir pánico y hacer conjeturas no se da cuenta de que está en la habitación de Shay, solo, con una manta verde sobre el regazo. Nota que no hay nadie en casa; las paredes, la puerta abierta, todo sugiere vacío. Se queda ahí sentado un buen rato.

Cuando llama a la puerta de casa de su tía y ella le abre, le pregunta si está enfadada con él.

Ella lo mira burlona.

—Creo que no puedo enfadarme contigo —le responde—. Entra y descansa. Esta tarde tienes cita con el médico.

Cuando Edward se sienta en el sofá y Lacey lo ayuda a levantar la pierna herida para apoyarla en un montón de almohadones que hay en la mesa de centro, algo se le pasa por la cabeza.

—¿Te estoy impidiendo ir a algún sitio? Quiero decir si has tenido que dejar un trabajo por mi culpa.

Lacey alinea las esquinas de los cojines.

—No. Antes trabajaba —le dice—, pero dejé de hacerlo cuando me quedé embarazada. El año pasado tuve que hacer reposo.

—Ah.

Su tía echa un vistazo a la sala y Edward piensa: «Este era su sitio». Hay un montón de revistas en la bandeja inferior de la mesa de centro. Las de encima son sobre el embarazo o de puericultura. La mujer se ha pasado días sola en esta casa planeando quedarse embarazada o intentando no tener un aborto espontáneo. Oye un clic mental y desea poder levantarse y salir de la habitación como salió del cuarto del bebé del piso de arriba. Sin embargo, con Shay en el campamento y los pinchazos de dolor de la pierna, no tiene adónde ir.

—He pensado en buscar otro empleo. Lo que sea —dice Lacey—. Pero todavía no me he puesto a ello.

—Hace una pausa, como para tomar aliento—. ¿Te traigo algo de la cocina?

—No, gracias.

Edward mira un culebrón en el que una mujer se lamenta por si abortar o no mientras su madre se pregunta si dejar o no a su esposo. Es consciente del paso de las horas de una manera distinta. Comprende vagamente que se amontonan creando días y que siete días se agrupan en una semana. Y las semanas se acumulan hasta ser cincuenta y dos, un año. El vuelo fue el 12 de junio. Eso significa que ahora están a finales de julio. El tiempo pasa.

El médico carraspea. Entra en la habitación croando como una rana toro y así continúa por lo menos diez segundos, de pie delante de Edward y Lacey. Cuando finalmente deja de toser, parece satisfecho de su actuación.

—Has perdido casi cuatro kilos desde el suceso —dice.

«¿El suceso?», piensa Edward momentáneamente confundido, hasta que cae en la cuenta.

—Eso no está bien —comenta Lacey.

—Eso no está nada bien —repite el médico.

En una de las paredes hay un mural fotográfico de una mariposa. El chico se pregunta si el médico se habrá arrepentido de haberlo instalado. La mariposa, de un tamaño tan grande, resulta fea. Consigue que todo el mundo se mantenga lo más alejado posible tanto por sus dimensiones como por su rareza.

—Cómprele helados, barras de caramelo, lo que él quiera —dice el médico, y enfatiza sus palabras emitiendo un resoplido nasal—. No es momento para preocuparse por la alimentación sana. El chico está creciendo y no tiene que perder peso. Le hacen falta calorías. Si pierdes otro medio kilo voy a tener que alimentarte por vía intravenosa, Edward. Eso implicaría volver a ingresarte en el hospital.

—Por favor, piensa en algo que te veas capaz de comer —le ruega su tía en el coche, de camino a casa.

Edward se siente vacío por dentro. No hay nada vivo en él. La comida le parece no solo innecesaria, sino trivial.

Lacey llega al estacionamiento de un supermercado. Apaga el motor pero mantiene las manos en el volante. Mira a Edward de un modo que él no había visto antes.

—Por favor no hagas esto —le ruega con un hilo de voz—. Si Jane supiera lo mal que te estoy cuidando...

—No, tía. —Mira a su alrededor tratando de encontrar las palabras que le faltan pero solo ve «tienda», «patatas fritas», «cerveza», «precocinados», «oferta», «aparcamiento».

Su tía ha salido del coche y se ha alejado. La sigue renqueando.

—Vamos a recorrer los pasillos de un extremo a otro —le dice Lacey una vez en la tienda—. Mete en la cesta la comida que no te dé asco.

Edward mira los montones de tabletas de chocolate. Crujiente, relleno de caramelo, con frutos secos, negro, blanco, con leche. Escoge el preferido de Jordan: una tableta de Twix.

Lacey relaja un poco los hombros cuando la mete en la cesta. Patatas fritas: rancheras, con sabor a barbacoa, queso, pepinillos, jalapeños, saladas, horneadas, onduladas, lisas, con crema agria y cebolla. Elige una bolsa de las preferidas de su madre: con sal y vinagre. En el siguiente pasillo hay rollos de fruta desecada, cecina y café. Nada acaba en la canasta. A continuación una larga sucesión de cereales.

«A lo mejor sin leche estarán bien», piensa Edward. No soporta la idea de que la comide cambie de forma.

Sumergida en un líquido le resulta intolerable y no quiere nada que tenga burbujas. La sopa, el estofado, los zumos y los refrescos están descartados. El helado se funde, así que también le molesta.

Escoge los cereales con el envase menos vistoso.

—¿Con esto basta? —le pregunta a su tía.

—Por algo se empieza.

Cuando llegan a casa, Lacey pone la comida en la mesa de centro, se marcha y vuelve con un plato y una cuchara. Edward, sentado en el sofá, la observa. La pierna le late aunque la tenga apoyada en un cojín. Por encima de la rodilla, los músculos y tendones le palpitan como un corazón.

Lacey le quita el envoltorio a la tableta de chocolate Twix. Parte una porción y la deja en el plato. Luego abre la caja de cereales y sirve una cucharada de aritos lejos del chocolate. Añade dos patatas fritas. Tía y sobrino observan el plato en silencio.

—Quiero que te lo hayas comido todo dentro de una hora —dice ella—. Luego volveré a llenar el plato de la misma manera. ¿Entendido?

Edward asiente. Pone la televisión. Dan un programa de debate. Alrededor de una mesa varias mujeres se interrumpen constantemente. Empieza a mordisquear el borde de una patata frita. Cuando se nota la boca como el serrín, parte una pizca de chocolate con los incisivos.

Recuerda que se llenaba la boca de patatas fritas con su hermano para comprobar cuántas le cabían. Recuerda estar sentado a la mesa del comedor con su familia, la puesta de sol detrás de ellos, la música de Bach en el estéreo. Luego parte en dos un arito y se esfuerza por no recordar nada, por no pensar en nada, hasta que no existe más que una llanura, la llanura con la que ya se identifica.

10.02

El avión pesa poco más de setenta y tres toneladas y tiene una envergadura de casi treinta y ocho metros. Para construirlo se han usado planchas de metal, extrusiones, piezas de fundición, lingotes, pernos y largueros. Lo conforman trescientas sesenta y siete mil piezas y han hecho falta dos meses para construirlo. Para hacer que este autobús vuele se requieren un millón setenta y siete mil quinientos setenta y tres newtons.

Bruce mira por la ventana sin fijarse en Eddie.

—Tendría tu edad cuando viajé por primera vez en avión. Íbamos al funeral de un tío al que no conocía. Al ver el aspecto de las nubes desde arriba, me dieron ganas de salir del aparato y bailar sobre ellas —le dice.

Eddie observa la copa de zumo de naranja. Su enfado es fingido. Bruce se ha percatado de que cuando a Jordan le dan los prontos de la edad del pavo, su hermano pequeño intenta a veces fingir estar igual de enfadado, irritado o indignado. Aunque no se le da bien; no tiene ni el corazón ni las hormonas de un adolescente.

—Es la tercera vez que voy en avión, papá —contesta Eddie.

«Esta vez quiero entender la composición de las nubes. Quiero tenerlas bajo control. ¿Cuándo cambié? ¿Cuándo pasé de querer bailar a querer escribir sobre dimensiones?», piensa Bruce. Recuerda su propia adolescencia: el Bruce de trece años, una versión más tímida del de doce. Cada año se encerraba más en el mutismo y la vergüenza. Pero se entusiasmó al descubrir, más tarde de lo debido, que poseía un cerebro tremendamente analítico que podía utilizar sin problema alguno para encontrar sentido a los ruidos fuertes, las costumbres extrañas y la gente impredecible con la que se topaba. Las matemáticas eran la piscina más profunda a su alcance, así que se lanzó de cabeza. De números y ecuaciones a teoremas, binomios, n dimensiones y grupos monstruo M. Después, a los veinte años, empezó a usar las matemáticas para unir piezas del universo que a nadie se le había ocurrido unir hasta entonces.

Mira hacia atrás. Jordan avanza despacio por el pasillo, siguiendo el ritmo con la cabeza.

—Tienes que tomarte más en serio tu carrera —le decía Jane cuando discutían—. ¿Por qué la matrícula universitaria de trescientos cincuenta mil dólares es responsabilidad mía mientras que tú te dedicas a inventar constelaciones matemáticas y adornarlas con cuentas bonitas?

Jane no entiende su trabajo en absoluto, pero Bruce no la culpa. Únicamente siete personas de su propio campo entienden lo que está haciendo. Sigue la senda de las matemáticas puras; se necesita un doctorado para aspirar siquiera a entrar en el mundo desconocido de los matemáticos. Un proyecto solitario y de por vida puede parecer a los profanos algo absurdo, una obra matemática exquisita pero inaplicable. Quizá se descubra que es muy valiosa en un campo insospechado, pero, si eso ocurre, ya llevas años muerto. Las matemáticas puras pertenecen al terreno de los sueños, consisten en tejer telarañas para lanzarlas a la gente más inteligente del mañana.

Bruce a veces cita a sir William Hamilton cuando los no matemáticos le preguntaron por su trabajo. En 1840, mientras paseaba, tuvo una revelación y talló con una navaja la ecuación resultante en el puente Broome de Dublín. Aquella ecuación supuso el descubrimiento del cuaternión Q8, que, aunque inútil en su tiempo, ciento cincuenta años más tarde sería de ayuda en la creación de videojuegos. El llamado «Pequeño Teorema» del matemático francés Pierre de Fermat no sirvió de gran cosa cuando este lo desarrolló en 1640, pero en el siglo XXI se convirtió en la base del sistema de encriptación informática RSA.

—¿Por qué no te dedicas a las matemáticas normales? A las que tienen una verdadera aplicación, que ayudan a los científicos a construir cosas —decía Jane. Perfectamente podría haber dicho a las claras que se dedicara «a las que dan dinero».

Ser profesor titular en Columbia habría resuelto muchos de sus problemas. Habrían podido quedarse en Nueva York, sin subir nunca a ese avión. Bruce suspira y vuelve a mirar por encima del hombro. Sabe que Jordan se está tomando su tiempo a propósito. El chico piensa que a su padre le conviene sufrir un poco.

Jordan camina como un rapero por el pasillo. La música le dice al oído que *chumba-chumba* y él obedece. Una chica, probablemente de la edad de su hermano, con el signo de la paz dibujado en el dorso de la mano, lo está mirando desde un asiento de ventanilla. La saluda. Quiere disfrutar de este breve momento sin atadura alguna. En cuanto se siente junto a su padre y se ponga el cinturón de seguridad, discutirán y empezará a pensar en Los Ángeles, en cómo será vivir ahí. Y echará de menos a Mahira.

Aquello brotó de la nada. Un día fue a la tienda a comprar un refresco y ella le sonrió ampliamente, dándole a entender que le gustaba y que llevaba tiempo gustándole, y él también sonrió, y antes de darse cuenta estaba besando a una chica de verdad, no soñando con hacerlo. Cada vez que se acercaba a la tienda y el tío de Mahira no estaba, se iban al almacén. De pie, entre latas de alubias y rollos de papel higiénico, se comían a besos, besos, besos. Apenas hablaban. Su lenguaje consistía en sonrisas, miradas tiernas, en apartarle a Mahira el pelo de la mejilla y en unos veinte tipos distintos de besos que iban desde el «hola» y el «te deseo» (aunque en realidad no sabe lo que es eso) hasta el «quiero descubrir a qué te saben los labios». Jamás habría imaginado que existiesen tantos besos dependiendo de la velocidad, profundidad, intensidad. Podría haberla besado durante horas sin aburrirse ni un instante. Una vez se había encontrado con Mahira fuera de la tienda, en un restaurante chino. Él iba con su padre y ella con su tío, por lo que se limitaron al lenguaje de las sonrisas.

Cuando le dijo que iba a mudarse, Mahira apartó la vista un momento y, cuando volvió a mirarlo, le dio un beso distinto. Durante las tres últimas visitas al almacén compartieron un nuevo beso, uno que decía «te echaré de menos y me asusta que nos hagamos mayores y ojalá esto fuese para siempre pero sé que aunque no te marchases tendría un fin».

Jordan suspira, *chumba-chumba*, y dice:

—¿Me dejas pasar?

Su padre sale al pasillo para que pueda sentarse y vuelva a ser un miembro de la ecuación Eddie + Jordan = Bruce. Jordan inclina la cabeza hacia atrás y cierra los ojos escuchando la música. Está orgulloso de no haberle hablado a nadie de Mahira. Le pertenece únicamente a él; es su historia secreta. Se percata de que cuantos más controles de seguridad se salte y a cuantas más chicas bese, más distinto será de como es ahora y mayor será el dominio que tendrá de sí mismo, así que la ecuación en la que Bruce ha basado su vida dejará de ser válida.

En la misma fila donde están los Adler, al otro lado del pasillo, Benjamin deja la revista en el bolsillo del respaldo del asiento delantero. Intenta cambiar de postura, pero el reducido espacio se lo pone difícil. Está incómodo, le duele el costado en el que tiene pegada la bolsa de colostomía. Después de la operación, lo único bueno de pasar varias semanas en el hospital fueron los medicamentos. Antes, Benjamin nunca se había tomado nada más fuerte que un ibuprofeno, pero mientras le habían estado inyectando analgésicos de día y dado pastillas para dormir de noche, había vivido en una deliciosa neblina. Recordaba la pelea con Gavin, pero sus recuerdos no se correspondían con la realidad. Le parecía un juego: un enorme tipo negro rodeando a uno blanco, flaquito y rubio.

Por desgracia se le ha despejado la cabeza en el vuelo de regreso a casa. No se ha tomado ningún medicamento, y volver a la sobriedad le hace ser dolorosamente consciente de cada molestia física y cada pensamiento. Sufre breves ataques de pánico en los que llega a tocarse el cinturón para comprobar si va armado. ¿Cómo va a soportarse constantemente?

Regresa a Los Ángeles para que lo operen de nuevo y después le asignen un puesto administrativo. Ya no podrá volver a trabajar sobre el terreno. Ahora que ya no está bajo el efecto de los medicamentos, se sorprende anhelando morir en la mesa de operaciones. Sería mejor, muchísimo mejor que encajar su corpachón en una silla de oficina días tras día. Además, es un desconocido para sí mismo y no está muy seguro de que ese desconocido merezca vivir.

Fuera las nubes son más oscuras que antes. Dentro de la cabina también hay más oscuridad, una oscuridad plagada de recuerdos de chicas de labios suaves, madres que duermen, adolescentes tímidos y puños que impactan. Florida casi puede ver las escenas, las personas desaparecidas, los densos minutos, las horas y los años que acumula cada pasajero. Inspira y deja que el aire cargado le llene los pulmones. Para ella es lo mismo pasado que presente, ambos son igual de preciados y cercanos. Al fin y al cabo, si pasas gran parte del día recordando, ese es tu presente, ¿no? Algunas personas viven el ahora, otras prefieren residir en el ayer, y ambas decisiones son válidas. Florida se centra en los pulmones, alegre por tanta plenitud.

Cuando Linda vuelve al asiento, Florida le da una palmadita en la mano.

—Me recuerdas a alguien. He estado intentando recordar a quién —le dice.

—¿Ah, sí?

—Tal vez a alguna de las revolucionarias que cuidé en mi tienda de Cebú, en Filipinas. Los que venían solían ser chicos, pero de vez en cuando llegaba una chica enérgica que se había colado en la batalla.

Florida recuerda la abarrotada trastienda. Vendía o intercambiaba arroz y frijoles en la tienda y escondía a los heridos debajo de mantas en la parte de atrás. Celebraba reuniones clandestinas de los katipuneros en su dormitorio a altas horas de la noche. Los soldados heridos o enfermos llegaban directamente de luchar contra los españoles, pero no eran más que niños. La llamaban Tandang Sora, y ella susurraba la misma verdad al oído de cada niño soldado: «Eres especial. Debes sobrevivir, seguir adelante y hacer grandes cosas».

Se enorgullece al recordarlo. Vivió bien aquella vida. Hay otras de las que no se siente tan orgullosa. Por ejemplo, la que tiene ahora le parece que se le escapa. Linda se la queda mirando.

—¿Cuándo fue eso? Pensaba que vivías en Vermont.

—Ah, pues hace unos doscientos años. —Florida analiza a su compañera—. Hubo una chica a la que traté de pleuresía. Creo que es a ella a quien me recuerdas.

Linda la mira como si estuviera loca. Florida suspira. A veces lo explica, otras no, pero le parece que esta chica va a necesitar mucha ayuda para entenderlo.

—Verás, esta no es mi primera vida ni este es mi primer cuerpo. Tengo una memoria de mayor alcance que la mayoría; recuerdo casi todo lo que ha pasado.

—Ah, he oído hablar de gente como tú.

Florida no se inmuta por el tono receloso de su interlocutora. Ni siquiera sus padres actuales, dos médicos filipinos que emigraron a Atlanta, Georgia, para acabar siendo uno lavandero y la otra ama de casa, se creían las historias de vidas anteriores de Florida. Fue muy feliz cuando, yendo todavía al instituto, abandonó el Sur y a sus padres. Se fue con un novio que tocaba la batería y soñaba con la gran ciudad.

Linda se muerde el labio inferior. Es una mujer muy joven que domina a la perfección el arte de afearse. Lleva demasiado maquillaje y tiene una cara excesivamente expresiva. Arquea las cejas, mueve inquieta la boca, se chupa las mejillas y las suelta. Retuerce la cara como si se estuviera esforzando para hacer algo.

Florida le da otra palmadita en la mano.

—Todo irá bien. Quieres casarte con tu novio de California, ¿verdad? Te bajas del avión, os casáis y, *voilà*, empiezas una nueva vida. Eso es lo que quieres, ¿no?

—No estoy del todo segura de que vaya a pedírmelo —contesta Linda en un susurro.

Florida esboza una sonrisa.

—Cielo, nadie está seguro al cien por cien de nada, y quien te diga lo contrario, miente. —Se rebulle en el asiento con tanta energía que las campanillas de la falda tintinean.

Bobby solía decirle que parecía que llevara encima diminutos despertadores. Ella le respondía: «¿A quién quiero despertar? ¿A los pájaros?».

Benjamin no soporta estar atado al asiento, sumido en sus pensamientos, sin poder hacer el ejercicio físico necesario para apaciguar su mente. No piensa en el tiroteo de su última patrulla; sabe perfectamente lo que pasó la noche en que resultó herido. Se había vuelto descuidado en las semanas posteriores a la pelea con Gavin. Estaba distraído. Había dejado de dormir, lo que lo empeoró todo. Le dispararon durante la patrulla porque había perdido reflejos y eso lo convirtió en un blanco fácil. De hecho vio al tirador, entre dos ramas. Lo miró a los ojos y recibió la bala. Todo cuadra. Es indiscutible.

De modo que piensa en Gavin. Un chico blanco de Boston que se incorporó al pelotón hace seis meses. Solo con mirarlo Benjamin supo que había ido a la universidad y que posiblemente se había alistado en el ejército para fastidiar a sus padres. Entre los militares de carrera había muchos tipos así. Gavin, si sobrevivía, haría su recorrido y se iría. Lo más probable era que acabara siendo contable, el típico hombre que lleva a los hijos a los partidos de fútbol. Llevaba gafas con montura metálica y era muy rubio.

Por norma general Benjamin evitaba a los blancos. En el ejército, como en todas partes, había segregación, y Benjamin prefería ir con los que más se le parecían. Lo cierto era que a nadie, tuviese el color de piel que tuviese, le entusiasmaba ser su amigo. Sabía que tenía fama de estirado y de ser un poco siniestro. En una ocasión su abuela Lolly le había dicho que tenía cara de perdonavidas.

Una noche les asignaron a Gavin y a él la limpieza de las letrinas. El baño daba asco: el suelo estaba pegajoso y había extrañas manchas oscuras en las paredes. Se rumoreaba que el pelotón se trasladaría y la incertidumbre se había traducido en una falta absoluta de esmero en aquel tipo de trabajos. Gavin y Benjamin entraron en el baño con cubos, fregonas y una garrafa de un producto de limpieza que olía fatal. Ambos se detuvieron en la entrada y Benjamin apretó los dientes. Cuando miró a Gavin percibió la misma determinación en su rostro. Se entregaron a la tarea y, al cabo de tres horas sin descanso, habían limpiado el baño a fondo.

—Cabronazo, lo hemos conseguido —exclamó Gavin, sucio y sudoroso. Le ofreció el puño a Benjamin, que, sonriente, se lo chocó.

—Ya te digo —le contestó.

Esa noche sellaron su amistad. No era gran cosa, solo una relación agradable, pero significaba bastante para Benjamin. Mantenían auténticas conversaciones, normalmente porque Gavin le hacía preguntas, a cuyas respuestas prestaba atención. Benjamin le explicó que apenas recordaba a sus padres y que Lolly no era su verdadera abuela. Lo había acogido tras encontrárselo en el hueco de las escaleras cuando tenía cuatro años. Gavin le contó que su padre quería que lo relevara al frente de la clínica dental, y los dientes le daban grima, así que se había unido al ejército para huir del futuro que habían previsto para él desde antes de nacer incluso.

Gavin se llevaba bien con todos, de modo que la amistad con Benjamin ocupaba una pequeña parte de su vida militar. En cambio, para Benjamin era muy importante. A Gavin le gustaba fumar hierba (a veces pasaban varias semanas de inactividad en el campamento y, si se aburrían, el capitán hacía la vista gorda con la marihuana y los videojuegos), y cuando fumaba contaba los típicos chistes infantiles de «toc-toc-quién-es». Benjamin, que nunca fumaba, siempre estaba cerca de Gavin cuando este lo hacía y se partía de la risa mientras los demás se quejaban.

La azafata de primera pasa cerca de él y le sonríe. *Bum chika bum*. Benjamin capta la banda sonora de la chica tan bien como si llevara un par de altavoces en las caderas. En el barrio de Benjamin tendría una fila de hombres siguiéndola por la calle y bailando a su son.

Observa a los civiles sentados en hileras, hablando de tonterías, con la camisa desabrochada y tripa cervecera. Aprecia que la azafata sea pulcra, tranquila y lleve uniforme. Lo aturden los civiles con su variedad de aspectos y su vida fuera del ejército. «No pierda la compostura», le gustaría decirles a la anciana de al lado y al padre desaliñado del otro lado del pasillo. ¿Tanto cuesta remeterte la camisa, ponerte recto y perder unos cuantos kilos?

Benjamin aprieta los dientes. Es incapaz de estarse quieto. Desearía poder levantarse un momento para hacer unos *sprints*, unas flexiones o dar unas zancadas hacia algún lugar, con una meta. Se toca el costado para comprobar si la bolsa sigue en su lugar, si él sigue dentro de su cuerpo.

Julio de 2013

Al anochecer, cuando Lacey y John se van al piso de arriba, en el salón por fin silencioso Edward puede mostrar toda la tristeza y el vacío que siente. No está cansado; al igual que hace diez horas está despierto y se siente fatal. «A lo mejor es que me falta alguna hormona, algo relacionado con la palabra "endocrino"», piensa. Las personas normales siguen un ciclo: se despiertan al amanecer, se frotan los ojos, tienen hambre, comen cereales, se ocupan de sus quehaceres diarios y, después, al anochecer, se van calmando. Vuelven a comer, ven la tele, bostezan y se van a la cama.

Se sienta en el centro del sofá, conectado a internet y rodeado de oscuridad. Oye el lavabo y el inodoro de arriba. John no tardará en acostarse. Edward se ha prometido no volver a hacerlo; sin embargo se levanta, sale de casa y cruza el césped.

—Lo siento —dice cuando Besa abre la puerta.

—No digas tonterías. Tendremos que encontrarte un sitio más cómodo que una silla para descansar —le contesta Besa antes de acompañarlo al piso de arriba.

Esta vez Shay lleva una camiseta y un pantalón de chándal. Le saluda moviendo la cabeza.

—Hoy, en el campamento, he pensado en ti. Me alegro de que hayas vuelto —dice.

—¿En serio...? —murmura, aliviado. Esto significa que no lo echará.

Besa se ha ido; están solos en la habitación, iluminada únicamente por la lamparilla. Edward se relaja en la silla y apoya con cuidado las muletas en la estantería que tiene al lado.

—No sé por qué no lo he pensado antes. —Shay está de rodillas en la cama. Parece entusiasmada. Edward identifica de qué emoción se trata como si estuviera respondiendo la pregunta de un examen. «Esa nube es un nimbo. Eso es un páncreas. Eso es entusiasmo.» Palpa su interior, tocando las cuatro esquinas del vacío que siente.

—Has leído Harry Potter, ¿no?

Asiente en silencio. A Jordan, por su cumpleaños, le regalaron la saga, y entonces a él se le ocurrió sacarla de la biblioteca para poder leerla al mismo tiempo que su hermano. Durante semanas, se pasaron horas y horas en la litera, tragándose un libro tras otro. Jordan lo llamaba desde la cama de arriba: «Dios, Eddie, ¿ya has llegado a la página 202?». Los hermanos charlaban largamente sobre si Snape era realmente una mala persona. Una vez, después de dar cuenta entre los dos de una garrafa de tres litros y medio de zumo de manzana casi llena, tuvieron una acalorada discusión: Jordan defendía que Snape era el personaje clave, incluso la génesis, de toda la maldad de la historia, mientras que Eddie argumentaba que en el fondo era bueno. Su padre tuvo que separarlos y enviar a cada uno a una punta del piso para que se calmasen.

—¡Se acabó el azúcar! ¿Y quién diablos es el tal Snape? —gritó Bruce.

Shay da unos saltitos en el colchón estudiando a Edward. Su mirada lo incomoda.

—Lo que te voy a decir te va a dejar flipando. ¿Estás listo? —le dice.

Dentro de Edward el sumidero se hace más profundo. Ya saborea el cansancio.

—Supongo.

—Eres clavadito a Harry Potter.

La mira, sin saber demasiado bien qué decir.

—Ya verás. De niño Harry sobrevivió a un ataque terrible que supuestamente debería haberlos matado a todos, ¿no?

Edward intuye que espera una respuesta.

—Sí.

—Voldemort mató a los padres de Harry, pero no pudo acabar con él a pesar de que era un bebé. Nadie entendía cómo era posible, y su supervivencia asustaba a mucha gente, los ponía muy nerviosos. —Parpadea tras las gafas—. Por la tele oí decir a un médico que la probabilidad de sobrevivir al accidente del avión en el que ibas era nula.

Edward traga saliva. Al igual que un estudiante obediente, sigue la explicación. Voldemort equivale al accidente aéreo; los padres muertos equivalen a sus padres muertos; Harry equivale a Eddie.

—Según mi tío, al parecer sobreviví debido a la posición de mi asiento respecto al fuselaje y porque salió despedido entre los restos.

Shay cabecea.

Edward se la queda mirando: las gafas, el hoyuelo, la mirada decidida.

—¿Te han quedado cicatrices de las heridas?

Sí que las tiene. Una espantosa hasta la mitad de la espinilla izquierda. Se sube los pantalones. La línea rosada es irregular y rugosa.

—Tremendo —dice Shay, complacida—. Así que también tienes una cicatriz, como Harry Potter. Y te han acogido tus tíos. Además, ¿recuerdas que la tía Petunia tenía celos de su hermana por ser bruja? Lacey estaba muy celosa de tu madre. Mamá me obligó a hacerle compañía el año pasado, cuando tuvo que guardar cama, y siempre me hablaba del éxito de tu madre, pero con tristeza.

Tras la cabeza de Edward hay una ventana oscura. Nota el silencio del césped y en la calle. Los coches pasan despacio, como si temiesen atropellar a un niño o un ciervo. Lo que ha dicho Shay le ha causado unas leves náuseas, o quizá sea la emoción de la niña lo que lo marea, como si estuviera montado en un columpio. En cualquier caso, sabe que mañana será incapaz de desayunar.

—Posiblemente tengas superpoderes. Para haber sobrevivido al accidente debes de tener un poder mágico.

—No —contesta Edward categórico.

—Harry tampoco sabía que tenía superpoderes —insiste Shay—. Se pasó once años viviendo en un armario debajo de las escaleras en casa de los Dursley antes de descubrir que los tenía. —Mira el reloj de la mesita de noche—. Tengo que acostarme dentro de tres minutos para dormir ocho horas, y necesito esas ocho horas. ¿Duermes aquí o en tu casa?

—Aquí —contesta Edward—, si no te importa.

La luz se apaga antes de que termine la frase.

El psicólogo de Edward es un hombre flaco al que llaman doctor Mike. Lleva gorra de béisbol y tiene en el escritorio un reloj ornamentado con flores de oro y plata. Cuando hay una pausa en la conversación, Edward observa las manecillas. Parece que el reloj funcione con su propio sistema de medición. Es la quinta vez que acude a la consulta. El reloj se detiene completamente de vez en cuando y luego, de un brinco, se acompasa con el mundo que lo rodea.

—¿Alguna novedad? —le pregunta el médico.

—Ninguna. Bueno, mis tíos están enfadados porque pierdo peso.

—¿Te molesta eso?

Edward se encoge de hombros.

—Supongo que no. —No le gustan las sesiones. El psicólogo parece amable, pero su cometido es ahondar en el cerebro de Edward y él trata de evitarlo, porque tiene el cerebro tan herido y sensible que no soporta el menor roce. Es agotador—. Sé que tengo que comer —dice cuando el silencio se prolonga demasiado.

El doctor Mike cambia un bolígrafo de un lado del escritorio al otro.

—Mi mujer está embarazada y su médico le ha dicho que, fisiológica y médicamente hablando, hay tres tipos de personas: hombres, mujeres y embarazadas. Creo que eso también es aplicable en tu caso, Edward. Hay adultos, niños y estás tú. Ya no te sientes un niño, ¿verdad?

Edward asiente en silencio.

—Pero aún te quedan unos años para ser adulto. Ahora mismo eres otro tipo de persona, y hemos de descubrir cuál para saber cómo ayudarte. Mi mujer necesita un extra de ácido fólico, dormir más y tiene un mayor volumen de sangre que antes de quedarse embarazada. Tú oyes un clic, no te gusta comer y has encontrado el modo de insensibilizarte el cerebro con el fin de protegerte.

—La vecina de al lado cree que puedo hacer magia. Me considera un Harry Potter.

El doctor Mike se toca la visera de la gorra. Es un gesto que a Edward le recuerda una señal del béisbol para correr hasta otra base o eliminar a un jugador. No recuerda qué significa la señal y por un momento eso le aterra, como si estuviese a punto de decepcionar a todo el equipo.

—Interesante.

Edward se arrepiente al instante de haberlo contado. A su nueva amiga (supone que Shay es una amiga: todas las noches duerme en su habitación, de modo que, ¿qué otra cosa va a ser?) no le gustaría. Dicho en voz alta parece una ridiculez y Shay no es ridícula.

Utiliza la energía que le queda para tratar de cambiar de tema.

—¿Por qué tiene más sangre tu mujer?

Los ojos del doctor Mike lo observan bajo la visera de la gorra.

—¿Por qué no soportas la textura de los plátanos, si antes te encantaban?

—Ni idea.

—Pues lo mismo.

Al médico el pelo se le escapa por ambos lados de la gorra y Edward se pregunta si la usa porque tiene un tipo poco frecuente de calvicie en la coronilla o a lo mejor para cubrir una cicatriz espantosa. Tampoco sabe si sería una grosería preguntárselo.

—¿Se supone que debo decirte qué soy? —dice en cambio.

—No, lo descubriremos juntos —contesta el doctor Mike.

Al anochecer, el ánimo de Edward se oscurece con el cielo. Cuando sale cojeando por la puerta principal, baja las escaleras, cruza el césped y sube las escaleras de la casa de al lado, su desierto interior se transforma en una capa que le impide reaccionar o sentirse responsable.

Besa abre la puerta, pero en esta ocasión no se aparta para que pase.

El chico alza la vista para mirarla. Es bajita, tiene las caderas anchas y las cejas oscuras y gruesas. Trabaja desde casa traduciendo novelas del inglés al español. John la llama «la fiera». Le explicó a Edward que su marido se marchó cuando Shay era pequeñita. Edward le preguntó: «¿Se marchó?». «Se fue lejos. Ya no forma parte de su familia», repuso su tío.

Aquello hizo pensar a Edward en todas las formas de irse: por la puerta, por la ventana, en coche, en bicicleta, en tren, en barco o en avión. Su familia no se ha marchado. Irse es una elección.

—Edward, *mi amor*.

El chico mira a Besa con aire suspicaz.

—¿Sí?

—Quiero que sepas que me alegro de que te sientas a gusto con Shay. Nunca ha tenido amigos. La aburre ser siempre bien educada, como me pasa a mí. Intento que diga las cosas que corresponde a una niña, pero... —Suspira—. Tampoco es que me esfuerce mucho. Nunca le han gustado las muñecas. Siempre termina insultando a los demás; solía acabar a puñetazos con otras niñas. La abandoné a la lectura más de lo debido. Ha estado muy sola.

—A mí me gusta —contesta Edward, aunque eso de que «le gusta» no tenga nada que ver con la realidad. Shay es como el oxígeno para él, y a Edward no «le gusta» el oxígeno, lo necesita.

Besa se aparta.

—No quiero que te sientas en deuda con nosotras. Eres una bendición. Supe desde el primer día que ayudarías a tu tía; la pobrecita se estaba poniendo enferma con lo de quedarse embarazada. Ahora ya tiene a quién cuidar.

Edward disiente. A punto está de negar con la cabeza, pero al final ni se molesta. Le parece que su llegada no ha ayudado a Lacey sino todo lo contrario; ha interrumpido su vida al entrar en escena, metiéndola en su propia guerra. A veces su tía tiene la cara del mismo tono gris que el interior de Edward y otras percibe lo enfadada que está con John con tanta claridad como se vería un rayo cruzando una habitación. Tampoco faltan los días en los que se cuelga de su marido cuando este llega del trabajo como un niño haría con uno de sus padres. Edward está hecho un lío, sabe que Lacey también lo está y que él forma parte del lío de su tía.

Recuerda la habitación del bebé, con todos aquellos libros de puericultura y la mecedora. Cuando entró en el cuarto el primer día, retrocedió un paso involuntariamente, deseoso de salir de inmediato, entendiendo de algún modo que aquellas paredes no soportarían ni su dolor ni el de Lacey. Niños nunca nacidos, padres que nunca volverán. Sigue a Besa por las escaleras con la sensación de que a él lo siguen más fantasmas de los que ya arrastra por su cuenta.

Sus mañanas empiezan en el sofá con un plato que incluye también galletitas saladas. John las añadió al menú una tarde. Es la comida que mejor tolera. Sal sobre una película de galleta que se deshace en la boca. Apenas tiene que masticar. Después de desayunar, Lacey lo lleva al fisioterapeuta. Entre las distintas citas médicas, su tía sube y baja las escaleras cargada de cestas de ropa. A la hora de comer le sirve otro plato y después se sienta con él y ven la telenovela de la tarde. La trama se desarrolla en un hospital, y Lacey le explica que, de adolescentes, Jane y ella no se la perdían ni un día.

—Entonces ¿llevas viendo a esos actores toda la vida? —le pregunta Edward, asombrado.

—Sí, siempre. Tu madre estaba locamente enamorada de Luke. —Lacey le indica a un hombre calvo de aspecto cansado que lleva un pendiente. Laura, el amor de su vida, aparece en *flashbacks* como una mujer preciosa, pero en la actualidad está regordeta y parece triste—. No deja en muy buen lugar el paso del tiempo.

La trama avanza despacio y a menudo retrocede y se repite, un ritmo que a Edward le parece bien. Los personajes resumen los problemas que tienen y los solucionan. Las escenas suelen desarrollarse tanto en las salas del hospital como, por alguna razón, en el puerto de la ciudad. Lacey y él ven la serie en silencio, con una seriedad que le habría hecho gracia cuando todavía era un niño normal.

Cuando John llega del trabajo, Edward busca algún rayo de alegría en su tía. Todas las tardes, cuando entra en casa, John tiene cara de aprensión. Está seguro de que aquella cara irrita a su tía incluso en sus mejores días. Después de cenar, Lacey se va al piso de arriba; le toca a John hacer compañía a su sobrino. Se pone con la tableta o con el ordenador. Rara es la vez en que no tiene una pantalla delante.

Edward tiene otro plato en el regazo y cuenta mentalmente el tiempo entre bocado y bocado, como hacía mientras tocaba el piano. Solo come por dos motivos. Si antes comía porque tenía hambre o porque le gustaba determinado plato, ahora lo hace para no volver al hospital y para evitar que sus tíos se preocupen. Coge una galleta salada por una punta y el metrónomo marca el tiempo: y uno y dos y tres y cuatro.

Le queda la mitad del plato cuando el desierto de su interior retrocede como una sábana y de golpe entiende que su tío está mirando en la tableta algo relacionado con el vuelo. Lo mira de reojo, pero, como siempre, John mantiene la pantalla fuera de la vista de su sobrino.

—¿Qué estás haciendo? —le pregunta.

John suele reaccionar despacio, como si en general prestase atención solo a medias. Sin embargo, su sobrino, que apenas habla y que posiblemente no le ha hecho ni una sola pregunta que no tenga que ver con su propia supervivencia desde que se despertó en el hospital de Colorado, le acaba de hacer una pregunta directa. Así que da un respingo y se desequilibra, de modo que la tableta se le cae al suelo.

Suelta una maldición ahogada y se agacha a cogerla.

A Edward el exabrupto le hace gracia y se ríe.

John, a gatas en el suelo, se queda quieto.

Edward también se paraliza. La risa se va apagando, empapada por el agua de la culpa, la vergüenza y la confusión. Aparta el plato. Atrae hacia sí la sábana mental para taparse completamente.

John, que sigue en el suelo, se sienta.

—Suelo usar el iPad para cosas del trabajo —dice.

—Ah.

—Edward, no pasa nada si te ríes, es incluso bueno que lo hagas. Tienes que volver a hacer lo que hace la gente normal.

A Edward le duele el cuerpo. A punto está de contarle a John lo que le dijo el psicólogo, eso de que es un tipo de ser humano «distinto». No es un niño. Es un montón de células con dos globos oculares y una pierna rota.

—He engordado medio kilo —dice, y le sorprende su tono triunfal.

Al anochecer tiene otra rutina. Sobre las nueve se planta en la habitación de Shay y se pasa la primera hora sentado en la silla, junto a la ventana. A las diez se turnan para cepillarse los dientes en el baño y después Edward extiende un saco de dormir azul marino en el suelo. Sobre las diez y cuarto, Shay apaga la luz.

—¿Cómo ha ido el campamento? —Está en el sillón, con la pierna mala estirada.

—Es asqueroso. No sabes la suerte que tienes de no tener que ir.

—No «puedo» ir. No estoy precisamente en condiciones de jugar al béisbol.

Shay levanta la vista del bloc de notas que tiene en el regazo.

—Incluso si estuvieses mil por cien sano podrías hacer lo que quisieras. Si ahora mismo le pides a mi madre las llaves del coche lo más seguro es que te las dé.

—No me las daría.

—¿Quieres comprobarlo?

Se imagina acercándose a Besa con esa pregunta. Dice que no con la cabeza.

Shay parece decepcionada.

—Bueno, lo que digo es que las normas de conducta de los niños no se te aplican a ti. Y deberías estar agradecido, porque la mayoría de las normas para los niños son completamente falaces y todas tienen que ver con que los adultos se sientan más poderosos que nosotros. La monitora del campamento ni siquiera me deja leer mientras como. Dice que me lo prohíbe porque leer es antisocial, pero creo que lo hace porque en el fondo es Joseph Goebbels.

—¿Quién es ese?

—Un nazi que quemaba libros. —Shay vuelve a centrarse en la libreta y escribe unas cuantas líneas.

Edward la ve escribir en esa libreta todas las noches. Sospecha que toma apuntes sobre él y sus posibles poderes mágicos, pero no se atreve a preguntárselo. Se mira la pierna herida y espera a que termine de garabatear. Se ha interesado por el campamento porque sabe que es algo que suele hacerse. «¿Qué tal hoy? ¿Cómo estás?» Pero cuando se lo ha preguntado se ha sentido como un idiota y ella parecía incómoda cuando le ha respondido. Intuye otra conversación extraña discurriendo por debajo, en un idioma que no llega a entender. Va sobre magia, la edad de ambos, la falta de amigos de Shay, la curva de las emociones de los dos, el accidente del avión y lo que sea que esté escribiendo.

—Te veo muy escéptico —le comenta ella cuando deja de escribir.

—¿Qué? —inquiere, con fingida inocencia.

—Para los adultos no tiene sentido, pero la verdad es que puedo ver cosas que ellos no ven. Y eso significa que podré ver qué hay dentro de ti antes que cualquier otra persona.

El aire de la habitación se comprime, como si la electricidad de la conversación secreta y de la real se hubiesen alineado momentáneamente.

El Edward verdadero, no el que siempre intenta decir lo «apropiado», es quien responde.

—Te decepcionarás cuando se demuestre que soy un niño normal.

—Ya es tarde para eso. Nunca serás un niño normal.

Tiene toda la razón. Siente alivio.

—Yo tampoco soy normal —añade Shay, como si contestase a una pregunta que no se le ha formulado.

—¡Genial! —exclama Edward, y se sonroja por el entusiasmo con que lo ha dicho.

Shay se concentra de nuevo en el cuaderno y Edward nota que respira mejor. La presión en el pecho ha cedido. Cuando el reloj marca las diez, coge las muletas y se va renqueando al baño.

Ya se han acostado, respectivamente, en la cama y en el saco de dormir cuando Shay toma la palabra.

—Me pregunto hasta cuándo te dejarán dormir aquí. Oí que una señora se lo preguntaba a mi madre en la tienda. Es algo que incomoda a los adultos porque no somos niños ni adolescentes. Seguramente intentarán que dejemos de hacerlo. Querrán que volvamos a comportarnos «como es debido». —Remarca esto último con un gesto de entrecomillado.

Edward se la queda mirando.

—¿Cómo sabe la gente dónde duermo?

—Cotilleos, por ósmosis, vete a saber. —Posiblemente percibe la expresión de Edward, porque añade—: Tú no te preocupes, puedes seguir durmiendo aquí todo el tiempo que quieras. Yo te defenderé de ellos. Se me da bien eso. Puedo llegar a ser muy pero que muy pesada.

Un sobre bastante grande llega por correo. Tiene un grosor de al menos cinco centímetros. Lacey lo lleva al sofá del salón y se sienta al lado de Edward. Rompe el envoltorio y, cuando el papel cae al suelo, saca una carpeta azul grande.

—¿Qué es? —pregunta Edward mientras asimila el rótulo de la tapa: «Efectos personales de los pasajeros del vuelo 2977».

—Dios mío... —responde Lacey.

Encuentra una carta de presentación. Si identifican cualquier efecto personal perteneciente a la familia Adler, les será enviado. Abre la carpeta y saca una fotografía de una pulsera de dijes con una descripción debajo. Lleva un amuleto de la torre Eiffel y otro de un osito de peluche.

—No lo entiendo. ¿Estas cosas han sobrevivido al accidente? ¿Tantas? —se extraña Edward.

Lacey asiente en silencio.

—¿Cómo es posible que no se fundieran ni explotaran?

—¿Quieres que veamos lo que hay?

Edward escucha de nuevo el clic, un redoble de tambores.

—De momento no, gracias.

Más tarde escucha a sus tíos discutiendo en la cocina. A John no le gusta que Lacey haya abierto el paquete delante de Edward.

—¡Por favor! Nuestro trabajo es protegerlo. ¿No ves lo deprimido que está? El doctor Mike dice que hemos de ir con pies de plomo, siempre.

La voz de Lacey se agudiza.

—No quiero mentirle. Creo que debería poder ver toda la información para encontrarle un sentido a lo que ocurrió.

Los padres de Edward discutían a menudo, pero esta pelea es distinta, más triste y desgarrada, como si Lacey y John, escalando una montaña, sin preparación física ni avituallamiento, fueran plenamente conscientes de que en cualquier momento uno de ellos, o ambos, podría perder pie y caer.

—Edward no está preparado para entender nada. Es muy pronto —dice su tío.

—Claro que no está preparado. Nadie está preparado nunca para algo así.

John baja la voz, como si intentase apaciguar la conversación.

—Lace, cálmate. —Tras una pausa, añade—: No has vuelto a llamarme Oso.

Sin embargo, Lacey parece no estar dispuesta a ceder, o sencillamente es incapaz de reducir la marcha. Sea como sea, parece incluso más enfadada.

—No necesito que me eches en cara que lo hago mal. No tengo ni la menor idea de cuidar a un niño, y creo que él se ha dado cuenta. Ni siquiera quiere dormir aquí.

—Solo te digo que vayas con cuidado. Por el amor de Dios, si desconectamos el teléfono es justamente por eso.

Sorprendido, Edward se da cuenta de que no ha oído ninguna llamada desde que vive en la casa. Se pregunta a quién están evitando.

—Ese hombre horrible ha vuelto a mandarme un correo electrónico diciéndome que necesitan muestras de ADN para identificar los cuerpos. Se supone que he de llamar a la dentista de Jane y pedirle esas muestras —dice Lacey.

«Jane», piensa Edward. Solo entonces se da cuenta de que, al igual que él, su tía ha perdido a una hermana. «Jane, Jordan. Jane, Jordan.»

—Reenvíame el mensaje; ya le contesto yo.

—Me corresponde a mí, era mi hermana.

Las voces callan. O bien se han marchado de la cocina o bien los oídos de Edward han decidido bloquearlas.

El verano palpita, soñoliento y excesivamente luminoso para el gusto de Edward. Va al médico que carraspea para que le examine la pierna y lo pese, al doctor Mike para que se ocupe de sus emociones y al fisioterapeuta para volver a caminar con normalidad.

Se le pasa por la cabeza que ni él ni nadie recuerda cómo caminaba antes del accidente. En cambio, sí recuerda cómo lo hacía Jordan. Su hermano siempre había tenido una forma de andar muy peculiar: a zancadas y como a saltos. Parecía que la gravedad le afectase menos que a los demás. Edward recuerda ir hablando con su hermano por la acera y a mitad de frase verlo en el aire. «Va dando brincos», dijo una vez su madre.

Edward flexiona las rodillas y brinca.

—Calma, campeón, ¿qué ha sido eso? Quiero que te centres en ir hacia delante, no hacia arriba —le dice el fisioterapeuta.

Cada tarde tiene que ir hasta el final de la manzana y volver. Son los deberes de fisioterapia. Los primeros días Lacey lo acompañaba, pero ahora lo espera en los escalones de la entrada, porque el fisio le dijo que Edward tiene que aprender de nuevo a mantener el equilibrio sin ayuda de nadie. Hay un grupito de personas al otro lado de la calle. Unos cuantos adolescentes, una monja y algunos ancianos. Como si esperaran el paso de un desfile.

Edward sabe que el desfile es él. Si le dicen algo, es sordo. Si lo saludan, es ciego. Nunca los mira; se concentra en llevar una muleta hacia adelante, dar un paso y luego otro. Oye el clic, el metrónomo marca el tiempo y, a medida que va pasando por delante de las casas, capta el avance de todos los relojes.

«El peor desfile de todos los tiempos», piensa.

Una tarde Edward se sienta sin querer encima de la tableta de John, que había quedado cubierta por la manta del sofá. Cuando se la saca de debajo, se ve reflejado en la pantalla negra. Su tío está en una reunión y su tía en la cama. Su rostro tiene un aspecto más viejo y más auténtico, como si el espejo oscuro captase todo el gris que Edward encierra en su interior. La cara que observa podría ser perfectamente la del villano de una película: seria hasta el punto de parecer malévola.

Sus padres no dejaban que ni él ni Jordan tuviesen teléfono (ambos llevaban un busca para que Bruce y Jane pudiesen comunicarse con ellos en caso de emergencia). Eso sí, tanto su padre como su madre tenían tableta, y ellos podían usarlas para jugar a juegos educativos.

Edward pulsa el botón de encendido.

En la pantalla se le pide una contraseña de cuatro dígitos.

«¿Lo voy a hacer? —piensa, con verdadera curiosidad—. Sí.»

Intenta abordar la tarea como habría hecho su padre. Bruce le hablaba de aritmética con tanto cariño (como si los números fuesen una colección de curiosos personajes del bar de la esquina) que cuando se pone a pensar en números se encuentra a sus anchas. Mientras se centra en la posible combinación numérica tiene la sensación de estar usando el ADN de su padre.

Teclea el año que nació Lacey: 1974. La pantalla lo rechaza. Se ha equivocado. Lo intenta con el año de nacimiento de John: 1972. Nada. Le queda un solo intento antes de que la tableta se bloquee y John reciba un correo para comprobar si es él quien se pelea con el aparato.

Edward deja un momento la tableta en la mesa y se concentra. «Los números nunca son aleatorios —habría dicho su padre—. Tienden a seguir patrones y a significar algo.»

Edward vuelve a coger el dispositivo y escribe el número del vuelo: 2977.

La pantalla se desbloquea.

Una oleada de miedo lo invade. Se levanta del sofá. Sale de casa, al húmedo aire nocturno, sube las escaleras de casa de Shay y luego las que conducen a su habitación. La chica está sentada al escritorio cuando Edward entra en tromba y le da la tableta como si fuese una granada sin anilla.

Ella la acepta con la debida solemnidad. Edward se inclina sobre el hombro de Shay y teclea la contraseña.

Se abre la pantalla de inicio. En la esquina inferior derecha hay un círculo rojo debajo del cual pone: «Relacionado con el avión».

Shay lo mira y él asiente. La niña pulsa sobre el icono y aparece una lista de enlaces:

    familiares de las víctimas
    twitter de edward
    facebook de edward
    google de edward
    avisos

—¿De dónde la has sacado? —le pregunta en voz baja.

—Es de John.

Shay frunce el ceño y el hoyuelo se le marca más.

—Mira, puedo abrir uno, leerlo y decirte qué hay. No tienes por qué verlo. En tu lugar, yo no querría.

Edward cruza la habitación y se desploma en la cama. Nunca se había sentado en el colchón. Es suave y, bajo su peso, cruje un poco. Quisiera tumbarse, cerrar los ojos y dormir. Pero ni siquiera en esta habitación es fácil dormir. Se pasa las noches buscando la inconsciencia como si fuese una roca en medio de un río cuya fuerte corriente lo arrastra. A veces roza esa roca con las puntas de los dedos y consigue echar una cabezada. Dormir una noche entera le resulta imposible.

—¿Hay información sobre Jordan? —Susurra.

Solo alcanza a ver el perfil de Shay, que está tocando la pantalla.

—John ha creado unos PDF con enlaces. Hay una página de Facebook sobre Jordan, creada después del accidente. Parece que la abrieron un par de chicas. No creo que lo conociesen. Hay una foto.

—Déjame verla.

Shay le enseña la tableta. Es una foto de Jordan, radiante, con una parka naranja brillante, delante de la tienda de al lado de su casa, con el pelo completamente de punta.

—Esa foto se la hice yo.

Shay aparta la pantalla.

—Si buscas en internet o en las noticias de los periódicos el accidente del avión, se le menciona como uno de los pasajeros que murió y como tu hermano. Eso es todo. —Inspira profundamente.

—¿Sí...? —Un finísimo hilo de esperanza le cruza el pecho.

—Edward, acabo de buscar tu nombre en Google y han aparecido más de ciento veinte mil resultados. Ciento veinte mil.

—Vale. —No sabe qué más decir.

—De Jordan solo han aparecido cuarenta y tres mil resultados.

—Apágala, por favor —le pide Edward.

Shay cierra la funda de inmediato, cosa que él le agradece. Ya sabía que ahí fuera había gente vigilándolo, pero no se le había ocurrido que pudiera pasar lo mismo online, en cada teléfono, tableta y ordenador.

Se preparan para acostarse, turnándose para ir al baño. A un lado del lavabo hay un vaso que contiene el cepillo de dientes verde de Edward y el azul de Shay.

Cuando Edward sale, ella ya ha extendido el saco de dormir azul marino en medio de la habitación. Edward se sienta encima, evitando cargar el peso en la pierna mala.

—Mañana tengo que madrugar para devolver el iPad antes de que John lo eche en falta —dice.

—¿Se enfadará si se entera?

Edward reflexiona.

—No creo.

—¿Crees que a tus tíos les importa que duermas aquí?

—A Lacey sí —contesta, sin pensárselo dos veces.

Shay asiente y se quita las gafas. Eso le da otro aspecto a su cara, más soñoliento y vulnerable. Es el único momento del día en el que no parece segura de sí misma, un momento que Edward espera con cada puesta de sol.

—¿Dónde está tu padre? —le pregunta antes de que ella apague la luz.

Shay trata de coger las gafas, pero cambia de idea. Mira a Edward. Salta a la vista que no ve más que una silueta borrosa de varios colores.

—Mi padre —dos palabras incómodas para ella— voló cuando yo tenía dos años. No tengo ninguna noticia suya. Mi madre cree que ha formado una nueva familia en algún lugar del oeste.

«En Colorado», piensa Edward, porque para él el oeste está ahí. Las paredes blancas del hospital, la mujer de las muletas, la sensación de que le flotaba el cerebro. Puede que el padre de Shay viese caer el avión. Shay ha dicho que su padre «voló»; en cambio su familia se estrelló.

—Yo no lo quiero porque él no nos quería —dice Shay.

—Tenía que estar loco para dejaros —contesta Edward.

—Mamá me dijo que se casó con ella solo para fastidiar a su madre, que no quería que se casara con una mexicana.

En la penumbra, Edward observa la cara de Shay, esperando más palabras, explicaciones, respuestas; algo con que rellenar los cráteres que aparecen constantemente y de los que se compone. Pero Shay apaga la luz y se queda solo en la oscuridad y el silencio.

10.17

Impera la monotonía. La calidad del aire y la temperatura se mantienen constantes, la cantidad de ruidos posibles es limitada y la movilidad de los pasajeros, reducida. Algunos se adaptan perfectamente a las restricciones y se relajan en pleno cielo como rara vez consiguen en sus hogares. Tienen el teléfono apagado y han guardado el ordenador en la maleta; disfrutan del paréntesis. Leen una novela o se ríen viendo una comedia en la pantalla del asiento. Sin embargo, algunos, los que no conciben la idea de tomarse un respiro, detestan tener que desconectar de su vida y sienten la ansiedad creciendo en su interior.

Jane pasa de lado por delante de Mark. Aunque en primera clase hay más espacio para las piernas, motivo por el que Mark no se levanta, Jane cree que, por cortesía, debería hacerlo. Se ve obligada a pasarle el culo por delante de la cara. Cuando llega al pasillo, mira hacia atrás. Mark está completamente concentrado en la pantalla del ordenador. El hombre que lleva todo el vuelo en celo por la azafata ni ha levantado la vista.

«¡Dios mío, soy tan atractiva como un pomelo!», piensa.

Recorre el pasillo y pasa la cortina roja que separa los asientos de primera de los de clase turista. No hay ninguno desocupado. Los pasajeros están incómodos. Jane se aprieta rápidamente la marca de nacimiento. «¿Puedes viajar en primera sin sentirte culpable?» ¿Se siente culpable su compañero de asiento? Llega a la conclusión de que no.

—¡Mamá! —la llama Eddie, y Jane sigue el sonido con la mirada hasta encontrar a sus tres chicos. Una cabeza blanca y dos de rizos alborotados.

Saluda a su hijo y, como siempre que vuelve a verlo después de un tiempo, lo recuerda como un bebé propenso a los cólicos que gemía en sus brazos, lloraba en la cuna y a quien Bruce tenía que mecer. Durante los tres primeros meses, Jane apenas durmió. Fue la peor época de su vida. Era un cóctel de hormonas, los pechos le rezumaban leche y los constantes fracasos no la abandonaban ni por un minuto. Era incapaz de consolar al bebé y no quedaba rastro de la mamá que Jordan había conocido. El pequeño de tres años observaba a su madre despeinada y con el camisón de lactancia con una mezcla de miedo y tristeza. Jane también sabía perfectamente que se estaba fallando a sí misma, porque siempre había creído que podría sobreponerse a cualquier situación. Esa época, sin embargo, le demostró que se equivocaba. No era la mujer que creía ni la que había planeado ser.

Hasta entonces, la vida de Jane como persona adulta había sido un camino de rosas. Había conseguido todo lo que se había propuesto. Había logrado que le publicasen los cuentos en una revista literaria, convivir con Bruce, un trabajo muy bien remunerado como guionista para un programa televisivo y tener a su primer hijo, un bebé que siempre había llevado pegado al pecho y con el que había compartido sus días. Con el segundo hijo se quedaba paralizada en el sofá, manchada de leche, sin poder dormir, descansar ni pensar debido al incesante llanto de Eddie. Sin embargo, cuando dejó de llorar se volvió un bebé encantador y sonriente que gateaba por todo el piso detrás de su hermano. Era más mimoso que Jordan. La depresión de Jane se fue para siempre el día que se despertó riendo porque tenía a su hijo encima llenándole la mejilla de besitos babosos. Mua, mua, mua.

Jordan siempre se hacía notar. Como hermano mayor, era más rápido, más fuerte y el primero en muchas cosas, pero él y Eddie se compenetraban bien. El pequeño era quien calmaba a su hermano cuando se enfadaba porque algo no le salía como quería. A Eddie le encantaba tocar el piano, por lo que Jordan le escribía partituras para que las interpretase. Eddie construía ciudades de Lego que iban desde la cocina hasta la puerta principal. Por culpa de esas ciudades sus padres echaban pestes y se frotaban los pies doloridos cuando iban al baño en plena noche. Cuando la obsesión por el Lego empezó, Jordan sacaba libros de arquitectura de la biblioteca para ayudar a su hermano a planificar ciudades cada vez más complicadas. Cuando Jordan empezó a desafiar a su padre en cosas de poca importancia como fugarse del piso cuando tendría que haber estado estudiando o volver a casa del museo diez o quince minutos después de lo acordado, Eddie era su compañero de fechorías. Si los pillaba el portero o el propio Bruce, Eddie pedía perdón de inmediato.

—Lo siento, papi —decía, con una voz melosa de niño bueno que aplacaba la ira de Bruce.

A Jane le gustaba pensar que Eddie se había vaciado de rabia y llanto siendo bebé y que se encaminaba sonriente a la costa de la edad adulta tras la estela más turbulenta del barco de Jordan.

—¿Cómo va, chicos? —les dice cuando llega a su fila.

Los tres alzan la barbilla para mirarla, todos igual de serios.

—Te van a dar una comida mucho mejor en primera. ¿Nos guardas el postre? —dice Jordan.

—Pues claro. —Sonríe a sus hijos; la asusta un poco mirar a Bruce. No sabe hasta cuándo le guardará rencor por no haber terminado su trabajo a tiempo para poder sentarse con ellos.

—¿Todavía no has incluido ningún extraterrestre en el guion? —le pregunta Eddie.

—No.

—¿Y algún submarino?

—No.

—¿Monos mutantes?

—Sí, unos cuantos.

—Puede que vuestra madre escriba una historia de amor —interviene Bruce.

Así es como Bruce le aprieta la marca de nacimiento. Jane lleva una década queriendo escribir una película tranquila, con mucho diálogo y de una hora de duración, pero los trabajos de reescritura son tan lucrativos que siempre acaba posponiéndolo. Siente una punzada de remordimiento, porque se imagina a la pareja de ficción a punto de darse el primer beso, un momento que no existirá hasta que lo escriba, y cabecea. El hombre, abrazando a su amada, vuelve la cabeza hacia Jane. «Por favor, date prisa, que el tiempo se acaba», le ruega con la mirada.

Se activa la megafonía.

—Les habla el comandante —dice una voz—. Durante los próximos veinte minutos atravesaremos una pequeña tormenta, por lo que podríamos sufrir leves turbulencias. Les pedimos que regresen a sus asientos hasta que se apague la señal del cinturón de seguridad.

Eddie se cruza de brazos y le da la espalda a su madre. A Jane no le hace falta verle la cara para saber que se le han llenado los ojos de lágrimas. Todos están nerviosos por la mudanza y Eddie habría preferido sentarse con su madre en el avión.

—Lo siento, cielo. Dentro de un ratito os haré otra visita —le dice a la espalda de Eddie.

—Recuerda el postre. Cuando te sirvan la comida, no te olvides de guardármelo —le comenta Jordan.

Ella y Jordan llevan a cabo un complejo choque de manos que han estado practicando. Dura unos cinco segundos. La seriedad forma parte del ritual, prohibido sonreír. Cuando terminan, Jordan asiente con satisfacción. Como cada vez que acaban, Jane siente alivio, porque se toma el choque de manos como una prueba para permanecer en el círculo íntimo de su hijo. El problema es que vuelve a ponerla a prueba cada tanto y que un paso en falso podría echarla a la cuneta.

Cuando vuelve al asiento se cruza con la mujer alta de la falda de las campanas cosidas. Como el pasillo es estrecho, ambas tienen que caminar de lado y no pueden evitar tocarse. Por un segundo se quedan frente a frente y después se rozan con los hombros. Las campanillas tintinean más abajo de sus cinturas.

—Me gusta su falda —le dice Jane. Sabe que el término «gustar» no es el más adecuado, pero tampoco sabe cuál lo sería. Se sonroja y la avergüenza haberse sonrojado.

La mujer la mira de los pies a la cabeza, fijándose en el cárdigan abotonado, los tejanos y la melena corta.

—Gracias. Antes la he visto con sus chicos. Son muy monos —contesta.

Jane sonríe.

—Antes eran muy monos. Ahora no sé exactamente cómo son.

—Bueno, a mí me lo siguen pareciendo.

—Muchísimas gracias.

La conversación ya no da más de sí, pero Jane duda un instante antes de irse. Está a punto de decir algo, pero no se le ocurre qué. Cuando vuelve a abrocharse el cinturón de su asiento sigue sintiéndose como mientras trataba de encontrar las palabras allí de pie, en la moqueta naranja del pasillo. «Me pagan para escribir diálogos. Soy un fraude, un enorme fraude», piensa.

Benjamin observa a las dos mujeres en el pasillo. Están a casi dos metros de él. No alcanza a oír la conversación, pero ve que a la madre se le sonrojan las mejillas. La ha oído hablando con el padre canoso y con los chicos sentados al lado de este. Las familias nucleares como esa, formadas por dos padres y dos hijos, todos blancos, siempre le parecen una pieza de museo. Verlas hablar es como contemplar una escena, como si recitasen el guion que se le da a toda familia feliz cuando se forma. Se ha fijado en que el niño menor lloraba cuando su madre se ha marchado. Benjamin no ha podido evitar pensar: «¡Anda ya! ¿En serio? Tu madre vuelve a su asiento, nada más».

Benjamin está al corriente de las estadísticas y sabe que las familias así existen, pero en el lugar del que él procede son *rara avis*. Y en el ejército la mayoría de los soldados habían estado en situaciones realmente penosas. Los soldados no hablaban de lo felices que habían sido en casa. La infancia de Benjamin no fue fácil, pero sabía de algunas mucho peores que la suya. En una ocasión tuvo un sargento al que le gustaba preguntar a sus hombres: «¿Quién te puso esa pistola en la mano? ¿La cogiste tú o te la dio tu padre?».

Las mujeres se apartan y las campanas de la falda de la filipina tintinean cuando pasa junto a él. Al otro lado del pasillo, el padre le toca el brazo al hijo mayor y este ríe. Benjamin trata de identificar lo que tiene ante los ojos y lo que se le viene a la cabeza es «comodidad». Todos están a gusto con todos. Nadie está en guardia; tampoco hay rastro de desconfianza ni de reticencias. Está seguro de que el padre jamás ha pegado a sus hijos. Si la violencia fuese como lanzar una piedra a un estanque en calma, Benjamin sería un experto en detectar las ondas provocadas, y ahí no hay ninguna.

Gavin creció en una familia de este estilo. Por eso le costaba tan poco hacer amigos y bromear. Su padre era dentista y posiblemente tenía las manos suaves y una sonrisa nerviosa. Benjamin se imagina a una madre agradable, de las que preparan galletas y compran los neumáticos más caros para la ranchera. No puede evitar pensar que le habría gustado conocerlos.

Florida observa alejarse a la madre de aspecto cansado. Le habría gustado abrazarla, o al menos frotarle brevemente los hombros. Todo su cuerpo pide a gritos que la toquen. Es una de esas personas que le dan muchas vueltas a todo y se centran demasiado en sus proyectos. Florida ha visto a su marido, un judío sesudo, y supone que hacen el amor de manera decente y con cierta regularidad, pero que no dedican mucho tiempo a abrazarse y besarse. Florida considera que a estas personas tan herméticas les viene bien tomarse un relajante terapéutico de vez en cuando. No tienen ni la menor idea de cómo desinhibirse; necesitan ayuda. De tener algunas setas, Florida las habría dejado caer en el bolso de la mujer.

El avión da una sacudida cuando está sentándose.

—¿Qué hay? —le dice a Linda, y piensa que a una chica como ella nunca le ofrecería drogas. También está tensa, pero la suya es una tensión caótica. Tiene los cables cruzados y pelados y su flujo de energía es un desastre. Las drogas psicodélicas acabarían con lo poco que le falta para perder la cabeza y acabaría desnuda en la calle dando gritos.

Linda aparta la mirada de la ventana para mirar a Florida con los ojos como platos.

—No sé por qué te digo esto, pero no tengo a quien contárselo y necesito decírselo a alguien —dice.

—Me parece bien.

—Estoy embarazada.

Florida se queda mirando a la joven. Bobby quería un bebé. Florida había tenido que utilizar anticonceptivos a escondidas para no darle un hijo. Cuando habían hablado del tema había descubierto que él no quería un hijo para quererlo, sino para moldearlo a su imagen y semejanza, para que siguiera sus directrices. Ella se había adaptado todo lo posible a la manera de entender el mundo de Bobby. A pesar de todo, el hecho de que conservara ciertos rasgos propios, como sus ideas, su gusto musical o las caminatas diarias por el bosque, era para Bobby una falta de compromiso imperdonable.

Para sobrevivir tras el colapso de la sociedad, la pérdida de valor del dólar o algún tipo de apocalipsis meteorológico, Bobby creía que necesitaba discípulos. Florida pensaba que cuando hubiera dado a luz uno o dos hijos, Bobby prescindiría de ella, que la iría expulsando gradualmente de su familia, que no contaría con ella para sus planes y la echaría de su vida.

Bobby trabajaba en el centro de Manhattan para una compañía de seguros cuando se produjo el atentado de las Torres Gemelas. Aquello lo cambió por completo. Dejó el trabajo, vendió los trajes y empezó a trabajar como camarero en Brooklyn, donde Florida lo conoció. Ella era secretaria en una clínica de acupuntura y cantaba en un grupo de blues formado solo por mujeres. Bobby la atrajo porque hablaba sobre la importancia de la verdad; era un hombre de culito prieto y sexy, inteligente y culto, que sabía explicar por qué el capitalismo es diabólico. Contaba que iban a desahuciar a una anciana de noventa y dos años de la casa en la que había vivido durante cincuenta, y todo para construir en el barrio un rascacielos y obtener más beneficios. Por esa misma razón ni Florida ni ninguno de sus amigos podían pagarse un seguro médico, ya que la industria se desentendía de la salud de la gente. Estaba diseñada para sacar el máximo de dinero posible a todos. Se decidió claramente por Bobby por su bonito culo y su labia, porque había conocido a montones de guapos tontos que cerraban un debate diciendo: «Bueno, tío, ya me entiendes, ¿no?».

Fueron juntos a Zuccotti Park la primera semana del Occupy* y allí se quedaron hasta que el alcalde Bloomberg, otro fascista de pacotilla, envió a los camiones de la basura cuatro semanas después. Bobby estaba en varios de los comités organizativos y con frecuencia se lo llevaban de las reuniones. Florida cocinaba para los manifestantes y repartía mantas, cepillos de dientes, condones y tampones. También se unió a uno de los grupos musicales. Fue lo mejor de aquel otoño: todas aquellas personas buenas, luchadoras y cargadas de esperanza cantando con sus voces puras. Siempre había creído en el poder de la música, pero ahora tenía la prueba ante los ojos. Aquella gente estaba cambiando su vida desgraciada, y algunos incluso la abandonaban, para ir al parque y cantar sobre un mundo mejor. Sus canciones daban forma a su presente, generando un círculo completo como pocas veces había visto ella.

El avión sufre otra sacudida intensa y Linda se agarra tan fuerte el reposabrazos que los nudillos se le ponen blancos.

—No estoy preparada para esto —dice.

—Para esto —dice Florida, y piensa: «Esto es lo que define a las mujeres. La maternidad. ¿Tendrás hijos?

* Occupy Wall Street fue un movimiento de protesta que en 2011, entre otras cosas, ocupó Zuccotti Park.

¿Puedes tenerlos? ¿Quieres tenerlos?»—. Te irá bien
—añade, recurriendo a su experiencia como actriz para
infundirle confianza a la chica. Sin embargo, el escepticismo se le habrá notado, porque la cara de Linda es un
mar de dudas.

5 de septiembre de 2013

El colegio solo está a tres manzanas, pero aun así Besa los lleva en coche.

—Los pirados y los idiotas te seguirán por ahí y te hablarán —dice, mirando por el retrovisor—, pero para Navidad ya habrán olvidado el asunto y te dejarán tranquilo; así que, por favor, recuerda que es algo temporal. Los periodistas tienen la capacidad de atención de una mosca de la fruta. Los *religiosos* serán los peores; tú limítate a sonreír con educación mientras te cuentan sus cuentos de hadas y sigue tu camino.

Lacey va en el asiento del acompañante. A Edward se le hace extraño verla así, totalmente quieta, como si fuese de piedra. Esta mañana, mientras John estaba en el baño, se ha inclinado por encima de la mesa de la cocina y le ha susurrado:

—¿Quieres que grabe *Hospital General* para que lo veamos después de clase?

Edward ha asentido y ella le ha devuelto el gesto con expresión grave. Se pregunta qué hará todo el día sola en casa, sin él. Cree, a tenor de la expresión corporal de John, que él se pregunta lo mismo.

Edward se percata de que Besa también mira a Lacey. «Para ellos hoy es un día importante», se dice. «Ellos» son Lacey, Besa, Shay y John, a quien han dejado en la entrada diciéndoles adiós con la mano, como si estuvieran embarcándose en un peligroso viaje del que quizá no regresen.

Edward lo piensa para recordar cómo se comporta la gente normal y entender por qué está enrarecida la atmósfera. Aunque nunca antes haya estado en una escuela de verdad, el primer día de clase no le parece más triste o incierto que cualquier otro día. El corazón le late acompasadamente en el pecho; el chasquido sigue ahí; respira.

—Tú antes ibas a misa, Mamí —dice Shay.

—Antes de recuperar el sentido común. En México me lavaron el cerebro.

Shay no se está quieta, aunque lleva el cinturón de seguridad abrochado. Su madre y ella se han pasado tres días discutiendo sobre qué se pondría el día de la vuelta al colegio y finalmente han llegado a un acuerdo: Besa ha escogido la falda rosa de volantes y su hija la camiseta azul de béisbol. Eso sí, Shay ha aceptado que su madre le haga trenzas para la ocasión. Por la mañana Edward ha observado el proceso en las escaleras de la entrada. Besa trenzaba la melena de su hija, que, echando la cabeza atrás con los ojos cerrados, parecía un gato disfrutando. Madre e hija en silencio, cosa rara; la paz se propagaba en el ambiente.

—Estás poniendo nervioso a Edward cuando no debería estarlo, porque los niños del colegio son unos idiotas. No merecen ni que piense en ellos. Hazme caso, que llevo allí desde que tenía cinco años —comenta Shay.

—No estoy nervioso —dice Edward, consciente de que nadie lo creerá.

—Estabas mucho mejor estudiando en casa, todo el día sentado leyendo libros —dice Shay.

Edward se encoge de hombros. Siendo muy pequeños, su padre les explicó a Jordan y a él lo que tenía en contra del sistema educativo.

—Tampoco es espantoso, hay de todo —les explicó—. Pero, como mínimo, hay veinticinco alumnos por clase, lo que implica que el aprendizaje no es muy eficiente. Si eres inteligente no puedes ir todo lo rápido que querrías, porque habrá otros niños que no podrán seguir tu ritmo. Y, en parte debido a que hay tantos niños, la escuela funciona como una fábrica, o hasta me atrevería a decir, como una cárcel. Tienes que seguir una fila, moverte cuando suena el timbre y una vez al día te dejan correr en un patio vallado. Ninguna de estas cosas favorece el verdadero pensamiento ni la creatividad. Cuando empiezas a profundizar en una asignatura, suena el timbre, arrancándote de tus reflexiones. —Bruce se había pasado entonces la mano por la cabeza, como solía hacer cuando se agitaba—. ¿Os parece lógico?

Los dos niños, de ocho y cinco años, se habían encogido de hombros. Pero por la noche, ya tarde, tras un largo día de ejercicios de matemáticas y clases de piano, uno de los dos dijo: «Estoy seguro que el colegio es mejor que esto».

—Quiero estar en la clase de Shay —dice Edward. Lleva pantalones grises y camisa blanca, el conjunto que le ha preparado Lacey. No le ha parecido que esa ropa fuera suya, aunque nunca se lo parece. Lacey le compró un fondo de armario después del accidente y no lo viste como hacía su madre. Antes llevaba colores vivos, pantalones con bolsillos en las perneras y las antiguas camisetas de *skater* de Jordan; ahora se pone pantalones ajustados, camisetas blancas y, por lo visto, pantalones de vestir.

Besa mira con antipatía el colegio.

—*Pobrecito*. No te preocupes, Shay y tú estaréis juntos. Ya nos hemos ocupado de eso —dice.

El enorme edificio, que alberga el instituto y el colegio, es de ladrillos. Se han detenido en la entrada. Los mayores acceden por el otro lado del edificio y tienen las clases en las dos plantas superiores. El colegio ocupa la planta baja. Cuando entra, Edward se centra en la parte trasera de la camiseta azul de Shay y en no perder el equilibrio, porque, aunque ya no usa las muletas, las dos piernas no lo sostienen por igual. La idea que tiene de un colegio la ha sacado de las películas. Concuerda. Un par de oficinas junto a la puerta principal, las paredes de baldosas, las taquillas rectangulares y las puertas de las aulas una tras otra. No se parece en absoluto al lugar donde se ha pasado la vida aprendiendo: cubierto con una manta en el sofá del salón, leyendo en la litera o haciendo ejercicios de matemáticas en la mesa de la cocina mientras su padre preparaba la cena.

Camina despacio. Otros niños corretean entre charlas y risas por el largo pasillo. Los adultos les llaman la atención para que vayan más despacio, tengan cuidado, esperen su turno.

—¡Niños, basta ya! —les grita uno.

«No me lo dice a mí», piensa Edward.

Oye el chasquido una vez, y otra, y otra, y otra. Después está sentado junto a Shay en una clase. El profesor escribe en la pizarra la fórmula del área de un triángulo. Él ya sabe cuál es; su padre se la enseñó hace años. Poco después se da cuenta de que podría dar la clase él mismo; las matemáticas para Edward son algo tan natural como respirar. Después otra fila de sillas en otra clase. La profesora lleva un vestido color lavanda y lo mira todo menos a él. Luego el estruendo de la cantina. Shay lo ayuda con la bandeja y él mordisquea un rollo de carne del mismo color que sus pantalones.

Tiene la sensación de que lo persigue una nube de abejas zumbando. Le molesta el ruido; parece bajar del techo y subir del suelo a la vez.

—Haz como si estuviéramos en el Gran Comedor. Todos cuchicheaban sobre Harry Potter cuando llegó por primera vez —dice Shay después de pinchar con el tenedor una croqueta de patata.

—No he hecho nada para que cuchicheen sobre mí —contesta Edward.

—Has hecho tanto como Harry por aquel entonces. —Cuando ve que la está mirando, continúa—: Has sobrevivido.

«Ah, es verdad», piensa Edward.

Al salir de la cafetería, nota que alguien le toca el hombro. Vuelve la cabeza hacia un hombre de piel morena con bigote.

—¡Director Arundhi! —lo saluda Shay.

—Buenas tardes, Shay. Edward, ¿podemos hablar un momento en mi despacho? —Mira a Shay y continúa—: Prometo que volverá sano y salvo a la siguiente clase. No te preocupes, jovencita.

Edward sigue al hombre por el pasillo abarrotado, después sube dos tramos de escalera y recorre otro pasillo. Aquí los chicos son grandotes y desgarbados. Edward se da cuenta de que están en una planta del instituto. Todos hablan más fuerte y tienen la voz más profunda. Edward se encoge de miedo al ver que dos alumnos fingen placarse. Sin embargo, los chicos bajan la voz y cambian de actitud cuando ven al director. Algunos lo saludan y miran a Edward. El director Arundhi entra en una habitación con la puerta de cristal esmerilado. Cuando la puerta se cierra, los ruidos del pasillo quedan amortiguados.

Tanto el suelo como el alféizar están llenos de plantas de varios tamaños. También cuelgan del techo. Algunas son de hojas anchas, otras de hojas finas y largas, y dos tienen florecitas rosadas. El aire huele a tierra húmeda. El escritorio, en el centro del invernadero, parece fuera de lugar.

El director sonríe.

—Me gusta que la naturaleza llegue aquí dentro. Soy un poco jardinero. —Junta las manos frente a Edward—. Verás, Edward, normalmente, cuando tenemos un nuevo alumno lo anuncio por megafonía al comienzo de su primer día y les pido a todos que colaboren para que se integre. No lo he hecho contigo porque me ha parecido que no necesitas ni deseas más atención de la cuenta. No obstante, me gustaría saber si hay algo que pueda hacer para que te sientas más cómodo.

—Creo que no —contesta Edward. «No estoy cómodo en ninguna parte», se dice.

El director aprovecha para mirar algo por encima de la cabeza de Edward, posiblemente el arbusto de flores naranja que hay encima del archivador.

—En primavera hiciste un examen oficial. Creo que tu padre lo dispuso así. Sacaste unas notas muy altas, tanto como para saltarte un curso.

Edward se yergue en la silla.

—No quiero saltarme un curso. Preferiría quedarme con Shay, por favor.

—Eso pensaron tus tíos que dirías, y así se hará.

El director lo mira, expectante, así que Edward responde.

—Gracias.

—Déjame hacerte una pregunta, jovencito.

Edward se prepara, consciente de que será sobre el accidente.

—¿Qué opinas de la flora?

Tarda un segundo en entender lo que le ha preguntado.

—¿Se refiere a las plantas?

El director asiente.

—La base de nuestro ecosistema.

Edward nunca se ha parado a pensar en las plantas, en realidad. Su madre tenía unas cintas en la cocina, pero para él eran un mueble más.

—Todos los años pido a algunos alumnos que me ayuden a cuidar estas preciosidades. —Con un gesto, el hombre abarca toda la habitación—. ¿Te gustaría ser el primer voluntario?

—Vale —contesta Edward, porque no le parece posible otra respuesta.

—Te avisaré cuando necesite tu colaboración. Puedes irte, pero recuerda que, si tienes algún problema en el colegio, aquí me tienes.

Lacey y Besa esperan en el coche para recogerlos. Han aparcado justo delante del colegio. Son las primeras, han tenido suerte, porque el estacionamiento está abarrotado de coches y personas. Besa evalúa a Edward.

—Hoy te han dejado en paz, ¿eh?

Edward asiente y se acomoda detrás.

Ella saluda con la mano al gentío del aparcamiento.

—¿Ves? Los lunáticos del pueblo están tan aburridos que actúan como si aquí hubiese un OVNI.

Tiene razón, parece que se haya congregado el pueblo al completo, y que todos tengan los ojos puestos en el coche. Posiblemente sea la recogida del colegio más concurrida de la historia. Han aparecido madres, padres, abuelos y tíos. Hay familiares que han venido desde las afueras para recoger a sus bisnietos el primer día de clase. Algunos adolescentes han ido a recoger a sus hermanos pequeños, para quienes rara vez tienen tiempo, y han estado dando vueltas alrededor del edificio e incluso han entrado en el colegio. La multitud finge no mirar, pero es evidente que lo hace. Una pareja lo observa descaradamente, boquiabierta. Muchísimos teléfonos apuntan hacia Edward. Hay un joven subido a la rama de un árbol con una cámara antigua. La gente susurra: «Ahí está. Es el chico. Es él».

Edward mira los teléfonos móviles y las cámaras y recuerda el total de entradas de Google con su nombre. Piensa: «Ciento veintiuna mil, ciento veintidós mil, veintitrés, veinticuatro, veintisiete mil...». Imagina una foto suya, vestido con esa ropa tan formal, paliducho y demacrado. Proliferarán nuevas versiones de la fotografía. Se las imagina colgadas en Instagram, Facebook, Tumblr, Twitter.

—¿No tienen nada mejor que hacer? —refunfuña Lacey.

—Menudos idiotas —dice Besa. El coche avanza a paso de tortuga debido al tráfico. Una mujer con aspecto de abuela entrañable enfoca con el teléfono hacia la ventanilla y saca una foto de Edward. Le sonríe con aire de disculpa.

Besa toca el claxon y la mujer se sobresalta.

—Ese de ahí es mi dentista. Sé a ciencia cierta que no tiene hijos —dice Lacey.

Edward, consciente de que están preocupadas por él, quisiera decir algo, hacerles saber que está bien, pero el día lo ha dejado sin fuerzas y no consigue articular palabra.

—¡Eh! —dice Shay cuando ya han salido de la zona del colegio—. ¿Y yo, qué? ¿Es que nadie me va a preguntar por mi primer día en séptimo?

La tensión cede y las tres mujeres ríen. Lacey tiene que secarse las lágrimas de la risa. Se carcajean aún más cuando, a una manzana del colegio, adelantan una fila de monjas. La hilera de hábitos negros saluda al paso del coche.

—El miércoles llegará un camión de mudanzas —anuncia Lacey en la cena.

John y Edward se la quedan mirando. Para cenar hay lasaña y ensalada. Edward ha recuperado dos kilos y medio de los tres y medio que había perdido y poco a poco vuelve a comer platos normales. A veces siente verdadera hambre y siempre lo sorprende la sensación de tener la tripa vacía. Sabe que su tía cocina teniendo en cuenta que cada bocado de Edward contenga la máxima cantidad posible de calorías. Una mañana, mientras desayunaban, John se quejó de que la leche tenía un sabor raro, y ella confesó haberle añadido anacardos molidos para hacerla más calórica. John la miró como si se hubiese vuelto loca y Edward se echó a reír. La segunda vez que se reía con su cuerpo nuevo.

—¿Os vais... nos vamos a mudar? —Edward no puede evitar que se le note el miedo.

—Ah, no. Lo siento —responde rápidamente su tía—. Debería haberme expresado mejor.

—No nos vamos a mudar. —John pone una mano en el hombro de Edward.

—Nos traerán las cajas del almacén que alquilamos en Omaha. Los de la mudanza dejaron allí las cosas de tu familia mientras decidíamos qué hacer con ellas. Venderemos las más grandes, como los muebles, pero las más personales llegarán aquí el miércoles.

—¿Dónde vas a ponerlas? Creo que en el garaje caben. Solo tendría que cambiar algunas cosas de sitio —dice John.

—Había pensado ponerlas en el piso de arriba, en la habitación de Edward. —Lacey mira a su sobrino—. ¿Te parece bien? El garaje es muy oscuro y necesitaremos algún tiempo para revisarlo todo y organizarlo.

Edward se queda momentáneamente desconcertado hasta que entiende lo que se le pregunta. Nunca ha dormido en la habitación del bebé y nunca lo hará. Sin embargo, por lo que parece su tía necesita creer que esa es su habitación.

—Claro, no hay ningún problema —responde.

—¿Te gustaría revisar el contenido de las cajas conmigo? —le pregunta Lacey—. Ten por seguro que ahí estarán tus cosas.

—Puede. —Edward se imagina las cajas dentro del camión, cruzando el Medio Oeste en el crepúsculo, en sentido equivocado. Se suponía que las cajas viajarían en línea recta desde Nueva York hasta Los Ángeles, pero llegaron hasta medio camino, han estado almacenadas durante tres meses y ahora regresan marcha atrás. Edward no se imagina el contenido, sino los cubos de cartón. Los recuerda amontonados con pulcritud en el salón del apartamento de Nueva York, listos para la mudanza. Su madre se había pasado semanas empaquetando sus pertenencias concienzudamente. Gritaba cuando pillaba a alguno de los hermanos hurgando en una caja, buscando una camiseta o un libro.

Edward corre una cortina entre él y sus pensamientos para dejar de recordar a su madre y las cajas. Pide permiso para levantarse de la mesa. En el salón encuentra la tableta de John, encima del sofá. Su reacción inmediata es cogerla, metérsela bajo el brazo e irse a casa de Shay. Sin embargo, se queda un minuto mirándola. Su tío está solo en la cocina, preparando la cafetera para la mañana. Tararea en voz baja el tema de un musical. Debido al aumento de calorías en las comidas que prepara Lacey, John ha empezado a salir a correr cada mañana para mantener la línea. Se ha descargado varios musicales de Broadway para que lo acompañen en sus carreras. Probablemente cuando sube las escaleras o se sirve los cereales lo haga cantando una estrofa de *El fantasma de la ópera* o de *Hello, Dolly!*

—No llores por mí, Argentina —le dice a Edward cuando vuelve de la cocina.

—En este momento, no creo que sea buena idea meterme en internet. —Edward calla, sin saber cómo seguir.

—Coincido contigo —contesta John.

—Pero... ¿te parecería bien contarme, de vez en cuando, lo que creas que debería saber? Creo que serás capaz de decidir... —Edward no sabe cómo decirle «sé que estás haciendo un seguimiento online del accidente y lo que sale sobre mí» sin admitir que le robó la tableta una noche.

John se apoya en la encimera con los brazos cruzados.

—Quieres que te tenga al tanto, más o menos, sobre lo que se dice de ti en internet, sin que tú hayas de ver o saber los detalles.

—Sí, supongo.

Su tío estudia brevemente al chico, tratando de evaluar lo que será capaz de soportar.

—Seguramente eres consciente de que, dado que has empezado las clases y, por lo tanto, has reaparecido en público, habrá un montón de fotos tuyas y probablemente algún que otro vídeo. Sin embargo, no creo que haya más contenido, Edward. Al menos basado en hechos reales. Habrá gente diciendo que te ha visto en algún sitio o que te conoce, tal y como lleva haciendo desde el accidente, pero es todo mentira.

—¿Dónde creen que me han visto?

John suspira.

—Por todas partes. Un hombre está convencido de que estuvo varias semanas caminando detrás de un labrador y de ti por el Sendero de los Apalaches. Has estado nadando en el lago Placid, visitando uno de los museos de arte de Nueva York y de turismo por Edimburgo.

—Shay y yo buscamos a Jordan en internet —declara Edward, sorprendiéndose a sí mismo.

John se queda callado un momento.

—No encontrasteis mucho, ¿verdad?

—No.

—Vale, te propongo esto —dice John—: te contaré, sin excederme, qué pasa ahí fuera. Pero antes quiero que comprendas que no existen datos verdaderos sobre ti que desconozcas. Eres el protagonista de tu vida. Los demás no saben nada de nada y la red está llena de listos y gente triste que se inventa bobadas. —Tras una pausa, añade—: Me encanta internet, o al menos antes me encantaba, pero no es el recurso más apropiado para descubrir la verdad.

«¿Y dónde está la verdad?», habría querido preguntarle Edward, pero la pregunta es demasiado amplia y se le atasca en la garganta, así que se despide y se va a la casa de al lado.

Desde la ventana de la consulta del doctor Mike se ve un árbol cubierto de hojas verdes. El tronco es robusto, de un marrón uniforme. Parece más real que los que lo rodean, como si unos hábiles artesanos lo hubiesen hecho para el decorado de una película. Edward se regodea en la idea de que el árbol sea falso. También él se siente medio de plástico, como ensamblado, como fabricado hora tras hora para que cumpla el papel de «niño humano que se recupera de la tragedia». Cuando se sienta en la silla de siempre, observa el árbol por encima del hombro del doctor Mike.

—Los recuerdos que tienes, ¿son del accidente o de antes del accidente? —le pregunta el médico.

—De antes.

—Dime algunas cosas que recuerdes. Da igual lo que sean, aunque solo sean fragmentos, también sirven.

Edward cierra los ojos un momento y recrea mentalmente la partitura abierta encima del piano.

—Estaba a punto de aprender a tocar un nuevo movimiento. El «Scarbo» de Ravel.

—No sabía que tocabas el piano. Háblame de la pieza.

Edward frunce el ceño.

—No llegué a empezar. Mi profesor no estaba seguro de que yo estuviera preparado. La pieza tiene trémolos muy rápidos, muchos saltos de octava y escalas dobles en la mano derecha.

Edward se mira las manos. Se ve los nudillos demasiado blancos bajo la piel. No se parecen a las manos que se pasaban cada tarde horas y horas tocando el piano. Está seguro de que, si se sentara al piano ahora, no sabría tocar ninguna de las composiciones que aprendió. Sus dedos ya no son los de antes y, desde el accidente, no ha vuelto a tocar ninguna melodía mentalmente. No había pensado en ello de manera consciente, pero acaba de percatarse de que ha estado esperando a que la música regresara como si fuera un perro que se hubiera soltado de la correa. Pero ni ha vuelto ni volverá. Se ha ido. Eddie era musical; Edward no lo es.

—Entonces te lo tomabas en serio —dice el doctor Mike.

—No quiero hablar de esto. —Edward sube la voz al final de la frase. Ambos se sorprenden, ya que en la consulta habla siempre en el mismo tono monótono—. No se lo cuentes a mis tíos —le pide Edward.

—¿No saben que tocas?

—Tocaba y, si llegaron a saberlo, ya lo habrán olvidado.

El doctor Mike parece a punto de decir algo, pero se contiene.

—Todo esto no me gusta.

—¿A qué te refieres con «todo esto»?

—Antes estaba bien, pero ya no. ¿Por qué tenemos que hablar de esto?

—No tenemos por qué hacerlo —responde el psicólogo—. Lo único que quiero es que no bloquees todos los recuerdos. Si son buenos, son poderosos. Estamos asentando tus nuevos cimientos. Si los dejas entrar o, llegado el momento, incluso puedes hallar consuelo en ellos, serán los ladrillos para reconstruirte. Unos ladrillos buenos y sólidos.

Edward se hunde en la silla y cierra los ojos.

En esa postura no ve al doctor Mike, solo lo oye.

—¿Lo dejamos por hoy?

—Sí, por hoy ya basta —contesta Edward.

El miércoles por la tarde, a la vuelta del colegio, se encuentran con un tráiler blanco aparcado frente a la casa. Dos hombres fornidos llevan una caja enorme, de lado, cruzando el césped con dificultad. Instintivamente, Edward les da la espalda.

Shay aplaude.

—Quiero ayudar a vaciar las cajas —dice.

—Yo también ayudaré —comenta Besa con la misma energía—. Entre nosotras, lo más seguro es que las vaciemos casi todas hoy.

—Ah, bueno, yo... —Lacey parece nerviosa—, bueno, no contaba con empezar esta tarde.

Edward asiente. A esta hora suele ver con su tía la grabación diaria de *Hospital General*. Ha desaparecido Lucky, el hijo de Luke y Laura.

—Deberíamos hacer un inventario exhaustivo —le dice Shay a su madre—. Una lista con el contenido de cada caja.

—*Perfecto*. Luego ya decidiréis qué hacer con las cosas —dice Besa.

Lacey y Edward se miran.

—¿Vale? —dice su tía.

Lacey y Edward entran en casa, impotentes, detrás de madre e hija. Hay más cajas de lo que Lacey creía, repartidas entre la habitación del bebé y el pasillo de la planta de arriba. Besa se va a su casa y vuelve con un puñado de lo que parecen bisturíes.

—No mires si no quieres —le dice Shay a Edward.

Él asiente, pero se queda allí. La observa mientras ella abre la caja que lleva un «1» escrito en rotulador. Vio cómo lo escribía su madre.

—Menaje de cocina —dice Shay, y saca un papel de la caja—. ¡Eh, un listado completo! —Asiente admirada—. Esto está muy bien organizado. Veamos: tazas de café, vasos, cubiertos, platos de postre.

Ahí debe estar todo. La taza favorita de su madre, la del globo rojo, de una película francesa que le encantaba; el vaso alto con una patata frita que tanto le gustaba a Edward; las tazas de agua que todos dejaban en la mesilla, junto a la cama, para beber de noche.

Edward se aparta. Pasa junto a su tía, que merodea tras las figuras enérgicas de Besa y su hija. Lacey está pálida; las pecas destacan como grititos de ayuda. Le toca el brazo a Edward y lo mira de un modo que él interpreta como una disculpa. «Debería haberlo pensado mejor», la oye pensar.

La sábana, lisa, vuelve a cubrirlo interiormente. Empieza despacio, sube por el abdomen y llega al pecho. Edward se mira los pantalones grises de vestir bien planchados. Los botones de la camisa de Brooks Brothers.

—Lacey —dice, y ella se sobresalta.

En ese momento Edward se da cuenta de lo poco que se dirige a ella. Cada tarde se sientan juntos en el sofá, pero rara es la vez que hablan. A Edward le cae bien su tía, pero le parece más imprevisible que John, y le recuerda a su madre lo suficiente como para rehuir su mirada. Muy de vez en cuando la observa desde un ángulo en el que el parecido es del ochenta por ciento. Sin embargo, la mayor parte del tiempo es de un frustrante veinte por ciento, un mero recuerdo de su pérdida. Siempre que Edward necesita algo, acude a John.

—¿Sí? —contesta Lacey.

—Me gustaría quedarme con la ropa de las cajas, la de Jordan y la mía, por favor. Me gustaría utilizarla, si no te importa.

—Ah —Lacey lo repasa de arriba abajo; le cambia la expresión—. No quieres... Lo entiendo. Claro que lo entiendo.

—¡Ya voy! —grita Shay desde el centro de una torre de cartón—. Encontraré la ropa, *pronto*.

Por la noche, Edward descansa en el saco de dormir, con sus pantalones de pijama a cuadros y la camiseta roja de su hermano. Ha guardado la ropa que Lacey le compró en una bolsa. Se la pondrá muy de vez en cuando, solo cuando sea necesario, para hacer feliz a su tía. Por lo demás llevará la ropa que le queda bien, ya usada y con un leve olor a Jordan.

Escucha a Shay leer, tan cansado que es incapaz de distinguir la realidad de la ensoñación. Avanzan por el universo de Harry Potter; cada noche Shay lee un capítulo en voz alta.

—Oye —le dice ella al terminar un párrafo.

—Dime —contesta Edward, adormilado.

—¿Te ha dolido la cicatriz cuando has visto las cajas?

—No.

—Mmm. —Eso no la disuade—. Cuando encuentres algo importante, lo sentirás, sé que lo sentirás —asegura.

Edward cierra los ojos mientras Shay lee en voz alta. Es una buena lectora, imprime dramatismo en los momentos adecuados y habla más bajito cuando queda mejor. Jordan también le leía. No con regularidad, pero cuando llegaba a un pasaje particularmente divertido o aterrador de la novela que estuviera leyendo, se lo repetía en voz alta. El pijama es tan suave en contacto con la piel de Edward que, cuando se queda completamente quieto, finge ser el mismo chico que dormía en una litera con su hermano, en la cama de abajo.

—¿Había algún abrigo grueso en las cajas? —le pregunta Lacey una mañana.

Así es como Edward se entera de que está a punto de llegar el invierno. Se va al armario y saca la parka naranja de Jordan. Le queda muy grande, pero puede usar las mangas demasiado largas como mitones y la capucha le cubre casi toda la cara, cosa que le gusta. Intenta no darse cuenta del paso de las estaciones. Finiquitado su primer otoño en soledad. Estrenando su primer invierno en soledad. A la vuelta de la esquina están su cumpleaños, Navidad y Janucá, dos fiestas que, hasta cierto punto, su familia celebraba. El doctor Mike le explica que la sensación de no percatarse del paso del tiempo se denomina «estado de fuga».

—Es frecuente en quienes han sufrido un trauma. Pierden la noción del paso de las horas, y a veces incluso de los días. Viven el día a día, pero parece que el cerebro no registra las experiencias, como si no tomase apuntes. No presta atención —le dice.

—Me gustaría estar siempre en estado de fuga.

El doctor Mike se encoge de hombros.

—Si pudiera inducirte a un estado que te librase de las fiestas, lo haría.

Esas muestras de amabilidad conmueven a Edward, pero le cuesta mucho llorar. Desde que estuvo en el hospital apenas ha llorado. Es como si almacenase las lágrimas en la cabeza y no supiera cuál es la tubería de salida. No llora: le duele la nariz. Se acaricia el puente.

—¿Podemos dejarlo por hoy?

—No.

—¿No?

—La semana pasada me dijiste que debería haber sobrevivido Jordan y no tú. ¿Por qué piensas eso?

A pesar de que no emite sonido alguno, todo el cuerpo de Edward gime de dolor. Las hojas del árbol de la ventana, hojas que en la última visita eran de un rojo intenso, se han desteñido y se están enroscando. Algunas ya han caído.

Edward nota la mirada del doctor Mike.

—Porque... —contesta.

—Porque, ¿qué?

«¿Por qué me presionas?», piensa Edward.

El doctor Mike se toca la visera de la gorra. Edward sabe que no es ninguna señal, sino un hábito. Lo hace sin pensar.

—Lo siento, Edward, pero ya no puedo permitir que te cierres en banda. Hazlo fuera de la consulta, si quieres, pero aquí no.

«Puedo irme», se dice Edward. Sin embargo, con cierta irritación, responde.

—Jordan era una persona real... Sabía quién era. Caía bien. Hacía cosas, cosas importantes. Como cuando en el aeropuerto se negó a pasar por el escáner de seguridad, o como cuando dejó de comer carne. —La voz de Edward se va apagando.

—Cuando el avión sufrió el accidente Jordan tenía quince años y tú doce. Es una diferencia de edad considerable. ¿Tu hermano se negaba a pasar por el escáner a los doce años?

Edward reflexiona un momento.

—No.

—A los quince años puedes decidir muchas cosas, Edward. Tú todavía tienes doce. Pero eres más interesante que tu hermano, porque has sobrevivido. Mucha gente quiere hablar contigo, ¿verdad?

Una gran verdad. Edward acude al despacho del director todos los miércoles y, mientras va regando las macetas con una regadera azul, el señor Arundhi le dice el nombre de cada planta y le cuenta su historia.

El chico bajito que va con él al laboratorio de ciencias le dijo, mientras diseccionaban ranas, que de mayor le gustaría ser cantante de ópera. Cuando fue a entregar los papeles a secretaría, la secretaria del colegio le contó que había nacido en Georgia y que, cada tarde después de clase, ella y su hermana iban a dar de comer a dos caimanes. «Les chiflaban los suplementos dietéticos», añadió la mujer.

La chica de la taquilla contigua a la suya le dijo que tenía un hermano de seis años que nunca había pronunciado ni una sola palabra.

—Quieren compartir contigo algo extraordinario que les haya pasado porque tú has vivido algo extraordinario —explica el doctor Mike.

Edward no responde nada, porque no hay nada que responder. El psicólogo le ha dicho una obviedad y él no piensa perder el tiempo hablando de eso.

Una tarde, Shay tiene que volver al colegio porque ha olvidado un libro y deja a Edward solo en la acera. Los autobuses acaban de marcharse y el aparcamiento está lleno de coches. Queda poco para las vacaciones de Navidad. Edward se estremece porque el abrigo naranja le queda tan grande que el frío se le cuela por cualquier abertura. Se inclina a rascarse la espinilla. La cicatriz ha entrado en una nueva etapa de curación. Le ha estado molestando. Esta mañana, cuando se ha despertado, tenía el aspecto de unos labios apretados. Se rasca con suavidad para no dañar esa piel tan delicada. Entonces oye una voz masculina.

—Hola Edward. Me llamo Gary.

Edward pierde el equilibrio y le cuesta trabajo recuperarlo. Luego ve a un hombre de mediana edad a unos pasos de distancia, con tejanos y un jersey grueso.

—Mi novia iba en el avión. —Pestañea tras las gafas. Tiene el pelo rubio oscuro y lleva barba—. Siento molestarte. He venido de California. Lamento mucho todo lo que te ha pasado —le dice.

Edward echa un vistazo a su alrededor. No hay nadie en las proximidades.

—Quería preguntarte si viste a mi novia en el avión. Creo que te sentaste cerca de ella. He estudiado el reparto de asientos. Todo el mundo dice que sobreviviste gracias al asiento que tenías. Linda estaba cerca. Puede que un par de filas más adelante, al otro lado del pasillo.

Edward traga y se sorprende preguntando:

—¿Qué aspecto tenía?

—Una chica de veinticinco años, blanca, bueno, no sé si hace falta que remarque eso. Tuve un profesor una vez que comentó lo racista que era no mencionar que las personas blancas son blancas, porque siempre lo hacemos si son negras. Era rubia. —Parpadea descontroladamente—. Espera. Soy idiota.

Se mete la mano en el bolsillo y saca el móvil. Desplaza el dedo por la pantalla y se lo planta delante a Edward con una brusquedad que lo sobresalta. Observa la fotografía de una chica joven y rubia que sonríe a la cámara. Está sentada en el banco de un parque y lleva un suéter que parece de encaje.

Edward se encoge interiormente. Recuerda al doctor Mike diciéndole: «Los recuerdos que te vienen, ¿son del accidente o de antes del accidente?». Se ha esforzado mucho para recordar solamente cosas de antes, pero la foto de la mujer rompe el dique. La recuerda. Se sentaba unas cuantas filas más adelante. Estuvo haciendo cola para ir al baño con Jordan. Cuando pasó junto a Edward, le dirigió la misma sonrisa que muestra en la fotografía.

Gary parece algo más calmado mientras sostiene la foto.

—Iba a pedírselo aquel día. Aquel día iba a llevar el anillo de pedida al aeropuerto —le explica.

—La vi —dice Edward. Intenta imaginarse qué querría escuchar un adulto—. Parecía simpática y entusiasmada. Y feliz.

Al mirarlo a los ojos entiende que ha acertado.

—Gracias —responde Gary.

Edward, con las manos en los bolsillos de la parka, se estremece.

—¿Has hecho todo ese viaje solo para preguntarme esto?

Gary asiente.

—Me dieron unos días libres en el trabajo, así que me quedé sentado en el apartamento bebiendo Sprite y haciendo listas de todas las preguntas que necesitaba responder. Me estaba volviendo loco, y se me ocurrió que tú podrías contestar a una de esas preguntas. De modo que me subí al coche.

«Tiene lógica», piensa Edward.

—No sé si será apropiado sacar el tema, pero... —Gary vuelve a parpadear deprisa— ¿estás bien?

La gente lleva preguntándole eso desde que se despertó en el hospital. No lo soporta. Lacey, los enfermeros, los médicos, los profesores, todos preguntando lo mismo, expectantes. Siente las palabras cocinadas con el deseo de que conteste que sí. Le sorprende que en esta ocasión no le moleste que un desconocido se lo pregunte en un aparcamiento. Se da cuenta de que Gary no quiere escuchar una respuesta concreta; espera la verdad, y es eso lo que posiblemente rompe las cadenas de Edward y le permite expresarla.

—La verdad es que no —responde. Tras una pausa, prosigue—: ¿Y tú?

Gary lo mide con la mirada.

—No —dice finalmente.

Ambos se quedan en silencio, rodeados de aire helado.

—Lo cierto es que nunca había tenido la intención de asentarme y casarme hasta que conocí a Linda. No quería nada de eso hasta que la encontré —dice el hombre. Cierra los ojos un momento y Edward observa en su rostro las marcas de dolor; las mismas marcas, talladas por la pérdida, que Edward tiene grabadas por todo el cuerpo. El chico se estremece porque se siente identificado—. Aunque me alegro de haber hablado contigo. Lo que siento en este instante es lo mejor que he sentido desde hace meses. —Asiente, corroborando lo que acaba de decir—. Gracias por tu tiempo, Edward. —Le da la espalda y echa a andar.

—Espera —le dice el chico.

El hombre se detiene y se vuelve.

—¿Vuelves ya a California?

—Sí. Me dedico al estudio de las ballenas y me están esperando —contesta Gary.

«Las ballenas lo están esperando», piensa Edward. Pasarán semanas hasta que no le parezca raro lo que le ha dicho Gary, que se mete en el coche y se va. Después, cuando Shay sale, vuelven a casa juntos.

«Se lo contaré luego», decide Edward. Y lo hará. Pero mientras regresan a casa siente el latido de la cicatriz y el aire helado en la garganta. Piensa en mujeres rubias y en ballenas, y le preocupa que, de tanto esforzarse por encontrar las palabras, él mismo se disuelva en sílabas, en partículas de aire, de este aire tan frío que lo rodea.

11.16

El plomizo gris del cielo se oscurece todavía más y empieza a lloviznar. Las leves gotas, incoloras, acarician el avión. Se activan los limpiaparabrisas de la cabina de mando. La lluvia no afecta en absoluto a un avión comercial, pero el hecho de que la precipitación golpee las ventanillas a tanta altitud implica que los nimbos de hoy están a mucha altura y son muy densos. Las nubes suelen extenderse entre los quinientos y los cuatro mil quinientos metros; los aviones circulan entre los nueve mil y los doce mil metros. El espacio exterior empieza a unos noventa mil metros.

Los pasajeros se centran en la lluvia. Entre las gotas de agua y el cielo encapotado algunos se adormecen y cierran el libro que leían. Examinan detenidamente el asiento, como si esperasen encontrar un botón mágico que convierta la pequeña e incómoda butaca en algo parecido a su cama.

Benjamin cierra los ojos y permite que entren los recuerdos. Lo considera una rendición, cosa que no soporta, pero en él conviven el agotamiento y seis tazas de café, y no tiene otra cosa en la que pensar. La familia del otro lado del pasillo está en silencio; el padre duerme.

Antes de la pelea, durante un mes entero reinó la calma, lo que implica que todos los del campamento se morían de aburrimiento. Ya habían limpiado las armas varias veces; jugaban a videojuegos continuamente; los muchachos incluso esperaban ansiosos la guardia de medianoche con tal de hacer algo. Se hablaba de un ataque afgano que nunca tuvo lugar. Benjamin se sorprendía, de pie, en la periferia del campamento, mirando hacia el bosque y confundiendo los árboles con personas. Cuando soplaba viento las ramas se movían como brazos; entonces empuñaba el arma.

Esa tarde Gavin, otro chico blanco al que llamaban Jersey y él mismo estaban de patrulla. Habían corrido rumores de que tres grupos habían unido fuerzas para tender una emboscada. Se había terminado la fruta y la verdura, y el siguiente envío no llegaría hasta la mañana siguiente. Benjamin tenía la sensación de estar hecho de copos de maíz pegajosos, avena y hamburguesas. Le parecía que la lengua no le encajaba del todo en la boca.

—Deja de suspirar, que me pones nervioso —dijo Gavin.

—No estoy suspirando. —A Benjamin le sorprendió el comentario, como si Gavin le hubiese dicho que se hurgaba la nariz.

—Cerrad la puta boca —intervino Jersey. Era de los que nunca saben qué decir, y había descubierto que «cerrad la puta boca» era una buena opción. Lo repetía en distintos tonos, según la ocasión: sincero, irónico, molesto. Esa vez lo dijo con aburrimiento.

—Estabas suspirando. Llevas así todo el día. Esta mañana, mientras nos lavábamos los dientes, suspirabas frente al espejo —insistió Gavin.

Benjamin dejó de caminar y miró a Gavin de una manera que habría aterrado prácticamente a cualquiera. Lo sabía por experiencia. La copió de Lolly, el día que la pilló mirando así a Crazy Luther en la esquina. Nunca había visto esa expresión en su propia cara, pero sabía que era torva y muy amenazadora. Una mirada que ponía punto final a las conversaciones.

—No he suspirado.

Jersey silbó, la segunda de sus posibles respuestas. Su repertorio de solo-quiero-volver-vivo-a-casa consistía en «cierra la puta boca», un suave silbido y «cabronazo».

Gavin no pareció intimidado.

—Has suspirado —recalcó.

Gavin y él se miraron fijamente a los ojos. Sus palabras flotaban en el aire como el bocadillo en una tira cómica. Benjamin estaba casi seguro de que no lo había hecho. Además, de haberlo hecho, cosa que dudaba, habría sido estando a solas.

—¿Qué has dicho?

—A ver, cabronazos —terció Jersey, apaciguador.

—He dicho que has suspirado. Puede que estuvieses triste. —Gavin pateó la tierra. Llevaba semanas sin llover. Los sitiaba una paz seca—. Al fin y al cabo, estar aquí fuera es deprimente.

Benjamin sintió crecer en su interior un vapor abrasador, como el de un motor recalentado. Se abalanzó contra Gavin, lo agarró por la camiseta y lo empujó. El otro fue a parar al suelo y recorrió una distancia considerable antes de detenerse. Se le habían caído las gafas. Se levantó, se colocó en posición de velocista, cargó como una pequeña locomotora contra Benjamin y le dio un golpe en el vientre que le cortó la respiración.

Benjamin, incrédulo, trató de recuperar el aliento. Una parte de su cerebro, un rincón distante, pensaba que aquello tenía que ser un sueño. En ese sueño se acercó tambaleándose a Gavin, lo levantó y lo lanzó contra el suelo. Se oyó un ruido cuando la cabeza de Gavin impactó en la tierra.

—¡Cabronazos! ¡Que alguien venga antes de que Stillman se cargue a Gavin! —gritó Jersey.

Benjamin se abalanzó sobre Gavin en la tierra seca, como un jugador de béisbol deseoso de llegar al *home*. Lo miró fijamente e intentó decir algo, algo que lo intimidase, algo que lo obligara a disculparse, a admitir que él nunca había suspirado y que jamás suspiraría.

Cuando vio los ojos azules y la barbilla recién afeitada de Gavin, el volcán interior se convirtió en algo nuevo, algo poderoso, algo que se le escapaba de las manos. Fue como si un muro hubiese saltado en pedazos, convertido en esquirlas y piedras de todos los tamaños. Cada piedra implicaba un deseo, y él era una playa de necesidades acuciantes, terribles. Quería ensalada fresca, unas buenas deportivas y que cesase aquel constante miedo a la muerte. También quería tocarle la cara a Gavin para comprobar si era tan suave como parecía. Podía hacerlo. Oyó pasos a la carrera, botas levantando polvo: los soldados se acercaban. Benjamin se inclinó; tenía la cara de Gavin a escasos centímetros.

Si los muchachos no lo hubiesen separado de él en ese momento, habría hecho algo raro. Lo sabía y, a juzgar por su mirada, Gavin también era consciente de ello. Benjamin se levantó deprisa, trató de poner cara de pocos amigos y salió pitando. Se pasó varias horas escondido en el bosque, temblando. Cuando se acostó en la litera pasada la medianoche, oyó que alguien susurraba en la oscuridad: «Maricón». Dos semanas después, muerto de sueño y rezagado respecto al resto de la patrulla, un disparo le acertó en el costado.

El hombre del otro lado del pasillo está hablando con Crispin. Una interacción no deseada.

—Leí su libro. Incluso fui a verlo cuando viajaba dando conferencias. Estuvo en mi universidad. Usted era como una estrella del rock —le explica el tipo.

Crispin asiente. En su estado actual, le sorprende haber recorrido el país explicando desde un escenario, con pasión, cómo contratar a los empleados adecuados, recortar gastos superfluos y enfocarse en el éxito empresarial. A veces tenía que superar piquetes para dar esas charlas. Mujeres y hombres agitaban carteles en los que ponía cosas como: «Las personas antes que los beneficios», «Otro mundo es posible» y «Más derechos y menos codicia empresarial». Un montón de estupideces, claro. Eran unos imbéciles incapaces de ver el panorama general. Louisa disfrutaba enviándole recortes de periódico en los que se le difamaba. Empezaba cada nota diciendo: «Querido Gilipollas».

El joven lo mira a los ojos de un modo que le resulta familiar. Diantres, con una mirada que él mismo inventó. Una mirada que significa: «Tengo hambre, estoy desesperado y soy más listo que tú, así que apártate de mi camino». Ahora esa mirada lo agota; es otro pinchazo en su neumático plagado de fugas.

—¿Cuántas ex mujeres tienes? —le pregunta Crispin.

Al joven se le enturbia la mirada.

—Una. Sé que usted tiene cuatro.

—Procura que no haya más. Una está muy bien. Cuatro salen muy caras. Intenta arreglar tus asuntos más pronto que tarde. —Tose y baja la voz—. En este viaje solo me acompaña una maldita enfermera.

Al principio el joven parece confuso, pero luego se compadece de Crispin. A lo mejor está senil.

—Parece que se apaña bastante bien —miente descaradamente.

—Tú sí que te las apañas bien con la azafata. —Crispin le devuelve la mentira, a pesar de que preferiría dormir. Sigue siendo competitivo y no quiere que este niñato crea que ya no se entera de nada.

Los ojos del chico se iluminan como un árbol de Navidad. Crispin ha pulsado el botón adecuado.

—¿Lo dice en serio?

—Juega bien tus cartas y será tu segunda ex mujer.

El joven se ríe de un modo que a Crispin le resulta curiosamente familiar. Es la risa que oía cuando llegaba a casa después de pasarse doce horas trabajando. Campanillas de placer o de conquista que le llegaban desde la cocina, las habitaciones y el cuarto de juegos. Alguno de los niños se daba cuenta de que papá ya había llegado y salía disparado hacia él. Poco después los tenía a todos en el suelo, una mezcla de extremidades, pies descalzos y barriguitas, y las risas eran como una orquesta tocando notas de júbilo. Las notas para el «Querido Gilipollas» de Louisa vinieron después, cuando el silencio reinaba en casa cada noche, cuando vivía solo, con una nueva mujer.

Jordan observa a su hermano. Eddie apoya la palma de la mano en la ventana salpicada de lluvia, la deja ahí un rato y luego la aparta. Hace lo mismo una y otra vez. Jordan mira el reloj. Su padre se lo regaló cuando cumplió trece años. Tiene varios rectángulos pequeñitos que miden diferentes magnitudes, entre ellas las centésimas de segundo. Jordan cronometra a su hermano durante tres minutos.

—¿Cómo cojones lo haces? —le dice.

Su padre duerme en el asiento. Si estuviese despierto, se quejaría de su lenguaje. Bruce les explicó que no tiene nada contra las palabrotas siempre que sirvan para algo. En una ocasión Jane lo pilló sermoneando a los hijos.

Les decía: «Si estáis furiosos y ya habéis argumentado de todas las maneras posibles, pero queréis demostrar lo enfadados que estáis, una opción es decir: "A la mierda". Pero me opongo a que uséis palabrotas como muletillas, como cuando la gente dice: "¿Qué mierdas haces?". Eso es ser grosero. ¿De qué sirve "mierda" en esa frase?».

Jane carraspeó en la puerta. «Disculpa, ¿está bien decir "a la mierda"?»

Eddie parece sorprendido. Deja la mano en el regazo.

—¿Hago qué? —le pregunta Eddie.

—¿Cómo lo has hecho?

—¿El qué?

—Has puesto la mano en la ventana durante veinte segundos y después la has apartado durante diez. Y lo has repetido varias veces sin equivocarte ni un segundo. Nunca han sido ni veintiuno ni once segundos.

—Ah, no sé. No lo pensaba, solo lo hacía —responde Eddie.

Jordan mira a su hermano, que parece cansado. Ambos llevan semanas durmiendo mal. Nunca han estado en California ni han dormido en otro lugar que en la litera de su habitación de Nueva York, salvo en algunos viajes educativos a los campos de batalla de la Guerra Civil Americana o a otros sitios parecidos.

—Tendrá que ver con lo de tocar el piano.

Eddie sonríe. Jordan suele usar el piano como excusa, o como ejemplo, porque no tiene talento musical. Es consciente de que su hermano pequeño siente la música todo el día. Todo lo que ha compuesto Jordan es pretencioso e irritante; despotrica contra su completa falta de oído musical.

Se enfadó todavía más cuando descubrió que su padre ya sabía que despotricaba. «Cualquier motivación vale si el resultado final es bueno, hijo, y la frustración puede ser una motivación muy poderosa», le dijo una tarde, inclinándose por encima del hombro de Jordan mientras este estaba componiendo.

En ese momento, por primera vez, se da cuenta de que ninguna composición suya tiene el menor mérito. «Eddie ha recibido el talento y yo la rabia», piensa.

—Tienes una mirada rara, triste —comenta Eddie.

—A la mierda —responde Jordan.

—Eh —interviene Bruce, que de pronto se ve arrancado de sus sueños y se rebulle en el asiento como una morsa sobresaltada—. ¿Qué pasa aquí?

Los hermanos siguen mirándose. Jordan recobra la calma. El cambio, aunque abrupto, es bienvenido. De pronto le gustaría susurrarle a Eddie todos los detalles de su relación con Mahira. Lleva semanas queriendo hacerlo. Nunca le había ocultado nada a su hermano y ese secreto ha influido en su vida cotidiana, moldea sus pensamientos, en cierto modo es como una cuña que separa a los hermanos por primera vez.

Jordan quiere acercarse la mano a los labios para susurrárselo al oído, pero mantiene la boca cerrada. Los hermanos dejan de mirarse. Jordan sabe que el alejamiento, por pequeño que sea, los hiere a ambos. Un día fueron dos críos que rodaban sobre la alfombra, luego dos niños haciéndose hombres. Primero una masa amorfa, después dos islotes en extremos opuestos de la habitación.

—Venga, papá. No pasa nada —dice Eddie, con compasión, como si calmase a un niño que nunca llegará a entender lo que ocurre.

Enero de 2014

Es primero de enero y Edward lleva capas y más capas de ropa de Jordan: calzoncillos largos, calcetines, una camiseta de manga larga, otra de manga corta, una sudadera con cremallera, un gorro de lana y zapatillas Converse rojas que le quedan grandes. Entra en la cocina y se encuentra con Lacey y John, ambos de espaldas, de pie, junto a la ventana, hablando en voz baja. Baja, pero tensa. «Voces que se empujan», dictamina el cerebro de Edward. La voz de Lacey empuja a John, y después, con menos fuerza, él le devuelve el empujón.

—Ni siquiera me preguntaste si quería asistir a la vista pública.

—No se me ocurrió, ¿a ti sí? —contesta John.

Cabecea con énfasis.

—En realidad ni siquiera sé si él quiere ir. Lo haces por ti, y es enfermizo. ¿Por qué vas?

John está apoyado en la encimera, como si necesitara un puntal estructural.

—Mi responsabilidad es recoger toda la información posible para protegerlo. Tengo que saber a qué se enfrentará. Si no lo sé todo...

Lacey lo interrumpe.

—El año pasado decías que me estabas protegiendo. —Inspira con agitación—. Y tu manera de protegerme fue dejar de hablarme hasta que cedí.

—Esto es distinto. Entonces no teníamos información ni había ningún motivo lógico. Los médicos no sabían por qué tu cuerpo rechazaba al bebé. Sin embargo, ahora hay información disponible. Por eso mismo la NTSB celebrará una vista pública. —Tras una pausa, continúa—: Te pedí que parases porque el médico dijo que podías morir.

—Paré.

—Solo por lo que ocurrió.

—Pero no me sirvió de nada que me «protegieras». —Lacey mastica la última palabra.

Después se vuelve y ve a Edward en la puerta. Su cara pasa de la oscuridad a la sorpresa, y de ahí a una falsa sonrisa.

—¡Vaya! ¿Has dormido bien? —le pregunta.

Edward se entristece una barbaridad al ver el falso brillo en la cara de su tía. Asiente, aunque no haya dormido bien. Nunca duerme bien, cosa que Lacey debería saber, pero ahora mismo desea que todo sea distinto y quiere ayudarla.

—John, ¿has visto lo abrigado que va? —dice Lacey.

John tiembla, como un robot de juguete cuando se pone en marcha. Le sigue la corriente a su mujer, pero habla con poca energía.

—A lo mejor se va de excursión.

«Hoy es el primer día de un año que ni mis padres ni mi hermano conocerán. ¿No lo sabéis o qué?», piensa Edward. Los barre con la mirada y comprende que no lo recuerdan. No lo han pensado, lo que significa que está solo, patinando sobre el hielo oscuro que existe únicamente bajo sus pies.

—De hecho, queríamos hablar contigo para comentarte algunas noticias de los abogados —comenta John.

Lacey está de pie al lado de la ventana, con un huevo duro en la mano; John, junto al calendario de la pared del fondo. «En términos geométricos, en esta cocina me encuentro en el centro de la discusión», piensa Edward. Tiene la sensación de que se dobla como una extremidad flaca bajo un gran peso.

—¿Quieres una tostada? —le pregunta su tía.

—No, gracias.

—Volvamos a lo de los abogados —dice John—. Ya se han aclarado bastantes cosas con las compañías de seguros; sí, en plural. —Tuerce el gesto—. La mayoría de los familiares de las víctimas recibirán un millón de dólares como compensación por el dolor y la pérdida. En tu caso, recibirás cinco millones porque... —Calla un instante—. Te darán más. Tendrás un fideicomiso hasta los veintiún años.

Lacey baja el huevo hasta la mesa y le da un par de golpecitos. Edward se fija en que la cáscara se llena de pequeñas grietas.

—Este tipo de conversaciones me recuerdan al hospital. Allí también era todo absurdo —dice Lacey.

—Es mucho dinero —responde John.

Edward se aparta de la mesa, como si realmente hubiese un montón de dinero delante de él. También él recuerda el hospital: su calcetín chillón suspendido en el aire, aquella voz profunda que llenaba la habitación mientras él se preguntaba por qué el presidente de Estados Unidos había considerado que sería buena idea hablar con un niño recién caído del cielo.

—Lo que te recomiendo —continúa John— es que lo olvides. Acabas de cumplir trece años.

Su aniversario fue hace unas semanas y lo celebraron comiendo tarta. Fue una fiesta silenciosa; Edward les rogó con la mirada que no le cantasen el *Cumpleaños feliz*, así que nadie cantó. Si su cumpleaños tenía que llegar, que al menos fuese rápido y silencioso.

—Aún te quedan ocho años para cumplir veintiuno. Además, todavía no tienes el dinero. Faltan unos cuantos trámites. Solo queríamos que lo supieses por si alguien lo menciona en la vista pública de la NTSB. —John extiende una capa de mantequilla baja en grasas en la tostada—. No creo que vaya a ser así, pero no queríamos que te pillase desprevenido.

—No lo quiero —dice Edward.

—Te entiendo —dice Lacey—. ¿Necesitas que te ayude con el equipaje para el viaje a Washington?

Shay le hace compañía mientras prepara el equipaje, cosa que en parte Edward lamenta. Ella quiere hablar de la inminente audiencia y él no. Hace meses que decidió ir, pero prefiere no pensar en ello. «Ve y no pienses», le repite una voz neandertal en cuanto empieza a asimilar las palabras de Shay.

—Será como la escena del juicio en las películas, cuando se revela la identidad del asesino —dice ella.

—No exactamente. —Edward ha colocado todas las camisetas de su hermano en el sofá. Escoge dos y las mete en la bolsa de viaje.

—Explicarán por qué se estrelló el avión, ¿no? Tienen la caja negra, así que saben todo lo que pasó.

«Yo iba en el avión», piensa Edward. Y es la primera vez que se permite situarse ahí, sentado junto a su hermano. Lo piensa apenas un momento, una fracción de segundo, pero recompone la imagen de cuanto lo rodeaba en el avión: el cielo, el ala, los otros pasajeros.

—Jolín, me encantaría ir —dice Shay—. Ya sabes que estarán ahí todos los familiares. A lo mejor irá Gary. Tu cicatriz se volverá loca. —Shay aplaude—. No me extrañaría que tus poderes dieran alguna señal. Estarás junto a las piezas del avión y averiguando la verdad, como si visitases la nave nodriza.

Esta semana el doctor Mike, durante la cita, le dijo: «Pareces abrumado, Edward. Sabes que no es obligatorio que vayas a Washington, ¿verdad?». Edward le respondió con el lenguaje que sabía que el doctor Mike entendería: «Quiero ir», aunque «querer» no fuese el verbo adecuado. Lo único que sabía era que había dicho que iría. Por tanto, iría.

—Estate muy atento. Si puedes, toma muchos apuntes. Tengo que saberlo todo para poder ayudarte —indica Shay.

Edward asiente.

—Allí nadie te hará daño. Nadie puede volver a hacerte daño. Ya lo has perdido todo, ¿no? —dice Shay.

Esas palabras agitan las profundidades de Edward. Intenta hablar.

—¿Nadie puede volver a hacerme daño?

—Exacto —contesta Shay.

La chica le da una palmada en la espalda antes de que se vaya con John, como si fuese una coronel que envía al soldado a la batalla. Lacey los sigue hasta el coche y abraza fuerte a Edward cuando su marido vuelve a entrar en casa un momento.

—Hoy tengo una entrevista de trabajo, así que deséame suerte. —Aunque sonríe, se la ve ansiosa—. En algún momento tendré que hacer algo con mi vida, ¿no crees? Todos tenemos que hacer algo con nuestra vida.

—Buena suerte —dice Edward.

—Necesito sentirme valiente, así que me he puesto la blusa de tu madre. Quiero ser más fuerte para cuidar de nosotros dos, Edward.

Edward se fija en que Lacey lleva la camisa de rosas diminutas que su madre se ponía como mínimo una vez por semana para trabajar. La familiaridad de la prenda lo deja atónito un momento. Lo invade una breve oleada de ira. Piensa: «¡Es de mi madre, no tuya!». Pero la rabia le dura poco. Lleva la ropa de su hermano, así que, ¿cómo va a decir que está mal que Lacey se ponga la de su hermana? Además, le parece interesante la idea de que la camisa le confiera a Lacey parte de la valentía de su madre. Edward se pregunta qué cualidades le confiere la ropa de Jordan. No se lo había planteado de ese modo; las zapatillas rojas, la parka o el pijama eran solo una manera de tenerlo cerca. Edward lleva el jersey a rayas azules de Jordan; Lacey, la blusa de rosas de su madre. Cuando su tía vuelve a abrazarlo, Edward piensa: «¿Quiénes somos?». Se aleja de los brazos de Lacey, del lío de «Jane, Jordan, Jane, Jordan» y entra casi corriendo en el coche.

Son cuatro horas de viaje yendo de una autovía gris a otra.

John mira el reloj de pulsera cuando pasan Princeton.

—Ahora mismo tu tía está en la entrevista. Esperemos que lo consiga —le dice.

Edward se rebulle bajo el cinturón intentando acomodarse.

—¿Te gustaría que trabajase?

—Me gustaría que fuera feliz. Tú cada vez estás mejor, ¿no? Así que no tiene ningún motivo para quedarse siempre en casa.

«¿Estoy mejor?», piensa Edward. Le parece que no puede responder a eso. Recuerda que su padre le corrigió una redacción y le dijo: «Tienes que matizar los términos que empleas. ¿Qué significa "mejor"? ¿"Mejor" comparado con qué?».

Los árboles han perdido las hojas y no hay color en el cielo. Pasan varias señales que los avisan de que están a punto de salir del estado de Nueva Jersey y, después, una que les da la bienvenida a Delaware. John le dice que escoja qué banda sonora de Broadway van a escuchar. Edward mira la lista de opciones, intentando decidir cuál es la menos espantosa y cursi.

—¿Qué tal *Rent*?

—Una excelente decisión —contesta John, y se pasan el resto del viaje escuchando a jóvenes artistas pobres cantando sus emociones a los cuatro vientos.

Por la noche duermen en la misma habitación de hotel. Edward, tumbado en la oscuridad, escucha los ronquidos de su tío. En el coche le dolía el cuerpo, como si la gravedad pesase más de lo normal. Pensaba que esa sensación lo abandonaría en cuanto saliese del coche, y así ha sido durante un rato, pero ahora, en la oscuridad, ha regresado. Da vueltas bajo las finas sábanas. La sensación le recuerda a cuando salió del hospital y le empezó a doler el cuerpo más que nunca. El hospital había funcionado como un exoesqueleto sin el cual era completamente vulnerable. Se aprieta la frente con las manos, intentando igualar la presión. En la cama del hotel, rodeado de una oscuridad extraña y escuchando el gorgoteo del radiador y a su tío resollando, se siente a la deriva, como si estuviera en cualquier punto del espacio, en cualquier punto del tiempo, y «en cualquier punto» resulta aterrador. Cuando logra conciliar el sueño, su cuerpo lo lanza de nuevo a la conciencia, al pánico: «¿Dónde estoy?».

Por la mañana, mientras desayunan cereales John le dice:

—Creo que deberíamos establecer una señal por si quieres salir de la audiencia. Podemos irnos cuando quieras.

—¿Una señal? —Recuerda al doctor Mike con la gorra de béisbol.

—Por ejemplo, podrías decir «Qué calor hace». Si lo dices, nos vamos.

—¿Y qué ocurre si hace calor y punto?

John se lo queda mirando.

—En ese caso no lo digas.

—Ah, vale. Me gusta la idea.

La vista se celebra en el palacio de congresos de la NTSB, en el centro de Washington. Dejan el coche a unas manzanas de distancia, porque hay varias calles cerradas al tráfico.

—Estarán haciendo obras —comenta John mientras caminan. A medida que se acercan aumenta el número de peatones y tienen que abrirse paso entre un grupo de personas.

A Edward se le pone la piel de gallina. Antes incluso de que descubra el motivo, un hombre que huele mucho a loción para después del afeitado se vuelve hacia él y le habla con educación.

—¿Podría tocarte el brazo un momento? Mi mujer iba en el avión.

Lo primero que se le pasa por la cabeza es que miente. Un tipo en la acera se inventa cosas. Pero entonces otra persona le habla, como si las palabras del hombre hubiesen derribado un muro de contención.

—Hola, Edward. Siento molestarte, pero quería saber si viste a mi hermana. —Una mujer sujeta el teléfono móvil, en cuya pantalla se ve a una chica morena de pelo rizado que sonríe.

—Eh —contesta Edward, tratando que parezca una respuesta.

—Se llamaba Rolina —añade la mujer.

Otra pantalla orientada hacia él, pero desde otra dirección, con la imagen de un hombre asiático de mediana edad. Un chico de ojos azules y aspecto desaliñado le muestra una fotografía en papel de una mujer de rizos blancos y sonrisa forzada.

—¿Te suena mi madre? —le pregunta.

Edward mira todo lo que le enseñan. Pantallas y caras. «Debería responder», piensa, pero le resulta imposible, como si hubiese olvidado hablar.

Escucha las palabras «chica, madre, primo, amigo, novio» amontonadas, unas encima de otras.

—Quiero hacer un documental sobre personas que hayan sido los únicos supervivientes de un accidente. ¿Me concederías una entrevista? —le pregunta alguien.

John agarra a Edward del brazo y se lo lleva hacia la derecha. Entran en una tintorería. John cierra la puerta con el pestillo.

—¡Tengo un Kickstarter, un sitio web donde financiar proyectos creativos! —grita un chico al otro lado del cristal.

—¡Qué pasa aquí! —dice el dependiente, pero en cuanto ve las cámaras y las caras delante del escaparate se relaja—. ¿Alguno de los dos es famoso? Tú tienes que ser famoso. ¿Sales en el cine? —pregunta.

Edward se aleja de la ventana.

—¿Me firmas un autógrafo para que lo exponga?

—No —contesta Edward.

John llama a su contacto de la NTSB y un vigilante de seguridad va a recogerlos a la tintorería, los saca por la puerta trasera y se interpone entre Edward y la multitud. Aun así, las manos consiguen tocarle el brazo o el hombro. Le enseñan más pantallas de teléfonos y más fotografías de hombres y mujeres. Lo bombardean con nombres.

—¿Cómo te sentiste al alejarte del avión? —le pregunta alguien.

Una mujer con un marcado acento sureño reza un avemaría, la única plegaria que Edward se sabe al dedillo. Una sintecho, una habitual en el parque infantil de Nueva York de su barrio, se sentaba en su banco favorito y pasaba todo el santo día rezando a gritos el avemaría. A veces, mientras Edward leía o resolvía una ecuación, su hermano se le acercaba con sigilo y le cantaba al oído: «Dios te salve, María, llena eres de gracia, el Señor es contigo». Edward recuerda la última vez que lo hizo: su hermano rezaba, él se sacó la zapatilla y se la lanzó a la espalda mientras huía. Ambos reían.

—Ninguno de vosotros estaría aquí si este chico fuese negro. ¿Os dais cuenta? ¡Lo consideran el segundo advenimiento de Dios solo porque es blanco! —grita alguien detrás de él.

El vigilante de seguridad les abre la puerta. Como John va en cabeza, entra el primero. Antes de que Edward los siga, el vigilante se inclina.

—Choca esos cinco, tío. Fue una pasada que sobrevivieses a ese accidente. Una pa-sa-da.

Edward le choca la mano, más que nada porque no tiene alternativa, y entra en el edificio. Tras él se cierra la puerta metálica. Sigue a su tío y a otro guardia de seguridad por dos pasillos desiertos. El guardia les indica una hilera de sillas plegables pegadas a la pared, les dice que esperen y se va. Tío y sobrino se sientan. Como no se oyen pasos, Edward escucha la respiración de ambos. John parece respirar tan despacio a propósito, como si quisiera calmarlos a ambos.

«Shay se equivocaba —piensa Edward—. Pueden hacerme daño. Esto me hace daño.»

—Aquí estamos a salvo. Estamos en el sótano. La vista se celebra en el tercer piso, pero estamos muy cerca del ascensor.

Explicándole estas cosas John se recobra. Edward se da cuenta de que a su tío le encanta la información. Para él el mundo no se hunde gracias a los datos, las estadísticas y los sistemas.

—La vista empieza dentro de diez minutos, suponiendo que sean puntuales —dice John—. Vamos bien de tiempo. Me han dicho que suele durar una hora. Como máximo noventa minutos —añade.

—No voy a asistir a la audiencia —dice Edward.

—¿Qué quieres decir?

—No quiero ir. Pensaba que quería, pero me equivocaba.

—Edward...

El chico querría darle una explicación, pero no sabe qué decirle porque, si le cuenta que algo ha cambiado en su cuerpo, John se alarmará. Sin embargo, es la pura verdad. La cosa empezó ayer en el coche, cuando se le rompió un trozo de la sábana que lo cubre por dentro. Mientras avanzaban entre la muchedumbre se han ido cayendo los últimos hilos que quedaban. «Dios te salve, María, llena eres de gracia.» Edward comprende que no había llegado a imaginarse a sí mismo en la sala donde se celebrará la audiencia. ¿Sabía desde el principio que no asistiría? En tal caso, ¿por qué ha venido?

Se siente como si acabara de recuperar la conciencia, como si acabara de despertar. Se localiza a sí mismo como un punto rojo en un mapa, dentro del edificio, en el sótano, sentado con las manos sobre las rodillas en la silla metálica. Sin duda alguna se encuentra en Washington, distrito de Columbia, un falso estado. Su tío está sentado a su lado. Edward entiende, con sorprendente claridad, el verdadero motivo por el que no duerme en casa de sus tíos. No soporta vivir con una figura materna que no es su madre y una figura paterna que no es su padre. Tenía unos verdaderos padres y los perdió. Además, resulta muy difícil fingir ser el hijo de Lacey y John porque no han podido tener hijos. Él no es un niño, es algo totalmente distinto.

Edward se agacha y se sujeta la frente. «Lo siento», piensa, dirigiéndose a su tío.

John carraspea.

—Lo que hoy anunciarán en la vista será de acceso público. Lo publicarán en internet, en todas partes. Quería escucharlo antes y tomar apuntes por si tenías alguna pregunta. Pero si quieres irte, no hay ningún problema.

—Tú deberías asistir. Puede que tenga algunas dudas. Shay me pidió que tomase apuntes, te podrías encargar tú. Yo esperaré aquí. El guardia no se moverá de la puerta. Estaré bien —le dice Edward.

John lo mira con los ojos muy abiertos.

—Mira, tu tía pensaba que era un error que vinieras, a pesar de que tú decías que querías hacerlo. Debería haberle hecho caso. Soy demasiado testarudo.

A Edward no le gusta que su tío esté tan enfadado, tan cabreado consigo mismo.

—La audiencia está a punto de empezar. Tienes que irte —le dice.

—¿Te sentirás mejor si voy que si no voy?

—Sí.

Cuando John se marcha, Edward permanece sentado en esa silla tan dura. Nota el cinturón del asiento del avión rodeándole la cintura. Tiene las manos frías, como cuando las ponía en la ventana húmeda del avión. Recuerda que las apretaba contra la ventana y luego las apartaba. Siente, como si lo tuviese al lado, el calor del cuerpo de su hermano. No parece en absoluto un recuerdo. Sentado en aquella silla plegable nota la cintura sujeta por el cinturón del avión.

Desde el piso de arriba le llegan los latidos del corazón de las madres, los padres, los hermanos, las esposas, los primos, los amigos y los hijos. Su cuerpo se sincroniza con la tristeza de los asistentes. Se alegra de haberse quedado en el sótano. Los demás golpean las ventanillas del avión, pero Edward no ha subido porque no es uno de ellos. Él es uno de los muertos, de los que no han acudido, de los que ya lo saben todo sin saber nada.

Pasada una hora, oye pasos. Levanta la vista y ve a su tío caminando a zancadas.

—La vista acaba de terminar. —John mira hacia un lado—. Deberíamos irnos ya. Nos encontraremos con el guardia en la puerta lateral. Han venido cientos de personas; ni siquiera cabíamos.

Edward asiente, le parece lógico. Ha estado escuchando los latidos de cientos de corazones.

—La mayoría han venido para verte, cosa que me indigna. —John mueve la mano como si pudiese barrerlos—. Una mujer de la audiencia tiene un coche con chófer en la parte de atrás del edificio. Nos acercará al nuestro y así evitaremos a toda esta gente. —Se acerca a las puertas—. He tomado muchos apuntes —dice—. Ha hablado el inspector y he hecho fotos de las diapositivas que han expuesto. Te lo enseño en cuanto lleguemos al coche.

Edward niega con la cabeza antes de que su tío termine de hablar.

—No te preocupes. No necesito verlas. No quiero saber por qué se estrelló el avión.

Su tío lo mira de reojo, pero Edward está contento, porque después de no tener certeza alguna sobre nada, sabe que esa es la respuesta correcta. No quiere ningún detalle más sobre el peor día de su vida.

Se le ocurre que igual ha venido a Washington para descubrir qué quería. ¿Le apetecía formar parte del drama que envuelve el accidente? ¿Quería que la gente lo persiguiera por las aceras? ¿Quería escuchar que es especial, que es el elegido? ¿Quería saber qué respuestas le darían en la vista pública? Esboza algo parecido a una sonrisa mientras sale del edificio detrás de su tío. La respuesta a todas esas preguntas es «no», y eso lo alivia. Tiene la sensación de que se aleja por propia voluntad del avión o del campo en llamas en el que se estrelló.

Cruzan la acera y suben a un coche larguísimo. Dentro, Edward llega a la conclusión de que es una limusina pequeña. El conductor es un hombre trajeado. Frente a Edward se sienta una anciana delgada de moño blanco y vestido de terciopelo. Tiene las manos cruzadas y la barbilla alzada. A Edward no se le habría ocurrido jamás que alguien pudiera sentarse con dignidad, pero esta mujer lo ha conseguido.

—Buenos días, Edward. Me llamo Louisa Cox —le dice ella.

—Hola.

—Me alegro de haber venido con el Bentley, Beau —le dice al conductor—. Su tamaño es una ventaja.

—Sí, señora. El coche del señor no está muy lejos. —Ya circulan y, a medida que se alejan lentamente del edificio y de la gente, Edward siente alivio. Teme las lágrimas. Preferiría no llorar delante de una anciana tan elegante, que se está quitando los guantes con delicadeza mientras le sonríe.

—Tengo tres hijos. Es como si los viera, a tu edad, sentados a tu lado. Menuda pandilla. Aunque querían llevar tejanos como los que llevas tú, yo los obligaba a vestirse con chaqueta y corbata. Debería haberlos dejado ponerse tejanos. Parecían pequeños directores de empresa enfadados, como su padre —le cuenta Louisa.

—Le estamos muy agradecidos —dice John—. No tenía ni idea...

Louisa mueve la mano. Los anillos que lleva destellan.

—El placer es mío. Cuando lleguemos a su coche, podrán escaparse como Dios manda. —Se centra en Edward, como si fuese una cerradura que deseara abrir.

Edward piensa que no es muy educado que lo mire así.

—Jovencito, has sido inteligente saltándote la audiencia. Ha sido un circo, y tú habrías sido la atracción principal.

Edward trata de ponerse el cinturón, pero la hebilla se ha metido debajo el asiento y no puede.

—Señora, ¿el cinturón de seguridad está roto?

—No te hace falta. Quedan solo unas cuantas manzanas —interviene John.

—Sí que me hace falta.

Louisa se inclina y saca la hebilla. Edward se abrocha el cinturón, que produce un sonoro chasquido, y asiente agradecido.

El coche gira a la izquierda y después a la derecha. Todas las calles son de sentido único.

—Creo que no sabía con qué nos encontraríamos. No... No se me ocurrió que pudiese haber tantos familiares —dice John.

Louisa esboza una sonrisa.

—Mi marido iba en el avión. Crispin Cox, a lo mejor le suena. Llevábamos divorciados..., ah, veamos..., casi cuarenta años.

Edward tira del cinturón de seguridad para comprobar que esté cumpliendo su cometido. En su estado permanente de alerta el mundo le parece tan peligroso como realmente es.

—Su ex marido dio una charla en mi universidad. Hace ya años —dice John.

—Crispin era un capullo. Tenía cáncer, pero se habría curado y habría seguido siendo un capullo muchos años —contesta Louisa.

—¿No le caía bien?

—Bueno, la cosa es más complicada que eso. La cuestión es que lo odiaba casi todos los días.

—Ya veo el coche. —John se inclina hacia donde está. Se acercan despacio. Ya no hay una muchedumbre en la acera, solo la cruzan hombres y mujeres que van adonde sea, completamente ajenos a la presencia de Edward Adler.

—Yo no odiaba a mi familia.

Louisa lo evalúa con la mirada. Tiene los ojos de un azul alegre.

—Qué lástima. Todo esto te resultaría más fácil si los hubieses odiado, ¿no crees?

John se inclina por delante de Edward para abrir la puerta del coche. Están fuera, de pie, observando a la mujer por la ventanilla abierta.

—Ha sido un placer conocerte, Edward Adler. Me gustaría que nos mantuviésemos en contacto, si no tienes inconveniente.

—No tengo inconveniente —contesta Edward.

Ella saluda con la mano cargada de anillos, sube la ventanilla y se aleja en el Bentley.

Cuando vuelven a Nueva Jersey todo es distinto. Tiene la sensación de que, en su ausencia, el aire se ha vuelto más pesado y ha adquirido un regusto ligeramente ácido. No le gusta la leche que le da Lacey cada mañana, demasiado fría. Consciente de la presencia de gérmenes, antes de comer huele los alimentos, no vayan a estar rancios o podridos. Lo alivia volver a dormir en la habitación de Shay, pero le parece que el saco de dormir ha encogido. Además, en el interior hay una etiqueta que le irrita la cicatriz cuando se da la vuelta. Las prendas de Jordan ya no huelen ni a Jordan ni a las cajas de cartón en las que permanecieron varios meses, sino al detergente para la ropa con aroma floral que usa Lacey.

Cuando se da cuenta de que ya no oye el chasquido, se pasa varias horas analizando el recién llegado silencio. Despacio, mueve la cabeza hacia ambos lados, salta e incluso piensa en su madre, pero nada de eso consigue que oiga el chasquido de antes. Se pregunta si la desaparición simultánea de varios síntomas (ni rastro del estado de fuga, del desierto interior ni del chasquido) podría considerarse en sí mismo un síntoma.

Incluso la cara de Shay parece haber cambiado durante los días que ha estado fuera. También ella ha aprendido dos miradas nuevas y misteriosas. De vez en cuando, sin venir a cuento, mientras comen o cuando están en las taquillas, lo mira y él le dice: «Lo siento». «Para ya —le contesta siempre—. No tienes que disculparte porque no has hecho nada.»

Sin embargo, Edward sabe que sigue decepcionada con él por no haber asistido a la vista pública de la NTSB. Cuando se lo explicó la primera noche después del viaje, Shay se puso colorada: «Pero si iba a ser interesantísima».

La sigue por los pasillos del colegio, sobresaltándose varias veces al día cuando cierran de un portazo o hablan por megafonía. El colegio es más ruidoso de lo que recordaba. Una tarde un niño grita a su lado: «¡Jódete!». Después lo mira como diciéndole: «Tranqui, tío, que no te lo decía a ti», pero a Edward no le queda más remedio que entrar precipitadamente en un aula vacía para buscar una silla.

A finales de primavera llega una carta relacionada con el homenaje que se rendirá a las víctimas un año después del accidente. Varias familias de los pasajeros del vuelo 2977 han organizado una comisión y la aerolínea se ha ofrecido a sufragar todos los gastos. Pasado un año exacto del accidente, se erigirá un monumento conmemorativo en el lugar de la tragedia, en Colorado. El estado ha donado el terreno. El monumento durará eternamente.

El sobre de la carta contiene también el boceto del monumento. Un escultor ha creado ciento noventa y un pájaros de metal que, unidos por eslabones, formarán un avión. Un avión a reacción de pájaros plateados.

—Es espantoso y hermoso a la vez —dice Lacey, contemplando el boceto.

Cuando John y Edward volvieron de Washington, Lacey les explicó que había aceptado el trabajo a media jornada de coordinadora de voluntariado en el hospital infantil de la zona. Su función consiste en organizar a los voluntarios y asegurarse de que haya suficientes para acunar a los recién nacidos y contar cuentos a los niños enfermos.

—Voy a trabajar en un Hospital General de verdad —le dijo a Edward llena de orgullo.

Edward no le dice que preferiría que no hubiese aceptado ese trabajo porque es otro cambio desagradable en su vida. Tampoco que sabe que se han deshecho de las revistas para embarazadas que estaban debajo de la mesa de centro desde su llegada, ni que se ha dado cuenta de que anda por la casa de un modo distinto, antes y después del trabajo. Se mueve afanosamente por las habitaciones, muy motivada. Ya no miran la televisión juntos. Cuando Edward cierra los ojos y escucha esos pasos ajetreados en la cocina piensa que Lacey ya no es la misma.

—¿Quieres ir a la inauguración? —le pregunta John.

—No.

—Bueno, he de admitir que yo tampoco quería ir. Estarán las familias... —John lo dice con tanto terror que por poco le roba una sonrisa a Edward.

—Es demasiado —tercia Lacey.

Aunque ya han tomado una decisión, se quedan los tres de pie observando una bandada de pájaros en el cielo mientras el cielo se oscurece.

Durante el verano, Edward se pasa los días viendo la televisión mientras Shay está en el campamento. El médico dijo que él también podía ir, pero sin demasiada convicción, cosa de la que Edward se aprovechó. No se imagina corriendo hacia una base, pegando cuentas o jugando al balón. Se da cuenta de que le encanta estar solo en casa. Viendo *Hospital General* habla con los personajes: a Jason le dice que no trabaje para Sonny, el gánster, y a Alan que sea más amable con su hija.

Tiene menos citas médicas que el verano anterior, por lo que mira más la tele y se echa una cabezadita después de comer. Alguna que otra vez John se lo lleva al trabajo, seguramente para que salga un poco de casa. Visitan oficinas cavernosas prácticamente vacías y van de un ordenador a otro haciendo copias de seguridad.

—Están en quiebra —dice John, señalando a un grupito de hombres que hay al fondo, todos ellos con la camisa arrugada y la barba descuidada—. Hace nueve meses les configuré todos los equipos. Qué entusiasmados estaban. Es una lástima.

Shay también parece querer sacarlo de casa. Un par de días a la semana, cuando regresa del campamento, le insiste para que vayan al parque infantil.

—Necesitas que te dé un poco el aire. Hay vida más allá de *Hospital General* —le dice.

Edward se encoge de hombros, escéptico, aunque no le molesta sentarse con Shay en los columpios y escuchar qué cosa desagradable le ha dicho su madre o alguien del campamento. Se protege los ojos del sol y observa a unos niños pequeños que, muy serios, cavan en el arenero.

Siguen yendo al parque infantil una o dos veces a la semana cuando empiezan octavo. Para Edward la vuelta al colegio no representa ningún problema; no le molesta pasarse los días yendo de clase en clase. Se maravilla con los dos helechos que el director Arundhi ha plantado durante el verano y riega las plantas de la oficina todos los miércoles por la tarde. Ha configurado la televisión para que grabe diariamente *Hospital General* y ve la serie cuando vuelve a casa.

A mediados de octubre, el actor que hace de Lucky deja la serie, e inmediatamente lo sustituye uno nuevo. Por la tarde, mientras se columpian, Edward intenta explicarle esa injusticia a Shay.

—Nadie ha admitido en ningún momento el cambio. Solo han pasado un anuncio breve por la parte inferior de la pantalla. El resto de los actores fingían que era el Lucky de siempre, aunque era evidente que no. Apenas se parecen, el de ahora pesa nueve o diez kilos más que el verdadero Lucky. La serie ha perdido credibilidad.

—Es una telenovela. —Shay se impulsa apoyándose en el suelo y se columpia hacia adelante. Siempre se columpia más alto que Edward. Se empuja con las piernas y nunca descansa, como si en cualquier momento fuesen a evaluarla por la forma y la trayectoria que toma—. Todas las mujeres que salen en la serie están operadísimas. Monica casi no puede ni mover la cara.

Edward la mira con desconfianza y piensa: «¿Será verdad?».

—El nuevo Lucky no me interesa. Ya no voy a ver más la serie —dice Edward.

—A lo mejor vuelve el Lucky de antes. Puede que fracase en el cine.

—No, no volverá —le espeta Edward, enfadado.

Shay se vuelve hacia él. Al columpiarse, parece un borrón.

—Quería preguntarte una cosa. ¿No quisiste asistir al homenaje del verano pasado porque para ir tenías que coger un avión?

Edward golpea la tierra con el zapato. Se mece adelante y atrás, arrastrando los pies por la arena.

—En parte.

La pregunta lo ha pillado por sorpresa y siente un dolor en el pecho. Decidió no volver a pensar en el homenaje después de hablar del tema con sus tíos en la cocina.

Desde que salió de la audiencia intenta no pensar en nada relacionado con el accidente. Sin embargo, Shay le ha hecho una pregunta, y la respuesta es que no se imagina entrando en un aeropuerto, pasando el control de seguridad o abrochándose el cinturón, una secuencia de eventos que le parece inverosímil, algo contra natura. Tardará tanto en tomar un avión como en alzar el vuelo agitando los brazos. Pertenece al suelo. Está sujeto a él.

—Es estadísticamente imposible que vuelvas a sucederte algo así. Eres la garantía de que cualquier avión en el que vayas llegue sano y salvo a su destino —dice Shay.

—No funciona así. —Se desplaza por el columpio, haciendo que chirríe—. Lo que has dicho se llama «falacia del jugador», ¿sabes?

—¿Falaqué?

—Se da cuando un jugador cree que porque lleva una racha de pérdidas aumentan las posibilidades de que gane en cualquier momento. Por supuesto, se equivoca. La posibilidad de que salga cara es siempre del cincuenta por ciento, incluso si ha salido cruz diez veces seguidas.

—Qué interesante. —Shay echa la cabeza atrás y arquea la espalda—. Siempre que estoy contigo me siento blindada, como si tu presencia fuese una garantía de seguridad.

Edward apenas la escucha. Lo han asaltado los recuerdos de su hermano. Le ocurre de vez en cuando; sabe que tiene que resistir y aguantar el chaparrón. La única forma de salir de la tormenta es atravesándola. Recuerda a Jordan en la litera de arriba, tapándose a medias la cabeza con la almohada. Recuerda la cara que ponía escribiendo música, tan concentrado que fruncía el ceño. Vuelve a verlo a su lado, en el avión. Sabe que la razón más nimia pero más cierta por la que jamás volverá a viajar en avión es que su último vuelo debe ser el que hizo junto a su hermano.

SEGUNDA PARTE

¿Para qué vivimos, sino para facilitarnos
la vida los unos a los otros?

GEORGE ELIOT

11.42

Justo antes de servir la comida, Veronica descansa un momento en la esquina delantera de la cabina de pasajeros, junto a la cocina. Es un momento en el que siempre le apetece un cigarrillo. Es un deseo curioso. Dejó de fumar hace cuatro años y no añora la sensación del humo llenándole los pulmones, pero en cuanto apoya la cadera en la encimera metálica y mira por la ventanilla, la asaltan las ganas de fumar.

Se pregunta cuánto tiempo estará en Los Ángeles, ¿dos días, quizá tres? Lleva cuatro volando, y aunque no ha recibido todavía la programación de la semana que viene, sabe que tiene un par de días libres. Quiere estrenar el nuevo biquini y tumbarse junto a la piscina. Quiere conducir el descapotable de su hermano y que el viento la despeine.

En el cielo, lo que más echa de menos es el viento. El aire del avión no es tan malo como dicen los pasajeros; no le gusta que la gente opine sin haberse informado previamente. El avión recupera, más o menos, la mitad del aire acumulado en las válvulas de escape de la cabina de los pasajeros y lo mezcla con el aire limpio del exterior. Antes de redirigirlo al interior de la cabina, se esteriliza mediante filtros. Así que el aire del avión está limpio y las quejas no son de recibo. Aun así, Veronica percibe en él el esfuerzo que requiere que así sea.

Siempre que sale de un aeropuerto agradece la imprevisibilidad de cada bocanada. Puede contener una pequeña ráfaga de viento, olor a palomitas o la pesadez que precede a una tormenta. Aprecia matices del aire que nadie más nota, salvo tal vez los submarinistas y los astronautas, para quienes la tierra no basta y que encuentran la libertad fuera de ella. Veronica disfruta de la naturaleza desenfrenada del mundo exterior en pequeñas dosis, pero este es su hogar. A doce mil metros de altura planea la mejor versión de sí misma.

Se incorpora y se pasa las manos por las caderas. Las únicas manos que la han tocado desde que rompió con Lionel. Lleva un mes sin sexo, un nuevo récord personal. En general suele atemperar los períodos de sequía con el porreta sexy que vive en el primer piso de su edificio o con su ex novio de la universidad, pero ha estado demasiado ocupada, o quizá distraída, para eso. Sin embargo, es consciente de que empieza a sentirse sola. Cuando roza a un pasajero atractivo siente un ligero hormigueo. Incluso el financiero que viaja en primera, que normalmente le habría parecido demasiado engominado y desesperado, provoca algo en su interior. Cabecea y saca el enorme cajón lleno de bandejas de comida. Carga el carrito. Se decide por su andar más lento, con el que balancea más las caderas, y va hacia la cabina. Busca que la miren y registra cada vez que alguien lo hace como si echara una moneda en una hucha.

La azafata de clase turista aparece junto a Bruce.
—Primero servimos los menús especiales —le explica.
Bruce la mira, sorprendido.

—¿Comidas especiales?

Jordan baja la bandeja del asiento.

—Es para mí, gracias.

—¿Por qué es distinta tu comida? —le pregunta Eddie.

—Es para veganos. Cuando mamá compró los billetes encargó la comida de los cuatro y yo le pedí que la mía fuera vegana. —La bandeja que le da la azafata contiene un tarrito de compota de manzana, un sándwich de humus y un montoncito de trozos de zanahoria.

—¿Desde cuándo eres vegano? —le pregunta Bruce.

—Desde hace semanas. No te has dado cuenta de que ya no como lo que cocinas con lácteos. —Jordan le quita el envoltorio transparente al sándwich.

«La mudanza nos está costando a todos. Solo expresa sus emociones —piensa Bruce—. Es lo que hacen los adolescentes. No pierdas los estribos.»

Bruce siempre se ha ocupado de la comida. Un día, cuando Jordan no tenía todavía edad para ir al colegio, entró en la cocina y le preguntó si podía ayudarlo a preparar la cena. Desde entonces han cocinado juntos. Al principio, Bruce le daba el cuchillo de untar mantequilla para que cortase verduras blandas. Probaba la pasta para ver si estaba hecha y las salsas para comprobar si tenían el punto justo de sal. Cuando tenía diez años ayudaba a Bruce a escoger las recetas. En Janucá le habían regalado una suscripción a la revista *Bon Appétit*. Leía detenidamente cada ejemplar y doblaba una esquina de las páginas que contenían las recetas que quería probar. Eddie se convirtió en el degustador oficial. Dejaba el piano o el libro que estuviera leyendo para ir a la cocina a darles el visto bueno. Para Bruce, la felicidad consistía en cocinar con Jordan mientras Eddie tocaba el piano en la habitación contigua. Aquella escena se repetía a menudo y lo estremecía de alegría. «Esto puede acabar en cualquier momento», se repetía siempre que la vivía.

Hace un año, Jordan anunció que se hacía ovo-lacto-vegetariano por razones morales. Nada de pechugas de pollo, domingos de hamburguesa, pasta con boloñesa ni almejas al vapor. Como Bruce detestaba la idea de preparar una comida para Jordan y otra para el resto, se suscribió a la *Vegetarian Times* y todas las noches cenaban algo sin carne. Algunas veces preparaba hamburguesas para Eddie, Jane y él y una hamburguesa vegana para Jordan, o añadía al plato chorizo o panceta, dos de sus alimentos favoritos, que Jordan evitaba. Había sido difícil, y Bruce en el fondo lo detestaba, pero había conseguido que funcionase.

Sin embargo, lo de ser vegano era harina de otro costal.

—¿Ni huevos ni leche? ¿Ni siquiera un poquito de queso? —le pregunta Bruce a su hijo.

—Debería haberme hecho vegano de entrada —le explica Jordan—. Fui moralmente débil. Es increíble el maltrato que sufren las vacas en las granjas lecheras. Las inseminan artificialmente una y otra vez y luego les quitan los terneros. Las manipulan genéticamente para que produzcan diez veces más leche de la que deberían, por lo que viven hinchadas y sufren una barbaridad. Mueren muy jóvenes. —Cabecea—. Es espantoso.

—¡Uf! —dice Eddie.

—Y no queráis saber qué les ocurre a los pollos.

—Tienes razón. No quiero saberlo —dice Bruce.

Jordan entorna los párpados, midiendo al hombre que tiene al lado.

—¿Te describirías como un cobarde moral?

Bruce duda; lo ha pillado desprevenido. Le parece oír a su mujer: «Es obra tuya. ¿No querías que los chicos fuesen críticos?».

Eddie choca el hombro contra el de su hermano.

—No te portes mal con papá.

—No me estoy portando mal con él.

—Jordan tiene razón —dice Bruce—. Los hechos están de su parte. Como sociedad tratamos muy mal a los animales.

—Además, la especie humana es la única que toma la leche que produce otra. ¿A que nunca habéis visto un gatito bebiendo leche de cabra? Si lo pensáis, es un poco asqueroso que bebamos la leche de una vaca —dice Jordan.

Bruce se frota los ojos. «¿Qué cocinaré?», se pregunta. Casi todos los platos vegetarianos que prepara tienen como base el queso o la nata. Nota un peso en el pecho. Ha visto una fotografía de la cocina de la casa de California. Es de acero inoxidable y el doble de grande que la del piso de Nueva York. Había pensado que si se pasaba una semana preparando los platos preferidos de la familia, llenando la casa nueva de olores conocidos, ayudaría a todos a sentirse mejor.

—No digo que tengas que hacerte vegano —añade Jordan, quizá porque nota el taciturno humor de su padre—. Si quieres seguir contribuyendo a que los animales sufran sin motivo alguno, adelante.

—Gracias —responde Bruce—. Muchas gracias.

Mientras coge la bandeja, Linda se arrepiente de haber pedido comida. El sándwich de pollo desprende un olor que no soporta; por mucho que aparte la cara el olor le llega. Los palitos de zanahoria son de un naranja triste y están mustios. Lo único que le gusta es la Coca-Cola.

A su lado, Florida se come un sándwich que se ha sacado de su espacioso bolso. Huele que alimenta. Tararea mientras come hojeando una revista de moda femenina.

—Cielo, pareces un neumático desinflado. Tienes que calmarte. ¿Puedes comer algo? —le pregunta a Linda.

—No. Qué va —contesta la chica.

—Este asunto acaba de empezar. —Florida señala la barriga—. Todo es posible, de modo que yo en tu lugar no empezaría a preocuparme ya por el dinero de la universidad.

Linda siente una presión en el pecho. Tendría que estar ganando más de veintiséis mil dólares al año, pero aún no los gana. Tenía planeado buscar trabajo en California, pero ¿es justo que la contraten estando embarazada? De pronto cae en la cuenta de una cosa.

—No me conviene estar expuesta a tanta radiación —dice.

—¿Qué quieres decir?

—Soy técnica en radiología.

Florida cambia la expresión y le da una palmadita en la mano.

—Ah. Marie fue una buena amiga. Una mujer muy inquieta. Éramos vecinas.

Linda la mira sorprendida.

—¿Marie?

—Curie, la que descubrió la radioactividad con su marido. Dada tu especialidad, sabrás quién es.

—¡Ay, Dios! —A Linda le dan ganas de reír, pero el rayo de alegría se pierde en las tinieblas del ansia. Es pobre, no tiene trabajo, se niega a aceptar el dinero de su padre y se ha pasado toda su trayectoria laboral expuesta a la radiación. Posiblemente parirá una criatura luminosa como una linterna.

—Obviamente Marie murió debido a la radiación, pero es que siempre llevaba radio en los bolsillos y lo dejaba en la mesita de noche. Resultó ser una mala idea.

Fuera, llueve. A Linda le gustaría estar en medio de la tormenta, lejos de la rocambolesca biografía de su acompañante, buceando en la humedad donde poder limpiar los últimos cinco años de su vida: fuera radiación, fuera placas, fuera ecografías. Quiere estar limpia.

Benjamin está en la cola del baño. Esperaba no tener que ir al aseo del avión. Quería llegar a California sin tener que mear, así que ha bebido solo lo indispensable desde que se ha despertado. Aunque, siendo sinceros, lleva bebiendo lo mínimo posible desde que lo operaron. Se pasa el día sediento hasta el punto de la deshidratación. No soporta ver la bolsa que tiene pegada en el costado. Detesta desenroscar el tapón y llevar a cabo la incómoda maniobra de verter el contenido en el inodoro. Antes, estuviera donde estuviese, siempre era el más fuerte; ahora lleva las tripas por fuera y su piel no las contiene. Todo se vierte al exterior.

Benjamin se percata de que alguien se ha puesto detrás de él.

—Hola —dice un hombre.

Benjamin vuelve la cabeza y observa a un tipo blanco con pinta de tener dinero, que lleva una camisa con botoncitos en el cuello.

—Hola —le responde en un tono que no invita a la conversación.

Pero el tipo gira el cuello con los ojos cerrados y, por lo que parece, no puede o no quiere pillar la indirecta.

—No soporto estar tanto tiempo sentado —dice.

—Ya.

—Podría ir al baño de primera clase, pero necesitaba moverme un poco.

Benjamin se queda callado y se pregunta si el tipo es consciente de que habla como un gilipollas.

—Disculpen, caballeros —dice Veronica, poniéndose de lado para pasar junto a ellos. Se detiene a medio camino, apoyando el peso en la cadera derecha, y mira a Benjamin—. ¿Puede usted solo? Si necesita ayuda, dígamelo.

—Me apaño solo.

Veronica asiente y sigue su camino.

—¿La conoce? —le dice el blanco, y la voz se le quiebra. Cuando mira a la azafata, pone una cara que a Benjamin le recuerda la del lobo de los dibujos animados que veía los domingos de pequeño. Con los ojos fuera de las órbitas, la mira como si estuviese hambriento y ella fuese un jamón.

«Me cago en..., ojalá me atrajese», piensa Benjamin. En este mismo instante, mientras el avión se balancea suavemente y la lluvia golpea las ventanillas, sabe que si tuviese que escoger entre la azafata y el tío de al lado, se quedaría con él. Ha intentado convencerse de que solo le ocurrió con Gavin, de que fue un caso muy puntual, posiblemente debido a una crisis nerviosa. Sin embargo, la cosa no se limita a Gavin. Tiene que retroceder al menos hasta la época de la academia militar, cuando se dio cuenta de que se alegraba de que no hubiera mujeres. Hasta donde recuerda, siempre lo han entristecido un poquito las chicas, y la azafata y su precioso culo lo han dejado desolado.

—No, no la conozco —contesta.

—Le toca —le dice el tipo, indicándole la señal de que el baño está libre.

—Vaya primero.

—¿Está seguro? No tendrá que repetírmelo dos veces. —Se pone de lado para adelantar a Benjamin. Los hombros de ambos se tocan un momento y Benjamin nota la descarga que le recorre el cuerpo. «A la mierda con todo», piensa, y ese «con todo» incluye al tío sacado de Wall-Street, a Gavin, la bolsa que tiene en el costado, la operación que le espera y la idea de que ha de seguir sintiéndose triste y cumpliendo las normas como lleva haciendo desde que Lolly lo dejó en la academia militar. «¡A la mierda con todo!», y siente otra descarga que surge de lo más profundo de su ser.

Florida se termina el sándwich y hace una bolita con el celofán.

—El truco está en sazonar la carne con cúrcuma —explica, cuando ve que Linda la está mirando.

—¿Eso es una especia?

Tanto el celofán que tiene en la mano como el pavo y los tomates provienen de su cocina de Vermont. Se quedó de pie delante del fregadero, su lugar favorito de la casa, donde hay una ventana por la que entra la luz y por la que se ven las montañas que hay más allá del jardín. Luego cortó el tomate. Mientras preparaba el sándwich, Bobby entró dos veces en la cocina. Sabía que ella se iba, pero no por cuánto tiempo. Florida le dijo que iba a una despedida de soltera en el East Village. La habían invitado a una despedida de soltera, sí, pero guardaba un billete de ida a Los Ángeles dentro de las botas de montaña, en el fondo del armario.

—Sí, es una especia. —Florida mete la bolita en el bolso—. Voy a California por el sol —le explica, despidiéndose con la mano de la ventanilla—. Me gusta pensar que esta lluvia está despejando el camino para que tengamos cielos azules.

—¿Y a qué vas? ¿De vacaciones?

Florida se encoge de hombros.

—¿Conoces a alguien de allí?

—Hay un par de viejos amigos con los que podría intentar ponerme en contacto. La verdad es que nunca he estado en California, cosa que no puedo decir de muchos sitios. Quiero patinar por esa acera sinuosa paralela a la playa, ya sabes, la que siempre sale en las películas.

—Sí —dice Linda.

—Bien, pues voy a Los Ángeles para patinar.

—Pero estás casada, ¿no?

Linda se ha quedado mirándole la mano, así que Florida también se la mira. Lleva una alianza sencilla de plata en el dedo anular de la mano izquierda. Pensaba quitársela, pero le gusta y no tiene muy claro que vaya a pasar por el nudillo. Cuando se casó con Bobby estaba más delgada.

—Me he marchado —le explica—, antes de que empeorase la cosa. He vivido suficientes veces como para fiarme de mi instinto. Me he ido ahora, cuando todavía me quiere. Habíamos escogido caminos distintos, eso es todo.

Linda se queda en silencio un momento.

—¿Intentas decirme que no quería patinar por esa acera sinuosa paralela a la playa?

La risa sale de Florida como un volcán en erupción. Ella misma se sobresalta y posiblemente los pasajeros que la rodean también. Florida nunca esconde la alegría. Los pasajeros de delante y del otro lado del pasillo la miran. Curiosamente, la mujer que se sienta al otro lado de Linda sigue durmiendo. Encorvada, Florida se parte de la risa. Se imagina a Bobby sentado al el escritorio con el montón de planes de actuación delante de las narices. Cada uno detalla cómo sobrevivir en un determinado escenario catastrófico: caída del dólar, escasez de agua a consecuencia del calentamiento global, desastre climático, levantamiento populista que derroque al gobierno y estado fascista policial, entre otros. Tiene trece planes detallados siguiendo un complejo sistema dicotómico si/entonces.

—Eso es, él no quiere patinar y yo sí —dice Florida sin aliento.

Le parece un motivo tan importante como cualquier otro para dejarlo. Mira a la chica de al lado con más consideración. A lo mejor después de todo posee cierta sabiduría.

Otra de las razones para dejarlo es que esos planes de actuación cambiaron el rumbo de su matrimonio. Al principio, los proyectos de Bobby eran para salvar a todo el mundo, o al menos a amigos y correligionarios, pero a medida que ambos envejecían en Vermont y se aislaban cada vez más, empezó a modificarlos, primero con sutileza, luego sin pudor alguno, para que solo contemplasen la salvación de la pareja, o incluso, como llegó a sospechar, solo la salvación del propio Bobby.

—Lamento que no funcionase la cosa —le dice Linda.

Florida le sonríe.

—Todo tiene un final, no por ello tenemos que entristecernos. Lo importante es lo que acaba de empezar ahora.

—¿Ahora mismo?

—Sí.

Cuando sale del baño, Mark se da un par de vueltas por el pasillo. Lo estresa sentarse junto a aquella mujer de ceño fruncido que escribe con tanto esmero. Le gustaría chocarle el puño al soldado cuando pasa junto a él de regreso a su asiento, pero lo preocupa que, de un modo u otro, ese gesto parezca racista, así que se limita a saludarlo con la cabeza. Se pregunta si el tipo cree que Mark lo desprecia porque es un soldado con, seguramente, menos estudios que él. Sin embargo, en ningún momento lo ha despreciado. Está seguro de que ese hombre sabe defenderse, parece un profesional. Y Mark también es un profesional. Obviamente, Crispin Cox también lo era de joven. Estos hombres son sus hermanos. En este aspecto no importan la raza ni la clase social. «¿Sois buenos en lo vuestro? ¿Sois competentes al cien por cien? ¿Sois la hostia? Entonces cabalgad conmigo, hermanos.»

Vuelve a estar en primera clase, a punto de sentarse cuando decide dar otro paseo. Esa mujer, la que tiene niños y está casada con el canoso, no es la hostia. Lo suyo es la preocupación, no la acción. Es una madre, cada vez más débil. Mark se detiene a mitad del pasillo y cierra los ojos. Intenta percibir dónde está Veronica.

—¿Va todo bien? —le dice ella desde muy cerca.

—Ah, claro. —Y es cierto. Justo después de levantarse se ha tomado una pastilla de cafeína, así que se siente bien. Mejor dicho, genial.

Ella lo mira de esa manera sabia que significa te-leo-el-pensamiento propia de algunas mujeres. Se decide. «¿Qué narices? Voy a decir lo que pienso en voz alta.» Lo dice en voz baja, sin embargo, para que nadie más lo oiga.

—Por un beso tuyo daría lo que fuera, hasta la Tierra misma.

Ambos se quedan callados. Se oye el sonido del aire acondicionado, alguien abre una bolsa de patatas fritas haciendo mucho ruido y otro pasajero estornuda con fuerza. Mientras dura el silencio, Mark se da cuenta de que lo que ha hecho puede acabar mal, pero que muy mal. Puede que lo mire con asco, le pida que se siente de inmediato, lo acuse de acoso sexual o hasta lo demande.

—No estamos en tierra, señor —le responde ella entonces, también en voz baja.

Un montón de fuegos artificiales estallan dentro de Mark.

—Mejor aún —le dice.

Junio de 2015

Dos años después del accidente, el fisioterapeuta y el oto-rrinolaringólogo consideran que Edward ya está sano, lo que significa que no tiene excusa para no ir con Shay al campamento. Se da cuenta de que a los monitores, que le sacan un par de años como mucho, poco les importa si corre las bases, por lo que acaba siendo el tanteador del campamento. Se sienta en las gradas, a la sombra, y mantiene el registro de las carreras. Sorprendentemente, se divierte mucho haciendo manualidades. Lo relaja sentarse junto a Shay con un surtido de barras de pegamento, limpiapipas, rotuladores, ojos móviles y la libertad de crear algo feo.

Sin embargo, lo alarma que el visto bueno de los médicos esté rompiendo su esfera protectora. Ya a finales de octavo los profesores esperaban que hiciese los deberes e interviniese en los debates de clase. Lacey le ha empezado a encargar ciertas tareas de casa, como lavar los platos o poner la lavadora, y las noches que trabaja hasta tarde en el hospital, Edward hornea una pizza congelada para John y él. Besa le pide que saque del coche las bolsas de la compra más pesadas y las entre en casa y, de vez en cuando, lo mira con suspicacia, como diciendo: «¿De verdad aún necesitas estar con mi hija todo el rato?». Los adultos en su conjunto le están dando empujoncitos y lo miran de reojo. El lenguaje corporal de todos dice: «Ya has superado la crisis. Tienes que seguir adelante para que nosotros podamos continuar con nuestra vida».

Pero ¿cómo va a haber superado la crisis si todavía le cuesta dormir, tiene que llevar la ropa de su hermano para sentirse protegido y jamás volverá a ver a su familia? Así que cuando Lacey le pregunta con los ojos brillantes qué tal el campamento y si se lo pasa bien, él tiene que disimular su enfado. «No, no me gusta el campamento», piensa. Más que nada se siente aliviado de que la nueva experiencia no sea insoportable. Evita a su tía y pasa más tiempo de lo normal en casa de Shay. Entiende que los adultos quieran que se cure de una vez. Al fin y al cabo, ¿cómo van a comprender realmente por todo lo que ha pasado? Aunque, a su modo de ver, Lacey debería entenderlo mejor.

Cuando el verano termina, su tía se muestra claramente entusiasmada por el hecho de que empiece el instituto. Es algo que lo desconcierta bastante, porque no ve ninguna diferencia entre el colegio y el instituto. Shay y él siguen yendo al mismo edificio y el director es el mismo. La única diferencia es que irán a clase en el primer y el segundo piso en vez de en la planta baja. Solo ve un cambio importante: ya no está exento en educación física. Cuando tocaba educación física, se lo pasaba genial yendo a la biblioteca a leer o hacer garabatos en la libreta.

El gimnasio, bastante grande, está en la parte trasera del cuarto piso. Edward va a buscar a la profesora a su despacho justo antes de que empiece la primera la clase.

—No puedo correr muy deprisa y a veces pierdo el equilibrio. Creo que lo mejor sería que me sentase en las gradas y mirase. Puedo ser el tanteador o llevarle el cronómetro, si le parece bien. Podría cronometrar a los chicos o lo que sea.

La profesora de educación física, la señora Tuhane, es una mujer achaparrada de pelo corto castaño que lleva un silbato a modo de collar. Le responde sin levantar siquiera la mirada del portapapeles.

—Hijo, no estás en ningún equipo, sino en clase de educación física. No serás el único que se tropiece. Tienes cinco minutos para ponerte el chándal y plantarte en la línea amarilla.

—Pero...

—Pero nada —lo corta ella.

Cuando sale del vestuario, ya cambiado, ve que Shay lo está esperando.

—Creo que empezaremos con el baloncesto. ¿Alguna vez has jugado? —le pregunta.

Su hermano y él a veces tiraban a una canasta del parque infantil del barrio. Edward niega con la cabeza.

—Mi padre no dedicaba mucho tiempo a los deportes de equipo.

—A lo mejor resulta que te gusta. A mí me gusta robarles el balón a los capullos. Ya sabes que eso está permitido en baloncesto. Lo dicen las reglas. —Lo mira de reojo—. A lo mejor descubres que se te dan bien los deportes.

—Lo dudo.

Shay se encoge de hombros.

Edward tiene frío en las piernas, protegidas apenas por los pantalones cortos de deporte. Le duelen siempre, al igual que los brazos, porque está dando un estirón. No quiere estar allí.

—Deja de creer que tengo poderes ocultos, ¿de acuerdo? No soy un maldito mago.

—Ya no lo creo.

Edward la mira y sabe que no miente. Los libros de Harry Potter pertenecen a un pasado lejano, al igual que la infantil creencia de que puede tener poderes también.

Se hacen mayores. El Edward en pleno estirón es una decepción para Shay y para sí mismo. Se prepara para afrontar una oleada de tristeza, pero en su lugar lo inunda la rabia.

—¡Ya verás! ¡Seré un desastre en baloncesto! —le espeta, iracundo.

—Dios mío, vale... —le contesta Shay.

Con el rostro encendido, la sigue hasta la pista. Se queda allí de pie con los demás. Cuando empieza la clase descubre la terrible acústica del gimnasio. Los pitidos repetitivos del silbato, los rebotes del balón en el suelo, el ruido de los pies y todos aquellos cuerpos empujándolo. El espacio y los sonidos le traen recuerdos de los que intenta escapar. Mientras cruza la pista oye los latidos de su corazón. No mira a nadie para que no le pasen el balón. Se lo acaban pasando y, en cuanto le cae en los brazos, el cuerpo entero se le agarrota. Lo lanza bien lejos, como si fuese una granada a punto de explotar.

—Adler, vas en la dirección contraria. ¡Da la vuelta! —le grita en dos ocasiones la profesora.

Edward está seguro de que el reloj de pared se ha detenido o se ha quedado congelado en este preciso momento, como si se estuviese hundiendo en unas arenas movedizas de las que jamás logrará salir. El tiempo se lo ha tragado. Correrá eternamente por el gimnasio, sudando y aterrado. Alguien le da un empujón y Edward responde por instinto, volviéndose y empujando a quien sea en el pecho. Quien cae al suelo no es un chico sino Margaret, una asiática que lo ayudó a encontrar su taquilla de la zona del instituto.

—¡Adler, sal ahora mismo de la pista y siéntate!

—Tenéis que hacerme un justificante para no ir más a educación física. Solo serán unos meses, hasta que esté en mejor forma. Es muy peligroso —les dice a John y Lacey por la noche.

—¿Peligroso? —John mira a su mujer—. ¿Han cambiado la clase de educación física desde que éramos niños?

—Si no me hacéis un justificante, fingiré que me duele el estómago. No pienso volver a esa clase —contesta.

—Cielo, claro que te haremos un justificante.

Entra cabizbajo en la habitación de Shay. Sigue oyendo mentalmente los balones rebotando en la pista.

—Hoy me he comportado como un estúpido y lo siento —dice. Aunque no está enfadado, se percata de que habla como si lo estuviese. Lo bastante fuerte para que se le oiga pese al repiqueteo de los balones.

—¿Qué tienes contra Margaret?

¿Cómo explicarle lo que ha sentido en la pista de baloncesto? Que se le han puesto de golpe los nervios de punta. Después le ha pedido perdón a Margaret, que no le ha contestado, lo ha fulminado con la mirada y se ha ido.

—Al menos sabes que no te va a pasar nada por haberla empujado. Es lo que tiene ser tú —le dice Shay.

—No le pasaría nada a cualquier niño que empujase una sola vez a otro.

—Claro que le pasaría algo. A mí me expulsaron por darle puñetazos a uno.

Edward se la queda mirando.

—¿Cuándo te expulsaron?

—Justo antes de que vinieses. Se fue del colegio porque su familia se mudó. —Shay cierra el libro que tiene entre las manos—. Se pasaba todas las clases tarareando en voz baja. Qué irritante era, no lo soportaba.

—¿De modo que le pegaste?

—Bueno, antes de que llegases me aburría, y eso es algo que detesto. Tenía que entretenerme. Me he escapado casi todos los años desde que tenía seis. Siempre con un plan diferente y nunca en el mismo momento. Luego me di cuenta de que jamás me escaparía de verdad, porque eso destrozaría a mi madre. Pero, aun así, necesitaba trazar un plan para distraerme.

Edward se acuerda de una vez, poco después de llegar, en la que estuvo con Besa en las escaleras delanteras.

—Tu madre me dijo que, cuando eras pequeña, a veces pegabas a las niñas. Me dio las gracias por ser tu amigo. Supuse que estaba exagerando para que no me sintiese tan mal por venir aquí.

—No exageraba.

—¿De qué intentabas distraerte?

Shay suelta un bufido, exasperada.

—No lo sé. Cada Navidad mi madre me compraba muñecas con la esperanza de que jugase con ellas. Todos los días, sin excepción, cenábamos a las seis menos diez. ¿Sabes que tenemos un calendario del pollo? Porque así es, tenemos un calendario del pollo. Los lunes comemos pollo frito, los miércoles pollo asado y los viernes pechugas de pollo a la barbacoa. Nunca variamos.

A Edward le parece no estar en la misma habitación donde duerme cada noche. Recuerda el primer día de séptimo, cuando seguía a Shay por el pasillo del colegio y la vio apartar a codazos a un niño que le cortaba el paso a él. La recuerda poniéndoles mala cara a quienes lo miraban como si fuese una atracción de feria. Ve reflejada a la nueva Shay en la antigua. Ambas se chocan las manos, como hacen los atletas entre competición y competición.

—Mira, no quiero seguir sin decir lo que pienso, y creo que tú tampoco quieres que lo haga —dice ella.

—No —contesta, a pesar de que está nervioso. Hay algo raro en el aire, parecido a la calma que precede al huracán.

—Fue muy emocionante lo del accidente del avión y que vinieses aquí, claro, pero ahora...

Edward asiente. Sabe que ahora ya no es lo mismo, ya

no está contenta. Vagas sensaciones, entre ellas el aburrimiento junto a otra clase de leves molestias crónicas. Edward hiperventila un poco y está a punto de inclinarse con las manos en las rodillas. Ha sido un día agotador. Pero no, tiene que concentrarse, porque no es lo mismo que él esté irritado con el mundo a que Shay lo esté con él, cosa inaceptable. Y, sin embargo, ahora se percata de algunas señales discretas que ha habido en los últimos meses, de su distanciamiento. A veces Shay apaga la luz de la mesilla antes de lo normal, incluso si no está muy cansada. En el campamento escogió otra optativa: Edward se decidió por la consabida clase de manualidades, Shay por el bricolaje. En una o dos ocasiones se sentó a comer en una mesa abarrotada. El pánico se apodera de su corazón. La está perdiendo.

—Siento ser aburrido —le dice quejoso, a su pesar.

Shay se encoge de hombros.

—Por una vez no se trata de ti, Edward.

El peligro se dibuja en su cara. Shay mira por la ventana como si quisiera saltar por ella y echar a correr. Edward sabe que ha sido la rabia con la que le ha hablado antes lo que ha desatado esto. Ella se comprometió a cuidarlo y él le ha pedido que lo deje en paz.

«Dios mío, ¿qué he hecho?», piensa el chico.

Shay se vuelve entonces, mirándolo con crueldad.

—Tengo que decirte una cosa.

—Puedes decírmela en otro momento. Mejor mañana —contesta Edward. No tiene ni idea de lo que quiere decirle, pero no puede soportar nada más. Recuerda a su madre apretándose con el pulgar la marca de nacimiento de la clavícula. Cuando Jane se dio cuenta de que su hijo la miraba, le sonrió y le dijo: «Me aprieto aquí cuando quiero retroceder en el tiempo». El Edward de ocho años se lo creyó; también a él le habría encantado tener una marca de nacimiento mágica. Ahora vuelve a desearlo. Atemorizado, le encantaría retroceder en el tiempo.

—Le prometí a mi madre que te lo diría, o de lo contrario lo haría ella, y eso sería bochornoso.

Un coche toca el claxon fuera y Edward siente el sonido en su interior.

—Ya no puedes seguir durmiendo aquí. Pero no estoy enfadada contigo. Eso es lo único que cambiará.

La temperatura del cuerpo de Edward cae en picado; de pronto tiene la piel fría.

—¿Por qué?

—Cuando viniste aquí y te quedaste a dormir por primera vez, mi madre me hizo prometer que no lo harías más cuando fuésemos mayores. Cuando yo fuese una mujer. Uf. —Se cubre la cara con las manos y sigue hablando—. Ella lo llama así.

Edward mira el reloj de la mesita de noche. Las ocho y diecisiete. ¿Cómo es que no se ha terminado ya este día?

—¿De qué hablas? No entiendo nada, ¿sabes?

—Me ha venido la regla.

Excepto cuando viajó a Washington, siempre que Edward ha ido de su casa a la de Shay era de noche.

—¿Y qué? —contesta. Sin embargo, sabe que es importante para Besa. Para la madre, se trata de una cuestión sobre la que no debería haber, y no hay, discusión posible.

—Sé que no quieres dormir en la habitación del bebé, pero en vuestro sótano hay un sofá-cama. Podrías dormir ahí. Si quieres, lo preparamos juntos. Puedes seguir durmiendo en mi habitación unos días, hasta que tengamos listo el sótano.

Edward parpadea. Sabe que tiene que responder algo.

—Vale —dice.

—Ambos sabíamos que esto no duraría para siempre.

«Yo no tenía ni idea», piensa Edward.

Cuando se despiertan ya es miércoles, por lo que, después de clase, Edward se presenta en el despacho del director Arundhi. Recorren el perímetro de la habitación. Edward lleva la regadera azul y el director fertilizante en bolsitas de muselina. Aunque las bolsas no están etiquetadas, él sabe perfectamente cuál es cuál. En algunos casos, aplica el fertilizante en las hojas y después ajusta las lámparas de calor del techo. En otros, practica unos agujeritos en la tierra con el dedo índice y, luego, con suavidad, echa dentro el abono.

Edward ha aprendido a regar despacio y a determinar por el color de la tierra si ha echado demasiada agua. Marrón oscura, está bien; color alquitrán y fangosa, se ha pasado. Se concentra en la cantidad de agua que echa. Las manos le tiemblan a ratos, hoy apenas ha dormido. Ha permanecido tumbado en la habitación de Shay, con los ojos abiertos, intentando memorizar la grieta con forma de Y que hay en el techo, tratando de memorizar los gemiditos de Shay cuando se da la vuelta mientras duerme.

—¿Podrías nombrarlas, Edward? —El director va tres plantas por delante del chico. Huele una hoja y ladea la cabeza como si se preguntara qué significa ese olor.

Edward sabe que en el despacho no hay muchas clases de plantas, como pensó durante su primera visita, sino solo de distintas clases de helechos. El director Arundhi no es solo un entusiasta de la jardinería, sino un especialista en helechos. Incluso ha publicado un libro, *Helechos del Noroeste: lycopsidas y equisetáceas*. Lo tiene expuesto en una vitrina colocada en el alféizar, entre dos macetas bien grandes.

Edward deja la regadera y coge un pulverizador del escritorio. A la planta rizada que tiene delante le sienta muy bien que la rocíen con agua.

—Esta es un helecho cocodrilo.

—Exacto.

Edward nombra la siguiente.

—Helecho común, cuerno de alce, un par de capilarias, un ejemplar de helecho acebo. —Mira de reojo la planta de la esquina. Medirá unos sesenta centímetros y tiene las hojas alargadas y coriáceas—. Ese y el de detrás son *Asplenium nidus*.

El director los mira y asiente con afecto.

—He disfrutado de esta belleza desde que cursé el posgrado.

—Helecho botón. Los que están arriba, en el estante, son helechos plateados, y aquel es un pata de canguro.

—Muy bien. ¿Y qué los diferencia a todos de otras plantas?

—Que son plantas vasculares y se reproducen por esporas.

El hombre asiente y sonríe, tensando el bigote.

—Bien hecho. Da gusto enseñarte cosas.

Edward se pone la mochila cuando termina de regar. Shay lo está esperando en casa para ayudarlo con la habilitación del garaje. Edward tira de las correas de la mochila, deseando que el tiempo avance más despacio.

El director Arundhi deja de mirar el helecho más viejo de la esquina.

—¿Ya son las cuatro? Antes de que te vayas, quería comentarte una cosa, Edward. La señora Tuhane me ha dicho que has dejado la educación física.

—Me duele la pierna.

—Mmm, claro. Me ha hablado de la clase y del justificante que le has dado. ¿Puedes sujetar este helecho un momento? Quiero arreglar el soporte.

«Sabe que empujé a una compañera», se dice Edward. El director le da el helecho botón de limón y arregla el soporte. El chico contempla la planta. Es de un verde intenso y mide unos quince centímetros. Las hojas tienen el tamaño de la uña del pulgar. Sujetándolo contra el pecho, se fija en el centro de la planta. Si el helecho tuviese cara, estaría ahí. Edward piensa que la planta lo mira con escepticismo. «Coincido contigo.»

—¿Qué te parece mi idea? ¿Edward?

En cuanto oye su nombre, se da cuenta de que el director lleva hablándole por lo menos un minuto. Lo mira de golpe y le da la planta.

—Lo siento.

—Que levantes pesas —dice, algo molesto, el director Arundhi—. Cuando toque educación física, puedes ir a la sala de *fitness* mientras los demás hacen clase normal. Así podrás hacer ejercicio sin forzar la pierna. En la sala de *fitness* se respira mucha más tranquilidad que en el gimnasio. A mí me gusta más. Y todos podemos ponernos un poco más en forma, ¿no crees?

—¿Levantar pesas? —pregunta Edward. Al principio le cuesta encontrar a alguien con quien relacionar esas palabras. Se imagina a unos tipos musculosos untados de aceite y en bañador. Su padre no levantaba pesas. John tampoco lo hace. Edward mira al director, un hombre de mejillas redondas y rellenito. ¿El director levanta pesas?

Entonces se acuerda del soldado del avión. El soldado y él se saludaron delante del baño. Aquel hombre era como una roca. Seguro que levantaba pesas y que nunca nadie le tocó las narices. Con ese tamaño, Benjamin debió de sentirse a salvo en todas partes. Posiblemente estuvo a salvo en cualquier parte menos en aquel avión. Edward se mira los brazos delgaduchos y las muñecas huesudas. Intenta verse a sí mismo más grande, más fuerte, más protegido.

—Haré pesas —dice, y se le quiebra la voz—. Gracias.

—¿Tienes alguna película favorita? —le pregunta Lacey mientras cenan.

—¿Me lo preguntas a mí? —Edward estaba mirando el plato, pensando que debe comer un poquito más de las costillas de cerdo para no disgustar a su tía. Desde aquella conversación con Shay ha perdido el apetito, como si se hubiera apagado. Nota que se oscurece interiormente que, una a una, se van apagando las luces que tiene dentro.

«¿Estás bien? No te pongas mal por esto. Todo va bien. Estamos bien», le ha dicho Shay mientras comían. «Lo sé», le ha contestado; pero lo que de verdad siente es que le han pedido que camine por la plancha y salte al agua infestada de tiburones. A cada minuto da un pasito por el tablón. Hoy dormirá por última vez en la habitación de Shay. ¿Y mañana? Mañana a los tiburones.

—Sí, te lo digo a ti, bobo —responde Lacey.

—¿Cuál es la tuya? —Se lo pregunta para ganar tiempo. No tiene una película favorita. De pequeño le encantaba *El libro de la selva*. ¿Ha visto alguna película desde el accidente? «¿Cuenta *Hospital General*?», piensa.

—*Magnolias de acero*.

—¿Y la tuya? —le pregunta a su tío. Le gustan estas conversaciones de toma y daca, muy frecuentes con el doctor Mike. En cuanto una pregunta lo incomoda, la redirige. Esta semana, intentando evitar que Shay o el cambio de dormitorio saliesen a colación, le ha hablado al doctor Mike del libro sobre inversiones que el chófer de Louisa Cox le ha traído a casa, con una nota escrita en una tarjeta muy gruesa que pone: «En el colegio no te enseñarán algunas cosas necesarias para una educación adecuada. Lee este libro, saca tus conclusiones y envíamelas por escrito». Es el segundo libro que el chófer le ha dado desde la vista pública. El primero era una biografía de Teddy Roosevelt que leyó con Shay. Dejaban de leer cada dos páginas para reírse de lo enamorado que estaba el autor del fornido presidente. Sin embargo, ahora, cuando Shay le dice si hacen los deberes, Edward se siente culpable, no por los deberes que le han puesto los profesores, sino porque le debe a Louisa Cox las conclusiones a las que ha llegado sobre un libro tan aburrido que no puede pasar de la primera página.

Sin embargo, al doctor Mike le ha hecho gracia la historia, de modo que un punto para Edward. Con el psicólogo no siempre se gana, ya que el doctor Mike suele seguirle brevemente la corriente para hacerle luego una pregunta todavía más certera. Pero Edward está seguro de que puede hablar con sus tíos; son unos aficionados, no tienen ninguna posibilidad.

—*Blade Runner*. —John mastica un bocado y sonríe un poquito, como si tuviese un buen recuerdo de la película—. La he visto veintitrés veces.

—Madre mía. No deberías alardear de eso, ¿sabes? —dice Lacey.

—¿Ah, no? —John apunta a su mujer con el tenedor—. ¿Tú cuántas veces has visto *Magnolias de acero*, Lacey?

—Esa película es un clásico —contesta ella, picada. Vuelve a hablarle a Edward—: He pensado que, si te gusta *La guerra de las galaxias*, podríamos comprarte sábanas con motivos de la película.

Edward repasa mentalmente la frase, intentando encontrarle un sentido.

—¿Sábanas?

—Besa me ha dicho que dormirás en el sofá-cama del sótano. Creo que podemos preparar un sitio muy especial para ti ahí abajo.

«Ahí abajo.» Edward se ve ya en el sótano sobre el que se encuentra ahora mismo. Se acerca al final de la plancha, el viento aúlla y se odia por sentirse como se siente. Sabe que está más enfadado de lo que debería, por lo que sucede en apariencia, al menos. Dormía en una habitación y ahora dormirá en otra. No hay ni treinta metros de distancia entre el sótano y el dormitorio de Shay. Seguirán yendo juntos al instituto por la mañana. Continuará escuchándola leer en voz alta. En apariencia, la noticia es soportable, pero lo que puede haber bajo la superficie, bajo las turbulentas aguas, lo angustia.

Lacey lo está mirando. Edward deja el tenedor en el plato. Ya no tiene hambre. La oscuridad de su interior ha ocupado su lugar. ¿Qué le habrá contado exactamente Besa a Lacey? ¿Que Shay ha tenido la regla? ¿O le ha explicado la verdad, lo que de verdad angustia a Edward? Que, simplemente, Shay se ha hartado de él y ahora ya tiene la excusa para sacarlo de su habitación y, por lo tanto, de su vida.

Levanta los objetos metálicos que la señora Tuhane le dice que levante, endereza la espalda cuando se lo pide e intenta descifrar la extraña jerga del mundo del *fitness* que usa. La sala de *fitness* está al lado del gimnasio; Edward escucha a los chicos arrastrándose por el suelo brillante o regateando con el balón. Alguien silba para que le hagan caso.

—Harás sentadillas, levantamiento de peso y trabajarás en el banco de pesas. Son ejercicios compuestos, es decir, usarás más de un grupo muscular a la vez. Si aprendes a trabajar en el banco de pesas correctamente, podrás deshacerte de algún matón que te saque cuarenta y cinco kilos. Y si te entrenas muchísimo en el levantamiento de peso, podrás levantar un coche bajo el que haya un niño atrapado —le dice.

—¿En serio? —contesta Edward. Se imagina a sí mismo levantando un coche, con la cara roja y los brazos temblando por el esfuerzo. La imagen es ridícula.

—Sí.

—¿Y las sentadillas qué ejercitan?

—Con una sentadilla lo ejercitas todo. Al hacerla, todo tu cuerpo se pone en tensión. ¿Que quieres unas buenas piernas? Haz sentadillas. ¿Que quieres unos brazos fuertes? Pues sentadillas.

La señora Tuhane siempre habla apasionadamente, pero ahora mismo parece que le esté revelando una de las grandes verdades eternas. Seguro que Benjamin Stillman hacía sentadillas. Seguro que sabía usar todo lo que hay en esta sala.

Edward hace una sentadilla con un palo de madera sin pesas, porque la profesora le ha dicho que todavía está muy flojo y que no va a poder con una barra de metal, y mucho menos con pesas. Mientras baja el cuerpo, se acuerda de Shay mirando por la ventana con aquella expresión tan cruel.

—Adler —le dice la señora Tuhane—, una sentadilla no termina cuando llegas abajo. Eso es sentarse. Tienes que levantarte correctamente.

«Levantarme correctamente», repite mentalmente Edward. Intenta obedecer.

Shay lee en voz alta un capítulo de *La brújula dorada*, y después, a las nueve en punto, Edward se levanta. ¿Qué podría decir para evitar lo que está a punto de suceder? No se le ocurre nada, porque la verdad es simple: si Shay quiere que se vaya, tiene que irse. Apenas ha escuchado lo que le leía; luego tendrá que repasar el capítulo para ponerse al día. Se nota los músculos cansados y temblorosos, como gomas elásticas. Sabe que mañana le dolerá todo el cuerpo.

—Muy bien, pues, buenas noches —se despide, sin mirarla.

—Que duermas bien. Hasta mañana.

Ambos hablan un poco demasiado fuerte. Edward coge la mochila y sale a trompicones. Por suerte no se cruza con Besa. Sale por la puerta principal y se dirige a casa de sus tíos. A mitad de camino, protegido por la oscuridad, donde Shay no puede verlo por la ventana, se cae al suelo. No por voluntad propia; sencillamente, su cuerpo se ha rendido y se ha desplomado.

«No tengo hogar», piensa.

El apartamento de Nueva York donde vivía con sus padres y Jordan era un hogar. Después del accidente, su cuerpo lo guio hasta el suelo de la habitación de Shay, donde construyó una madriguera en la que se fortaleció. Había pasado de dormir junto a Jordan a hacerlo junto a Shay. Aquello lo consolaba. La casa de sus tíos, que se alza imponente en la oscuridad, nunca ha sido lo que necesitaba. Edward ha caído de la plancha y los tiburones dan vueltas a su alrededor en el agua oscura.

Todavía en el suelo, se pone de lado y se acurruca. Es una noche de septiembre más fría de lo normal. Cierra los ojos para igualar la oscuridad del cielo con la del agua. No recuerda haber llorado tanto desde el accidente. Puede que nunca haya llorado tanto. Se le empapan las mejillas y solloza. Con las lágrimas sube el nivel del océano que lo rodea. Las olas se elevan y se desploman, formando cabrillas, y se pregunta si verá a Gary o a sus ballenas.

Se da cuenta de que se ha quedado dormido cuando alguien lo zarandea.

—¡Dios mío, Edward! ¿Te has hecho daño? —Su tía está inclinada sobre él, pálida y aterrada. Vuelve la cabeza y grita—: ¡John! ¡Ven, John! ¡John!

«Parece asustada», piensa Edward.

Lacey lo coge por los hombros.

—¿Puedes hablar, Edward? ¿Sabes dónde estás?

Le cuesta una barbaridad asentir, como si su cuerpo fuese un bloque sólido. Finalmente consigue abrir la boca.

—Sí.

Después aparece su tío, inclinado sobre él. John lleva el viejo pijama a cuadros.

—¿Qué ha pasado?

—No lo sé. Míralo. ¿Vamos al hospital?

—Primero vamos a llevarlo a casa.

John lo levanta del suelo y se pone un brazo del chico encima de los hombros. Lacey hace lo mismo con el otro. De pie, Edward se siente más alto de lo que recordaba. ¿Se está desmembrando literalmente y su cabeza vuela? Mientras los tres avanzan con dificultad, Edward desea que Shay ya esté dormida, lejos de la ventana, y que no pueda ver cómo sus tíos arrastran sus restos hasta casa.

12.22

La gente sigue viajando en avión pese a saber que hay cierto porcentaje de accidentes cada año. Lo saben, pero lo relativizan y le quitan importancia. Lo más frecuente es decir que, estadísticamente, es más peligroso ir en coche que en avión. En cifras absolutas, cada año hay más de cinco millones de accidentes de coche y se estrellan solo veinte aviones. Así que de hecho volar es más seguro. Además, puesto que los vuelos comerciales son públicos, entra en juego una especie de confianza grupal. La gente se consuela en presencia de otra gente. Sentados juntos, hombro con hombro, consideran imposible que tanta gente se haya arriesgado a la vez estúpidamente.

Mientras Crispin vuelve a su asiento a paso de tortuga, el suelo tiembla bajo sus pies. Habrá tardado unos veinte minutos en ir al baño y volver. Ha tenido que descansar un buen rato en el aseo para hacer acopio de fuerzas y regresar a su asiento. «Me sentía bien hace un mes, entonces era yo mismo. No sé quién diantres es este tipo de ahora», piensa.

Justo antes de coger el avión, Samuels, su abogado, tan viejo como él pero que a sus setenta años ha decidido empezar a levantar pesas, lo ha llamado y le ha explicado que está en la lista anual de los hombres más ricos de Estados Unidos de la revista *Forbes*.

—Ah —ha contestado por teléfono.

—Enhorabuena, Cox. Eres un fiera.

—Ah —ha repetido. En el fondo, se daba cuenta de que le da igual. Lleva veinte años en esa lista, los últimos diez años en la mitad superior, desde que vendió la empresa. Antes esperaba ansioso cada año a que *Forbes* publicara la lista. Apuntaba la fecha en el calendario y el día de la publicación contestaba el teléfono entusiasmado. Cuando se enteraba, gritaba de alegría y descargaba un puñetazo en el escritorio.

—Cox, ¿te encuentras bien? Estoy seguro de que los médicos de Los Ángeles te curarán en un santiamén.

—Llama a Ernie y dile que quiero rehacer el testamento en cuanto llegue.

—Vale.

—¿Por qué voy a dejárselo todo a mis hijos? Me odian.

—Evidentemente, los del Museo Metropolitano de Arte esperan que te acuerdes de ellos.

—Que les den. —Crispin estuvo varias décadas en la junta directiva. Disfrutaba de aquellas reuniones, a las que acudían los pesos pesados de Nueva York y gran parte de su círculo social. Sin embargo, rara era la vez que se paseaba por las salas para ver las colecciones. Había sido un buen sitio para pelearse con Louisa, ya que ambos estaban metidos en la institución. Ella era licenciada en Historia del Arte y se consideraba una coleccionista. Durante una temporada, a mediados de los noventa, mientras fue la presidenta de la junta, le impidió asistir a las reuniones.

—¿Qué planes tienes?

«No estoy seguro», piensa, pero evita decirlo. Jamás dice «no estoy seguro». La duda es debilidad, y por principios está en contra de ella.

—Podría dejárselo todo a Louisa. Eso la confundiría bastante. Esa maldita mujer se ha pasado la vida intentando conseguir mi dinero. Podría servírselo en bandeja de plata. —La idea lo regocija.

Samuels guarda silencio un momento, porque también es el abogado de Louisa. Se reprime, como buen profesional que es.

—Como quieras, Cox. Se lo diré a Ernie.

Mientras Crispin, complacido, se sienta, imagina que su dinero es como gotas de lluvia cayendo al suelo. ¡Qué idea más espantosa! Fuera de su bolsillo, el dinero carece de sentido. Solo son papeles rectangulares verdes y blancos a cuya acumulación ha dedicado su vida entera y todo su ser. Le gustaría tocarle las narices a Louisa, pero ella no necesita el dinero. De hecho, no notaría el incremento de su fortuna en lo referente a su vida cotidiana. Como le dijo en una ocasión un amigo suyo: «No se puede vivir mejor». Louisa y él viven a cuerpo de rey.

Siempre ha concedido valor a su dinero y a cuanto hacía falta para obtener más. Las cifras le importaban hasta que su abogado lo ha llamado esta mañana. Si ese interés ha desaparecido, ¿qué le queda? Al otro lado del pasillo, el joven, que parece drogado, teclea con energía como si cada letra fuera a cambiarle la vida. Y puede que, ahora, o en el futuro, se la cambie.

Tal vez ya se la haya cambiado.

Siente como si un montón de canicas rodaran por su abdomen. Así es el dolor que siente. «Debería haber llevado a mis hijos de acampada cuando me lo pedían», piensa mientras se queda dormido.

Bruce se frota la cabeza (un tic nervioso que duda que sea un tic, porque lo hace conscientemente) y se levanta.

—Voy a saludar a vuestra madre y vuelvo. Sed buenos —les dice.

—Papá, que no tenemos cinco años —contesta Eddie.

—Dile de mi parte que gracias por el postre, pero que se lo he dado a Eddie porque llevaba lácteos.

Bruce suspira, porque acaba de soñar que Eddie tenía cinco años. El niño estaba sentado en su regazo, apoyado en su pecho, y Bruce le leía *Winnie-the-Pooh*. La sensación de aquel peso, la confianza absoluta, incondicional, con la que el pequeño apoyaba todo su peso en su padre, era una de las cosas que convertían la paternidad en algo imprescindible.

Bruce le leyó aquel libro, de cabo a rabo, doce o trece veces. Sabía que a todos los niños les gustan que se repitan las cosas, pero lo de Eddie era otro nivel. En cuanto aprendió a leer, casi todas las noches leía un trozo de *Winnie-the-Pooh* en la cama. También vio muchísimas veces su película favorita, *El libro de la selva*. «Al menos tiene buen gusto. Le gustan los clásicos, algo es algo», le decía Jane cuando el padre expresaba su preocupación porque no leía otros libros.

El Edward de doce años es patilargo. Ya no queda nada de aquel niño rollizo. Cuando su padre lo abraza, se siente incómodo, como un árbol joven a merced de los elementos. Parece que Edward ha canalizado su necesidad de reiteración tocando el piano, así que ya no necesita que su padre le lea.

Bruce corre la cortina de primera clase y ve que el asiento contiguo al de Jane está desocupado.

—Siéntate. No sé adónde ha ido —dice ella.

Bruce se sienta a su lado y se relaja.

—Ese hombre está en las últimas —le dice a su mujer, refiriéndose al viejo del otro lado del pasillo.

—Pues por lo visto es un famoso magnate.

—Un magnate. —Bruce sonríe—. ¿Y por qué ha cogido un vuelo comercial? Si yo fuese un magnate, tendría un avión privado.

—Es un verdadero fantasma, y el que se sienta donde estás tú, ni te digo —dice Jane.

—¿Cómo va el guion? —Bruce intenta no decirlo con retintín. No quiere discutir, sino hablar. Desde los confines de la clase turista, añora a su mujer.

Como suele ocurrir, parece que ella le lee el pensamiento.

—Te repito que lo siento —responde.

Jane pone la mano encima de la suya y aprieta. La piel de ella es suave y el apretón lo hace sonreír. John puede estar enfadado con ella y al mismo tiempo ser plenamente consciente de que la ama. Le costó varios años aceptar que su amor no tiene lógica. La frustración sumada al mal humor y a la sonrisa de su esposa le producen un ramalazo de alegría. Espera que sus hijos conozcan esta clase de lógica absurda algún día. Recuerda la cara de Jordan en el restaurante chino y se pregunta si es posible que su hijo mayor ya la conozca. Enseguida lo descarta por absurdo.

—¿Qué? Por favor, piensa en voz alta —le dice su mujer.

—Creo que a Eddie le conviene estudiar música. Deberíamos matricularlo en la Colburn School de Los Ángeles.

Jane lo mira sorprendida.

—¿En serio?

—¿No estás de acuerdo?

—Claro que sí. Tiene talento y le encanta el piano. Pero, si lo matriculamos, no podrá continuar con tu plan de estudios.

—Algo podrá hacer. Aún podré asegurarme de que aprenda matemáticas y lea historia.

—Jordan se quedará solo.

—Ya. Tendremos que pensar algo. A lo mejor le gustaría pasar todavía más tiempo a solas con su padre.

Bromea, pero ambos lo entienden y no se molestan en sonreír.

Jane apoya la cabeza en su hombro.

—¿Dónde se ha metido este tipo? —pregunta Bruce.

—Debe de estar siguiendo a la azafata de primera clase. Creo que se ha enamorado.

—¿Es atractiva? —Intenta acordarse de ella, pero solo recuerda que llevaba el moño muy tenso.

Jane entorna los párpados.

—¿De verdad que no te has fijado?

John hace un gesto con la barbilla hacia la pantalla de su ordenador.

—Te queda poco, ¿no? —Es consciente de que se le nota la frustración que acumulaba. Eso lo disgusta. Es una respuesta muy tosca; quiere ser mejor, como marido y como hombre.

Jane se incorpora y mira la pantalla. Las hileras de letras agrupadas formando palabras; el formato de guion, con muchos espacios y diálogos sucesivos.

—No, pero cuando aterricemos habré terminado. Te lo prometo.

Veronica ha hecho esto dos veces desde que es azafata. No lo tiene por costumbre, pero... Le dice a Mark que dentro de diez minutos vaya al baño del fondo a la izquierda, el más escondido del resto del avión. Cuando lo ve hacerlo, enciende la señal de abrocharse los cinturones para evitar que los pasajeros se levanten. Luego pone los altavoces del techo a todo volumen, llenando el avión de estática. Todos los pasajeros despiertos miran al techo, donde están los altavoces. Los apaga y se escabulle hacia el baño.

El aseo es tan pequeño que, nada más entrar, ya están tocándose. Cuando corre el pestillo se encienden las luces y el ventilador. La iluminación fluorescente los empapa.

La cabeza de Veronica está a cinco de centímetros del espejo. Mark nota el borde del váter detrás de las rodillas. Sin embargo, para su asombro, huele muy bien. Los conductos de ventilación están haciendo su trabajo.

—No digas nada —le susurra Veronica.

Mark la sujeta por la nuca. Veronica, hambrienta, jadea un poco. Le gustaría quitarse las horquillas del moño, pero tiene que volver al trabajo dentro de seis minutos o notarán su ausencia, y ha de salir con el mismo aspecto que tenía al entrar en el baño.

Se sube la falda y se baja los pantis.

Mark se desabrocha el cinturón.

Se oye un golpeteo, no en la puerta del baño sino en los laterales del avión. «¿Qué es eso?», piensa Veronica de un modo muy vago.

Chip, chip, chip, sigue el golpeteo en la puerta o el aire acondicionado o algún conducto suelto mientras Mark la besa, bastante mejor de lo que esperaba. Lo agarra por el culo para acercarlo.

Luego oye un rugido en la cabeza y está tan roja como su pintalabios, persiguiendo todo lo que constituye la vida, y cuando Mark Lassio le susurra «te necesito», aparta de un soplo esas palabras como si fuesen besos.

Jordan le da un codazo a su hermano y se inclina hacia él. Su padre aún no ha vuelto.

—¿Qué? —dice Eddie.

—La azafata de primera clase se acaba de meter en el baño con un hombre.

Eddie echa un vistazo a la parte trasera del avión.

—¿Para qué?

Jordan se ríe con ganas.

—Pues seguramente para hacerlo.

Eddie lo mira horrorizado.

—¿En el baño del avión?

—No creo que nadie más lo haya visto. Para que la gente no se fijase, nos ha distraído con el ruido del techo.

—¿Y tú por qué has mirado?

—Estaba contando el número de filas de asientos que tiene el avión, así que miraba hacia atrás.

Eddie, muy serio, analiza la situación.

—Puede que él se encuentre mal y ella haya ido para ayudarlo.

—Puede, aunque parecía bastante sano.

Eddie se estremece.

—Qué asco.

—Bueno, te aseguro que no vuelvo a pisar el baño. —Jordan piensa en Mahira y tiene una erección. Baja la bandeja para que su hermano no lo note.

Ve a su padre acercándose por el pasillo. Piensa en sus padres teniendo sexo y la erección cede.

—Pero mola que el sexo sea algo tan estupendo como para hacerlo en el baño —comenta Eddie a su manera cuidadosa y calculada.

Jordan asiente, profundamente agradecido por ese comentario. Agradece que su hermano acabe de entrar en el país donde él habita, el de los molestos calzoncillos y los sueños eróticos.

Cuando Crispin abre los ojos, no sabe dónde está. Bueno, sabe que está en un avión, eso es obvio, pero ¿hacia dónde van y en qué momento están? Ha cogido cientos de aviones a lo largo de su vida; hubo años en los que le parecía que pasaba más tiempo en el aire, de camino a reuniones, conferencias y vacaciones lujosas, que en tierra firme. Si quisiera, podría comprarse una flota de aviones, pero nunca ha querido viajar en avión privado. Los aviones comerciales son uno de los pocos sitios en los que puede sentarse entre sus clientes y ver qué piensan y cómo se comportan. Siempre le ha parecido que el tiempo que pasaba en el aeropuerto y en el avión era un estudio de mercado valiosísimo.

—¿En qué año estamos? —le pregunta a la mujer de al lado, que lleva una chaqueta blanca abotonada de arriba abajo.

—Deme la muñeca, que quiero tomarle el pulso —le dice.

—De ninguna manera. Contesta a la pregunta que te he hecho.

—Estamos en 2013.

—Nací en 1936, así que tengo... —Cierra los ojos, pero su cerebro se niega a hacer los cálculos. Supone que la mujer es una enfermera, posiblemente la suya.

Ella le coge el brazo, como si tuviese derecho a hacerlo, y le coloca dos dedos en la muñeca. Crispin no hace nada, porque, al igual que la capacidad de restar, sus fuerzas lo han abandonado.

—Pulso débil —dice ella en voz baja.

Crispin asiente, o al menos asiente interiormente. Está de acuerdo. Está débil, entrando y saliendo de lo que sea y donde sea que esté.

—¿Tiene frío, señor Cox?

«Sí, estoy helado, ya no soy joven y estoy solo en el cielo sin saber adónde me dirijo», piensa.

El vecino de Jane ya ha vuelto, y a ella le hace gracia la diferencia de energía entre él y su marido.

Mark tiene la piel agrietada y rubicunda, como si hubiese salido a caminar un día de mal tiempo. Está inquieto y no para de pulsar el mecanismo del bolígrafo. En cambio, Bruce estaba sentado tranquilamente a su lado. Tenía que mirarlo a los ojos para adivinar lo que pensaba, porque no daba ninguna pista.

—Creo que está granizando —dice Jane señalando la ventana.

—Estamos en verano, qué cosa más rara.

Jane asiente y se queda mirando la masa gris de nubes y granizo. Se pregunta si el tiempo le está desaconsejando el viaje. A lo mejor le está diciendo: «Vuelve. Escribe tu historia de amor. Vive más modestamente, con menos. Podrías mudarte cerca de Lacey, como siempre ha querido ella, criar juntas a vuestros hijos».

Pero había resultado que Lacey no podía tener hijos. Cada vez que su hermana abortaba, Jane se sorprendía de lo mal que se sentía por ello. Por supuesto, disimulaba su tristeza, pero, en cuanto su hermana volvía a quedar embarazada, la invadía de nuevo el entusiasmo. Habría otra personita en la familia, un bebé al que sus hijos mimarían. La perspectiva la mareaba de felicidad. «Otra criatura a la que amar.» Sin embargo, la balanza de sus emociones se equilibraba con el temor de que Lacy sufriese otro aborto.

«Hay otras maneras de formar una familia. ¿Quieres que investigue las agencias de adopción o prefieres un vientre de alquiler?», le había dicho por teléfono a su hermana. Pero Lacey quería seguir intentando quedarse embarazada y Jane tenía claro que no iba a mudarse al lado de su hermana para verla matarse. Además, estaba segura de que vivir en las afueras no le gustaría. Las fiestas de la liga de fútbol americano y las miraditas de la gente por educar a sus hijos en casa y tener opiniones peligrosas. Bruce se ganaría más de un enemigo presentándose sin haber sido invitado a las reuniones de la Junta Educativa para poner en tela de juicio las ventajas de la educación masificada.

—Maldita sea, no puedo concentrarme —dice Mark.

—Porque aún nos queda la mitad del viaje. Siempre me ocurre lo mismo a medio camino, cuando ya llevo varias horas de vuelo pero tengo por delante unas cuantas más. Me quedo atascada —dice Jane.

Mark la mira.

—Tiene lógica. —Saca la punta del bolígrafo—. ¿Cuánto tiempo lleva casada?

Jane sonríe, sorprendida.

—Pues... dieciséis años.

—Madre mía, eso es mucho. ¿Nunca le ha sido infiel?

«Qué conversación más rara. A lo mejor los pasajeros de primera son más abiertos porque dan por hecho que tienen mucho en común», piensa Jane.

—No.

—Increíble. —Mark cabecea.

—¿Está casado?

—Una vez lo estuve, unos diez minutos.

—¿Un error divertido?

—Ja. —La risa de Mark suena como un ladrido—. Bueno, más o menos. Nos pasamos con la cocaína.

—Ah. —Jane nunca ha probado la cocaína, ni se ha casado con la persona equivocada ni se ha enamorado de una azafata. Por un momento le sabe mal. No le gustaría ser como Mark, con esa energía tan tosca, pero le gustaría haberse desviado un par de veces de su trayectoria. Ha medido bien cada paso antes de darlo.

Ahora que Jordan se rebela contra el mundo, le gustaría decirle: «Te entiendo. Estuve protestando durante un noviembre entero en Seattle contra la OMC», pero no puede. Su rebeldía ha consistido en leer artículos en *The Nation* asintiendo convencida. «Puede que una vida caótica tenga su mérito», piensa. Bruce y ella llevan una vida ordenada. Hasta su mayor ambición, escribir una película íntima y personal, es clara y ordenada.

Mark se frota los ojos y mira a su alrededor. Seguro que busca a la azafata.

Jane procura ayudarlo estirando el cuello.

Diciembre de 2015

Edward estudia el árbol que hay delante de la consulta del doctor Mike, la corteza gris surcada de profundos riachuelos. Da la sensación de que jamás brotará ninguna hoja en las ramas. Un pájaro se posa en una y acto seguido alza el vuelo.

—¿Puedes decirme qué te pasa? Sabiendo cuál es el problema, a lo mejor puedo ayudarte —dice el doctor Mike.

Edward ya no intenta controlar sus propios pensamientos, así que cada uno lo sorprende ligeramente. Oye el tictac del reloj ornamentado del escritorio y piensa: «Nunca había echado tanto de menos a Jordan».

—¿Edward? —insiste el doctor Mike.

—Sé que quieren que nos veamos dos veces por semana, pero creo que le estoy haciendo perder el tiempo —le contesta.

—Te desplomaste en el jardín de casa de tus tíos.

—Ya han pasado tres meses desde entonces, y tampoco fue para tanto.

—Si hubiese hecho más frío, podrías haber muerto congelado. Sí que es para tanto.

—No me habría muerto.

—¿Cómo lo sabes?

Edward mira la rama, esperando que el pájaro vuelva a posarse en ella, pero nada perturba el aire ni el árbol. Sin embargo, el espacio vacío resulta apropiado. Ahora Edward duerme solo en el vacío. Edward deambula en soledad, incluso cuando Shay lo acompaña. Piensa si decirle al psicólogo que, a pesar de que Shay sigue siendo su amiga, aquella firme conexión que los unía y que siempre supo que era su oxígeno se ha estado debilitando poco a poco desde que le dijo que lo dejara en paz en el gimnasio. Shay es tan fuerte que, cuando tenga que librarse de él, lo hará y encontrará otro aire que respirar, pero él no es tan fuerte como ella y esta ya ha sido de hecho su segunda oportunidad. Sabe que, cuando aquello que los une acabe muriendo, lo que sigue vivo en su interior estará también acabado.

Al doctor Mike le gustaría que Edward le contase todo esto, pero el chico ya no tiene ganas de hablar. Se queda mirando por la ventana y le parece que el árbol le devuelve la mirada.

John no se va a dormir hasta que su sobrino se acuesta en la cama del sótano. Se asoma por la puerta para ver si Edward está bien arropado.

—¿Todo bien? —le pregunta. Edward asiente y se da la vuelta.

Una hora después, cuando está seguro de que sus tíos duermen, se pone los pantalones de chándal, las Converse y, si la noche es muy fría, también la parka naranja, antes de salir de casa. Da varias vueltas a la manzana, procurando que Shay no pueda verlo desde la ventana de su dormitorio. Lleva la cuenta de las casas ante las que pasa, de las ventanas que ve y de las estrellas del mosaico del cielo. Necesita moverse y disfruta de la oscuridad casi completa del cielo nocturno y del aire negro entre los árboles. A veces, cuando pierde la cuenta, cierra los ojos y sigue andando. Sin embargo, nunca se sienta ni se tumba, no vaya a ser que se duerma y se congele, lo que corroboraría los temores de los adultos.

En cuanto cede la presión que siente, vuelve a la cama plegable. El sótano tampoco es silencioso, pero allí los ruidos no son como en la habitación de Shay. Tiene la sensación de que la estructura se mueve y resuella sobre la cama, tal vez porque está en su parte más baja de la casa. Oye las hojas secas que arañan las ventanas cerradas. Y como mínimo dos veces por noche un estruendo, un crujido que lo impulsa a incorporarse en la cama y a clavar los ojos en la oscuridad.

Allí dentro la oscuridad no le gusta. Deja la luz del baño contiguo encendida y el tenue brillo de las farolas de la calle entra por las ventanas del sótano. Lo único bueno de tener su propia habitación es que no necesita estar en silencio para no despertar a Shay. No tiene que fingir que duerme. Puede estornudar, dar puñetazos al colchón o hablar en voz alta. Puede dar vueltas en la cama o comerse una barrita de muesli a las dos de la mañana porque le rugen las tripas.

Oye el estridente silbato de la señora Tuhane y recuerda haber oído por casualidad a Shay, con la voz aguda de puro entusiasmo, decirle a una chica en clase de francés que a lo mejor el viernes va a una fiesta en el lago. Edward está mirando las ventanas estrechas y situadas a bastante altura cuando el cielo se ilumina y empieza un nuevo día.

La señora Tuhane está obsesionada con lo que llama «forma». Le dice que mueva un centímetro el pie derecho, que eche un poquito atrás la cadera y que estire los brazos hasta que estén perfectamente rectos. El capitán del equipo de futbol americano, un pelirrojo fornido, entra en la sala de *fitness*. Sonríe cuando ve a Edward haciendo una sentadilla.

—Qué guapo estás, Adler —dice, y le saca una foto con el móvil. La señora Tuhane le echa la bronca y lo expulsa de la sala, pero Edward sabe que ya es demasiado tarde. Ya ha enviado esa fotografía a sus amigos. Al final de la jornada, cuando los chicos del equipo de fútbol ven a Edward, hacen una sentadilla con cara de concentración para burlarse de él.

Cuando Shay y Edward doblan una esquina y un niño tímido de pelo trigueño hace una sentadilla, Shay lo interpela.

—¿Tú? ¿Por qué lo haces? No eres un capullo, estás por encima de esto —le dice.

El niño palidece, se levanta y se va corriendo.

Edward se pasa las tres clases de la tarde sentado con la libreta abierta y el boli en la mano, pero sin escribir nada. Le parece que los profesores hablan desde muy lejos. Vuelve con Shay a casa, fingiendo que su relación sigue como siempre. Sabe que el mal humor de su amiga se debe a que también nota que algo falla, algo que va más allá del cambio de dormitorio de Edward, pero no consigue determinar qué exactamente. «Lo que nos une se está muriendo. No duraremos mucho más como amigos», piensa Edward.

—¿Arundhi también te ha dicho que quiere verte? —le pregunta Shay.

—No, ¿por qué?

—Mmm. Creo que mi media ha bajado. Lo más seguro es que quiera echarme un sermón para que me esfuerce al máximo si quiero ir a la universidad.

—No, demasiado pronto. La universidad no. —Se siente tan agotado que no es capaz de construir frases más largas—. Será otra cosa. Mis notas también han bajado.

—Bueno, a ti no te echaría un sermón, porque podrás matricularte en la universidad que quieras aunque saques unas notas pésimas. Solo tienes que hablar del accidente en el escrito de presentación.

Edward cabecea. De repente le encantaría que ya fuera medianoche para caminar con los ojos cerrados bajo las estrellas. No quiere estar al sol, incómodo en su piel y escuchando a Shay hablar de cosas de las que no sabe nada.

Da unos pasos con los ojos cerrados. Se le ocurre una cosa y los vuelve a abrir.

—¿Por qué no le caigo bien a nadie del instituto?

—¿Qué dices? —Tras una pausa, añade—: A algunos les caes bien.

—Apenas he hablado con ellos.

¿Cómo no se le ha ocurrido antes? Lleva en el pueblo dos años y medio. Que la mayoría de los alumnos pasen de él lo alivia tanto que nunca se había preguntado el motivo. Piensa en el capitán del equipo de fútbol americano y sus espantosos amigos, en Margaret, en las chicas que huelen a bálsamo labial cuya taquilla está al lado de la suya. También están los que nunca lo miran, como siguiendo una norma tácita, y se alejan en cuanto aparece.

—Oh. —Shay hace una mueca—. Son unos completos idiotas. Pasa de ellos. Consideran que tienes mucha suerte. Algunos están celosos de ti.

Edward cree haberla entendido mal.

—¿Suerte?

Shay lo mira de reojo cuando llegan a su calle.

—Tres chicos de nuestro curso tienen a su padre en la cárcel y algunos de nuestros compañeros dependen de la asistencia social ¿sabes? Todo el mundo tiene alguna historia triste. Pero tú te has hecho famoso por la tuya.

Edward aspira una bocanada de aire frío.

—Además —añade Shay en tono de disculpa—, para ellos eres un chico blanco privilegiado que va a estar forrado cuando el seguro le pague la indemnización. Eso lo empeora todo.

«Suerte.» Edward sopesa mentalmente la palabra.

—Como te he dicho, pasa de ellos.

Siente que su interior se oscurece todavía más, que la bombilla se está fundiendo. Todo lo que ha dicho Shay es cierto. «A lo mejor soy un capullo», piensa. Nunca se le había ocurrido todo aquello.

Esa noche, cuando termina su paseo por el barrio, da vueltas alrededor de la casa en la oscuridad. Está pensando en la mirada desdeñosa del capitán del equipo de fútbol y en la posibilidad de que él mismo sea un capullo, y para poder pensar en estas cosas necesita moverse. También piensa en otra cosa, una que lleva persiguiéndolo desde hace semanas y cuyo aliento ya siente en la nuca. Mañana cumple quince años. Mañana cumplirá la misma edad que tenía Jordan cuando murió. Edward da vueltas y más vueltas alrededor de la casa. En una de ellas, se fija en el garaje y lo incluye en su ruta circular.

El patio trasero es largo, y el garaje, separado del resto de la casa, está al fondo, lindando con el seto. Al otro lado del seto se extiende el bosque. Edward nunca se ha acercado al garaje, porque sus tíos dejan los coches en el camino de acceso. Nunca ha pensado en él. Nunca se ha preguntado qué uso le dan, qué contiene. Se da cuenta de que, desde que se mudó aquí, su entorno se ha limitado a muy pocos sitios: la cocina, el salón, la habitación de Shay, el parque infantil y el instituto.

Se le humedecen las zapatillas mientras cruza a oscuras el césped. Lo satisface un poco ir a un sitio distinto, aunque sea un garaje. Rodea la construcción y echa un vistazo por las ventanas. Solo ve su reflejo, fantasmal y serio. Sus tíos no guardan dentro los coches... Entonces ¿qué guardan?

Intenta abrir una puerta lateral, esperando que esté cerrada. No lo está. Gira el pomo y la puerta cede. Cuando entra, le da la sensación de que el garaje es una extensión del patio. En el centro hay una estructura parecida a una casa, rectángulos de oscuridad más o menos profunda, marañas de hierba crecida negra como el carbón. Edward no se aleja de la puerta. Sus ojos se adaptan un poco a la oscuridad y se da cuenta de que hay una linterna enchufada en la toma de corriente que tiene al lado. Es cosa de John (en todas las habitaciones de la casa hay una linterna, por si hubiese una emergencia). La desenchufa y la enciende.

En el centro hay una mesa de trabajo con herramientas a los lados. No parece que la usen con frecuencia porque está muy ordenada. Edward se pregunta qué puede construir su tío ahí. Se imagina a John lijando una mesa vieja, pero no le cuadra. Se acerca y ve un montón de ordenadores portátiles. Sonríe. Claro, no usa la mesa de trabajo para arreglar o construir muebles, sino para montar y desmontar ordenadores. Nunca ha visto a su tío cerca del garaje, pero John es madrugador, así que seguramente va allí antes de que Lacey y él se levanten.

En un rincón hay un sillón verde desteñido como el que suelen tener las ancianas. Al lado, una estantería. Edward ilumina los estantes y ve que contienen las obras, seguramente completas, de solo dos autores: Zane Grey y Louis L'Amour. Edward vuelve a repasarlas para ver si hay algún libro de otro autor. No hay ninguno. «¿John lee novelas del Oeste aquí?» Por algún motivo, está seguro de que todo esto no pertenece a Lacey, sino a John. La casa es de Lacey. Aquí es donde John guarda todos los trastos que Lacey no le deja meter en casa.

Se sienta en el sillón verde para ver el mundo desde la perspectiva de su tío. Está contento de haber entrado y haber encontrado algo con lo que distraerse y posponer su vuelta al sótano. Le gustaría retrasar la hora de acostarse para retrasar también el momento de despertarse con quince años. Junto al sillón hay una mesa redonda con un montón de carpetas de colores; en el suelo, a sus pies, un par de petates de lona estilo militar. Edward mueve uno con el pie. Opone poca resistencia. Contiene algo que no pesa mucho. Los ilumina y ve que ambos están cerrados con candado.

Se pone la primera carpeta del montón en el regazo y la abre. El primer documento es un folio que John ha llenado con su cuidada caligrafía. Edward la relaciona con la de la lista de la compra que hay en la encimera: «Manzanas, pechugas de pavo, leche de soja, almendras recubiertas de chocolate». Pero la que tiene entre las manos no es una lista de la compra; es una lista de nombres, y junto a cada nombre hay un número y una letra: 34B, 12A, 27C. Solo hay cinco nombres sin número.

Las yemas de los dedos se le humedecen de sudor.

Habrá ciento noventa y un nombres. No tiene necesidad de contarlos. Es la lista de los pasajeros del avión. Los cinco nombres sin número ni letra son los de los dos pilotos y las tres azafatas. Edward busca el suyo. No lo encuentra. Sin embargo, los nombres de sus padres y su hermano están escritos con la letra pulcra de John. El número de fila de su madre no es el mismo que el del resto de la familia Adler. «Deberías haberte sentado con nosotros», piensa Edward.

Debajo de la lista de pasajeros hay más papeles. Algunos le parecen distintos del primero, más gruesos. Sin embargo, no pasa la hoja, no mira nada más. Permanece sentado con la carpeta abierta en el regazo y la linterna en la mano. Recuerda cuando estuvo sentado en el pasillo del sótano de la NTSB con su tío y piensa: «Así que sigues recopilando información».

Se imagina devolviendo la carpeta a su sitio. Tanto física como mentalmente sabe que no puede. Enchufa la linterna al lado de la puerta y cruza corriendo el patio en dirección a casa de Shay. Empieza a lanzar piedras contra la ventana de la chica, las más pequeñas que encuentra, para no despertar a Besa ni romper el cristal, hasta que ella, desgreñada y con las gafas puestas, abre la ventana.

—¿Se puede saber qué pasa? —susurra, porque tampoco quiere que Besa se despierte—. ¿Estás bien?

—Tengo que enseñarte una cosa —contesta. Siente un gran alivio al ver cómo se le ilumina la cara a Shay.

—Por cierto, feliz cumpleaños —dice.

—Ah. —Mira el cielo nocturno, los puntos luminosos diseminados en la manta oscura—. ¿Ya es medianoche?

Ella asiente. Aunque no hayan hablado de ello, Edward está seguro de que Shay entiende que este es un cumpleaños distinto, más difícil. Dos minutos después está abajo, con pantalones de deporte. Edward la lleva al garaje. Está agotado y se siente ridículo y también emocionado.

—¿Por qué has ido al garaje? —susurra Shay a su espalda—. ¿Qué haces despierto a estas horas? Si estabas dando un paseo, ¿por qué no me has llamado? Te habría acompañado.

Entran en el garaje y Edward ilumina el sillón, la estantería, el montón de carpetas y las bolsas de lona cerradas. Debajo del sillón encuentra un pequeño reposapiés verde a juego. Lo saca para usarlo él. Shay se sentará en el sillón.

Ilumina la primera carpeta y Shay se la pone en el regazo. La mira, y luego mira a Edward.

—¿Qué pasa? Venga, ábrela ya —dice él.

—No. —Habla despacio, como si aquella sílaba fuese una sorpresa para ella.

—¿No?

—Solo lo haré si me prometes una cosa. —Yergue los hombros—. Tienes que prometerme que dejarás de estar raro conmigo. A partir de ahora tendrás que comportarte con normalidad. Mañana por la mañana no puedes volver a ser ese chico frío y distante. —Tras una pausa, añade, más despacio—. Ya estoy harta.

Edward la mira a los ojos, asombrado. Se da cuenta de que no le resultan familiares, de que lleva mucho tiempo sin mirarlos. Miraba al suelo o a cualquier parte, lejos, mientras en su interior se libraban terribles batallas. En este preciso instante comprende que todo este tiempo el problema no lo ha tenido ella, sino él. Shay era sincera cuando decía que entre ellos todo iba bien. Edward se convenció de que el puente que los unía se había roto, cuando quien estaba roto era únicamente él. Se sonroja. Él solito ha estado a punto de cargarse la parte más importante de su vida.

—Perdóname. Te lo prometo —dice.

—De acuerdo. —Asiente—. Te echaba de menos, bicho raro. —Shay abre la carpeta y ojea la lista de pasajeros—. ¿Es esto lo que creo que es?

Edward se aprieta las mejillas calientes.

—No te encuentro. ¿Qué número de asiento tenías? —susurra Shay.

—El 31A.

Cuando termina de leer, levanta la lista y ve la fotografía de una mujer rubia, ligeramente inclinada hacia delante, sonriendo a la cámara, como si quisiera complacer al autor de la fotografía. No es la misma que Edward vio en el aparcamiento del instituto, pero la reconoce.

—Es la novia de Gary —dice.

—Oh, pobre Linda... —murmura Shay.

La siguiente fotografía es de Benjamin Stillman, serio y de uniforme, pero Edward no dice nada. Nunca le ha hablado a Shay del soldado y no sabe cómo explicarle quién es. ¿Cómo decirle sin parecer un idiota o un loco: «Solo estuve con él un momento pero pienso en él como mínimo una vez al día y es el motivo por el que quiero ponerme en forma»?

Las siguientes son de su madre, su padre, Jordan con la parka que ahora lleva él. Después viene una de la mujer corpulenta con campanillas en la falda, con los brazos alzados; parece que esté bailando. Las fotografías son tan recientes, sobre todo las de su familia, que Edward se marea ligeramente. Lo alivia cuando muestran a desconocidos. La mayoría de la gente le suena vagamente, pero es incapaz de ubicarla. Puede que pasase cerca de sus asientos. Puede que estuviesen en la cola del baño con él. Se fija en un tipo con pinta de pijo, repeinado. Se acuerda de él. Aunque en el retrato sonríe de oreja a oreja, parece un poco enfadado, o irascible, como dispuesto a preguntarle al fotógrafo de qué va.

Shay da la vuelta a la foto del tipo. Así es como descubren que hay anotaciones en el dorso de las imágenes. Nombre: Mark Lassio. La edad que seguramente tenía cuando el avión cayó. Una lista de nombres de familiares vivos, en este caso uno solo, un hermano llamado Jax Lassio, con domicilio en Florida.

En la carpeta hay más de cien fotografías, dos de ellas, posiblemente oficiales, de los pilotos. Uno, con bigote entrecano, sonríe; el más joven está serio, pero es guapo. Sus caras llenan el vacío interior de Edward, como si él mismo fuese un avión. Los brazos son las alas, el torso, la cabina del aparato. Los pasajeros entran en fila, uno a uno, llenando la aeronave que tiene bajo la piel.

Cuando han mirado todas las fotos, Shay cierra la

carpeta. Permanecen sentados en la penumbra sin cruzar palabra.

—Seguro que John empezó a recopilar todo esto cuando volvisteis de Washington —dice Shay, rompiendo el silencio.

—¿Qué? —Edward tiene una mano encima de la carpeta. Hay muchas cosas dentro y, en ese momento, él también está allí; por eso no acaba de entender lo que dice Shay.

—Fue entonces cuando tus tíos dejaron de dormir juntos. Me cuadra que empezase a reunir la información en esa época.

Edward la mira.

—¿De qué hablas?

—¿No has visto que John duerme en la habitación del bebé?

Edward piensa en la habitación, con una cama individual y los montones de cajas.

—Es que no... subo nunca. ¿Cómo sabes dónde duerme?

Shay se recoge el cabello y se hace un moño a una velocidad y con una precisión asombrosas. Edward se fija, y no es la primera vez que lo hace, en que ya tiene pechos. Se le marcan bajo el suéter. Se ruboriza y baja la mirada.

—Lacey se lo dijo a mi madre. Primero le explicó que fue porque discutieron, pero luego rectificó y dijo que era porque John ronca. Sin embargo, mi madre dice que Lacey se toma unas pastillas para dormir con las que es imposible que lo oiga, así que no puede ser por eso.

Edward echa un vistazo a la habitación oscura. Pensaba que allí era donde su tío leía novelas y examinaba placas base, pero una realidad más oscura está emergiendo. Las sombras, cargadas de posibles secretos, se ciernen sobre él.

—¿Lacey toma pastillas para dormir?

—Se las recetaron después del accidente. Unas pastillas grandotas. A mi madre la inquieta que sean demasiado grandes. —Viendo la cara de Edward, sonríe para animarlo—. No te preocupes. Sé que se te escapan muchas cosas. A partir de ahora trataré de que te enteres de más.

Hace una semana, un alumno había llevado magdalenas a la clase de francés para celebrar la inminente baja de maternidad de la profesora. Edward se quedó confundido. ¿Cómo era posible que no se hubiera fijado en la enorme barriga de la profesora ni oído a nadie hablar de su baja? Con una magdalena en la mano, asimiló la noticia preguntándose por qué no se había percatado de algo tan evidente.

—Lacey siempre se va temprano a la cama —dice.

Shay asiente.

—Se toma una pastilla después de cenar.

Edward presiona con la palma la carpeta. Dentro están los nombres, las caras y los números que su tío ha recopilado. Piensa en todas las caras de quienes no lo soportan. Se pregunta qué otras cosas se está perdiendo y se alegra de que su tío tenga el instinto de investigar y tomar apuntes.

—Si te sirve de consuelo, tú ves cosas que yo no veo. ¿Por qué crees que has venido hoy aquí? Algo te ha atraído. Has intuido que algo importante se cocía aquí dentro —le dice Shay.

Edward niega en silencio. No lo cree así, aunque, por otra parte, le gusta que ella siga pensando que tiene algo especial.

—A Lacey debe de molestarle que John haga esto. —Se acerca un petate—. ¿Qué habrá dentro? Seguro que es algo relacionado con el vuelo.

Edward no se lo ha planteado. Mira las enormes bolsas con desconfianza.

—Deberíamos abrirlas. También nos quedan unas cuantas carpetas. Aunque será mejor que lo hagamos mañana. Te estás cayendo de sueño. No hay prisa.

A la noche siguiente, cuando ve que Lacey ha atado un globo al respaldo de su silla de la mesa de la cocina, Edward intenta parecer animado para la fiesta.

—¿Qué tal, grandullón? Quince años, ¿eh? Chico, estás creciendo un montón —le dice su tío.

Edward sonríe a duras penas. ¿Sus tíos van a mencionar que Jordan tenía su misma edad? Seguramente no, y él se preguntará si no se acuerdan o si sencillamente no saben qué decir al respecto.

Shay le ha soltado un sermón antes de la cena. «Ya sé que odias tu cumpleaños, pero, por John y Lacey, aguanta el tipo.»

Edward ha asentido. Este cumpleaños en particular lo angustia mucho, pero la gratitud que siente le da entereza, porque su relación con Shay ha revivido. Gracias a la carpeta del garaje ha vuelto a conectar con su amiga, lo que ha evitado que siguiera autodestruyéndose. Hoy Shay lo ha mirado y le ha dicho: «Ya vuelves a ser el de siempre».

Edward enrosca los espaguetis en el tenedor mientras observa a sus tíos con disimulo. Shay, a su lado, hace lo mismo. Por la mañana, Edward ha echado a un vistazo a la cama de la habitación del bebé. Es evidente que John duerme allí. El pijama estaba doblado en la silla y las sábanas revueltas. Sin embargo, no parece que a Lacey le desagrade su marido. Le pasa el bol de espaguetis y sonríe cuando John dice en broma que el procesador del primer ordenador que tuvo tenía una velocidad ridícula.

Edward piensa que lleva mucho tiempo sin ver a Lacey enfadada con John ni agarrada a él como un niño necesitado. Se ha estabilizado emocionalmente, aunque también se ha distanciado. Según la teoría de los conflictos matrimoniales de Shay, el culpable es John, por su espeluznante pasatiempo de recopilar información sobre el accidente. Edward no lo tiene tan claro; se pregunta si en realidad no habrá sido Lacey quien ha cambiado, modificando así su relación.

—¿Y vosotros cómo os conocisteis? —les pregunta Shay.

—¿Nosotros? —Lacey se ha sorprendido—. ¡Uf! Pues nos conocimos en un restaurante italiano del Upper East Side. Un amigo común nos presentó. Después cenamos en grupo, éramos muchos y nos sentamos juntos.

—Nevaba —dice John.

—Nevaba. Nos casamos poco después. —Lacey sonríe—. Tu madre me decía que estaba loca, pero ya estábamos listos para casarnos.

Shay mira a Edward achicando los ojos, con intención. Él oye lo que piensa: «Nevaba. Lacey sonríe. Creo que todavía se quieren». Pero Edward necesita más pruebas. Recuerda que, a veces, sus padres se ponían a discutir en medio de lo que parecía una conversación normal. La vena de la frente de su padre latía y la voz de su madre subía varias octavas. Su hermano y él se miraban como diciendo: «¿Te lo esperabas?». Si no entendía los patrones de relación de sus padres, ¿cómo va a entender los de sus tíos? Además, ahora tiene la misma edad que Jordan, y su hermano habría dicho lo que pensaba.

—¿Por qué duermes en la habitación del bebé? —le pregunta a John.

Los deja a todos de piedra. Lacey se queda petrificada con la servilleta en los labios; Shay y John a mitad de un bocado. La pausa llena a Edward de satisfacción.

—Duermo allí cuando mis ronquidos molestan a Lacey. —Se le ha ensombrecido la cara.

Lacey estruja la servilleta.

—¿Por qué lo preguntas? —Su tía eleva la voz al final de la frase, para quitarle hierro a la situación.

—Porque quiero saber si estáis bien, creo —contesta Edward.

Vuelve a dejarlos de piedra. En el silencio que sigue, Edward comprende que algo falla en esa relación. Sus tíos se miran.

Shay carraspea.

—He leído que hay unas tiras que se ponen en la nariz y evitan que ronques. Creo que las venden en la farmacia.

—Gracias, Shay. Me informaré —contesta John.

—Da igual dónde duerma uno. —Lacey mira a Edward, y eso le trae el vago recuerdo de haber dicho algo parecido poco después de su llegada, cuando ella estaba triste porque dormía en casa de Shay.

—Ahora la tarta —dice John, en un tono que no admite réplica.

Le cantan el *Cumpleaños feliz* mientras su tío trae la tarta de varias capas y, con suavidad, la deja delante de Edward.

—Pide un deseo —le dice.

Los deseos son peligrosos, una pérdida de tiempo y uno de los motivos por los que detesta su cumpleaños. Desearía preguntarle a su tío si todo lo que está recopilando en el garaje lo ayudará, pero cree que tiene que encontrar la respuesta él solito. «¿Lo haces para protegerme? ¿Sirve de algo?», piensa.

Shay comenta que la tarta está muy buena.

—Es la receta de mi abuela. A Edward le encanta desde que era chiquitín —dice Lacey.

—Sí —conviene Edward, pero su tía se equivoca. Era la tarta preferida de Jordan y su madre siempre se la preparaba para el cumpleaños. El postre favorito de Edward, el que comió en todos sus cumpleaños mientras sus padres vivían, era la tarta helada de nata. Pero Lacey está tan satisfecha de acordarse del postre favorito de su sobrino que Edward es incapaz de decirle la verdad. Se lleva a la boca unos trocitos de la tarta que tanto gustaba a su hermano. Comió la misma en su decimotercer y decimocuarto cumpleaños. Supone que también la comerá cuando cumpla dieciséis.

John bosteza y se levanta.

—¿Qué haces? —le reprocha Lacey.

John mira a su alrededor, sorprendido.

—Perdonad. —Vuelve a sentarse—. Eso ha estado mal. No pretendía meteros prisa.

—Estás cansado —dice Edward.

Su tío frunce el ceño. Edward ve en ese gesto que él no es el único con insomnio y trastornos del sueño. Creía que era el único despierto en plena noche, el único que no podía dormir. Pero ahora los dos adolescentes cruzan el césped, John escoge entre dos camas y Edward, un año mayor, se ha alejado un año más de su familia.

Es medianoche y los mayores se han acostado hace una hora, por lo que Edward y Shay consideran que ya es seguro volver al garaje.

Shay le da una patadita a uno de los petates.

—Calculo que cada una pesa unos cuatro kilos y medio. Como mucho siete. Pesan menos de lo que parece. Y, sea lo que sea que haya dentro, lo han envuelto en alguna clase de papel. Se oye el ruido al arrugarse.

—A lo mejor solo contienen ropa de verano, o cosas que llevar a la beneficencia.

—Entonces no les habrían puesto un candado. Nadie lo haría. Ahí tiene que haber algo importante.

Edward se sienta en el reposapiés y Shay en el sillón. Pretenden revisar esta noche todas las carpetas, (Shay quiere tomar apuntes de lo que encuentren), y mañana ocuparse de abrir los petates. En una de las carpetas encuentran folletos informativos del Airbus A321. Esquemas del avión, envergadura, tamaño de los motores y del depósito de combustible. La historia del modelo y la frecuencia de uso en distintas aerolíneas. Imágenes de la parte inferior del Airbus A321, fotografías tomadas desde arriba y una del avión volando. Las últimas son de la escena del accidente. Edward es incapaz de mirarlas. Se las da a Shay, que las devuelve a la carpeta.

La otra carpeta contiene referencias en redes sociales a Edward o al avión impresas en papel. La primera mitad pertenece a una cuenta de Facebook llamada *El niño del milagro*. La fotografía del perfil es la única que hay de Edward en el hospital, con la cabeza vendada y ladeada. A duras penas se reconoce en la imagen. La mayoría de las publicaciones son direcciones URL de noticias sobre el avión, pero también hay escritos publicados en Twitter desde una cuenta con el mismo nombre. «Tengo miedo. Estoy solo. Echo de menos a mi madre. No sé por qué estoy aquí. Quizá Dios me salvó, pero no soy más que un niño.»

—¿Quién habrá escrito esto? ¿Creía realmente que estaba bien hacerlo? —susurra Edward.

—Al principio, leí cosas así en internet. Obviamente no te conocía aún y me preguntaba si lo escribías tú desde el hospital —dice Shay.

—Casi no podía tragar. ¿Cómo iba a crear una cuenta de Twitter? —contesta Edward. Sin embargo, se pregunta: «¿Lo hice?». No se fía de su cerebro. Se imagina tumbado en la cama del hospital con la pierna escayolada y escribiendo lo que siente en un iPad.

Shay sostiene la linterna con las manos ahuecadas, como si rezara. Cabecea y le susurra a Edward:

—Ya lo hemos revisado todo. Deberíamos irnos.

Antes de salir del garaje abren la primera carpeta, releen la lista de pasajeros intentando memorizar los nombres y comprueban si hay alguna fotografía nueva. A lo largo del día John ha añadido una, de una pelirroja con estetoscopio y bata blanca. Mira a la cámara de un modo que sugiere que no quería hacer una pausa para que le sacaran la fotografía. En el dorso están el nombre y la profesión: «Nancy Louis, médica». Sus padres viven en Connecticut.

Edward la reconoce. Con el recuerdo, unido a muchas otras cosas, se le forma un nudo en la garganta.

—¿La conociste? —le pregunta Shay.

—No. —Pero no es eso lo que le duele. Tampoco le duele ver por última vez a la médica antes de devolverla a su carpeta, salir y cruzar el césped.

A la mañana siguiente, después de clase de matemáticas, Margaret se le acerca.

—Llevo tiempo pensando en ello, así que quiero asegurarme. No te pasó nada por haberme empujado, ¿verdad?

Edward la mira. Ha crecido casi ocho centímetros en los últimos seis meses y no deja de sorprenderle verles la coronilla a sus compañeros de clase cuando va por el pasillo.

—No. Lo siento mucho. Me equivoqué. Digamos que perdí los nervios, por eso ya no voy a clase de educación física.

El capitán del equipo de fútbol americano se acerca y Edward suspira. El chico lo mira y enseña los dientes en un gesto que Edward interpreta como un amago de sonrisa. Luego levanta la mano, forzándolo a chocársela. Edward obedece. Cuando se vuelve hacia Margaret, ella lo está mirando con asco.

—No es amigo mío —se defiende Edward.

—¿En cuántas asignaturas optativas te vas a matricular cuando estemos en undécimo y duodécimo?

—No lo sé. ¿Tú ya lo sabes? —La mira sorprendido.

—En siete.

—Ostras. —No se le ocurre nada más. No sabía que la oferta de optativas fuera tan amplia. Ojalá no la hubiera empujado en educación física. Ojalá no tuviera ahora esta conversación tan complicada. Es consciente de que le suda la nuca.

—En tu avión iban once personas asiáticas. Una vivía en la ciudad de mi tía —le dice Margaret en voz baja.

Sus palabras llegan al punto interior de Edward donde tiene grabada la lista de pasajeros. Suponía, por sus nombres, que once de ellos eran asiáticos. Margaret acaba de confirmárselo. Ha encajado una pieza más del rompecabezas. Le está agradecido. Entiende que se le ha acercado para decírselo; que eso es lo que realmente le importa.

—Sé cómo se llamaban —le contesta, también en voz baja.

Cree que Margaret va a pedirle los nombres. Sin embargo, aparentemente satisfecha, asiente y se va.

12.44

El avión del vuelo 2977 sigue la estela de todas las aeronaves que lo han precedido. Quienes se ataban en los brazos alas metálicas llamadas ornitópteros, los planeadores, los globos aerostáticos, el avión a vapor, los aviones a pedales y muchos otros artilugios. Los pasajeros del vuelo han nacido en la era de los aviones comerciales, por lo que todos ellos, hasta cierto punto, subestiman el hecho de estar sentados en el cielo.

A Benjamin no le gusta la idea de sentarse otra vez después de salir del baño. No soporta pasar tantas horas en un asiento estrecho. Se queda de pie en la cola del avión, donde no molesta. Mira por la ventanilla de la derecha y ve ramas de agua grabadas en el cristal. Deja de llover y las ramas desaparecen. El cielo, como si tomase una bocanada de aire, se ilumina.

Siente que, respondiendo al cambio del tiempo, algo se mueve en su interior, y piensa por primera vez en cómo será su vida cuando aterricen. Lolly irá a buscarlo al aeropuerto. Se detiene en esa imagen y piensa: «Quizá no necesito más que eso».

No vive con su abuela ni cerca de ella desde los doce

años. Puede dedicar su vida a darle las gracias. Aunque no merezca que lo salvaran, ni en el pasillo del apartamento que sus padres ocuparon ni en la tierra seca de los campos afganos mientras se desangraba por el costado, Lolly lo rescató cuando tenía cuatro años. Le dio de comer, lo vistió y lo lavó. Le leyó. Le gritó cuando le hablaba mal o cuando dejó de hablar.

Tenía once años cuando se enteró de que su abuela había conseguido que le diesen una beca completa para la academia militar. Benjamin dejó de hablar para castigar a Lolly y evitar el llanto. Por lo visto a ella la ofendió más el silencio que cualquier otra cosa que hubiese hecho hasta la fecha. Mañana, tarde y noche le gritaba: «¡Niño, di algo! ¡Pareces un fantasma! ¡Si quieres seguir en el mundo de los vivos tienes que abrir el pico! ¡Te estoy haciendo un favor! ¡Voy a echarte!».

Y aunque él no contestaba nada, pensaba: «Adoro este sitio. Es mi hogar».

Podría dedicarse a cuidar de la anciana. Fichar en la oficina, reclutar soldados de infantería, hacerles el papeleo e invertir tiempo libre y dinero en Lolly. Ir al cine, tal vez. Como a Lolly le gustan los rompecabezas, siempre tiene uno a medio hacer en la mesa de la cocina. Podría comprarle uno nuevo cada semana, para que no tuviese que hacer una y otra vez los mismos rompecabezas raídos e incompletos que compra en un todo a cien. Podría llevarla a la playa. Aunque el mar queda a pocos kilómetros de su casa, nadie del barrio se acerca nunca a él, como si el gran océano azul no estuviese allí para ellos.

El hermano más joven del otro lado del pasillo se le acerca.

—¿Está esperando para entrar en el baño? —le pregunta.

Benjamin niega con la cabeza.

—Ah. —Se mete las manos en los bolsillos de los tejanos—. Perdone, ¿está usted en el ejército?

Es un niño flaco con cara de preocupación y una maraña morena en la cabeza. Debe de tener la misma edad que tenía Benjamin cuando lo dejaron en la academia militar. A esa edad Benjamin no tenía ni puñetera idea de nada. Los chicos mayores se pasaron el primer semestre burlándose de él, y aunque sabía que sus intenciones eran mezquinas, no entendía los insultos. Se reían de él, pero ¿de qué exactamente? Por suerte, durante las vacaciones de Navidad creció muchísimo y volvió pesando quince kilos más que cualquier niño de su edad, así que lo dejaron en paz.

Sin embargo, nunca logró entender aquel lenguaje más sutil. Le iba bien en todos los exámenes de la academia, pero carecía de habilidades sociales. Si hubiese sido más inteligente, habría seguido el camino de los oficiales y entrado en West Point. Normalmente iban allí los chicos blancos, pero para que les cuadrasen las cuentas, siempre andaban buscando jóvenes negros ambiciosos. Sin embargo, Benjamin nunca se arrimó al sol que más calentaba, ni siquiera llegó a enterarse de dónde estaba aquel sol. Mientras fue al instituto no abrió el pico y de allí lo mandaron directamente al entrenamiento básico. No era de extrañar que estuviese tan confundido como para no saber quién era ni qué quería. Piensa en Gavin y siente un profundo dolor.

—Voy a dejar el ejército —dice, y pasa de la tristeza a la incredulidad. Lo repite, más fuerte. Quiere escuchar cómo suenan esas palabras fuera de su cabeza—: Voy a dejar el ejército. Vuelvo a casa.

El chico asiente, como si aquello tuviese lógica. ¿La tiene? ¿Cómo va a tener lógica algo así? No tiene experiencia alguna fuera del ejército. Sabe manejar un rifle del calibre cincuenta como pocos, marchar impecablemente en formación y atravesar un bosque cargado con una mochila de treinta y cinco kilos sin hacer el menor ruido. ¿Le sirve de algo todo esto en la vida civil?

—Debe de ser muy estresante saber que puedes morir en cualquier momento —dice el chico.

«Lo es», piensa Benjamin, como si tampoco lo hubiese pensado antes.

Observa al niño. Le parece que ha pasado mucho tiempo desde que era joven.

—¿Vas al colegio?

—Algo parecido. Mi padre nos da clase a mi hermano y a mí en casa.

Benjamin esboza una sonrisa tan minúscula que nadie diría que está sonriendo.

—¿Cómo te llamas?

—Eddie.

—Yo soy Benjamin.

—Tengo que... —El niño señala la puerta del baño—. Ha sido un placer conocerlo..., señor —la última palabra parece una ocurrencia tardía.

—Lo mismo digo, Eddie. —Benjamin lo ve entrar en un baño y correr el pestillo.

Linda sigue el avance de la azafata de pelo castaño claro que lleva la bolsa de la basura. «Date prisa, por favor, date prisa», piensa. No puede moverse porque la pestilente comida, que ni ha llegado a tocar, sigue en la bandeja. Quiere que se la lleven. Quiere que las nubes se disipen y que el cielo sea azul. Quiere que desaparezca la corpulencia invasiva de Florida. Quiere bajar del avión. Se imagina saliendo: verá a Gary con un ramo de flores, esperándola, rodeado de desconocidos. Es el momento que sale en casi todas las películas románticas. La chica baja del avión con los labios pintados, fresca y descansada y, en cuanto el hombre la ve, se le iluminan los ojos.

Linda se mira. Su ropa, tan limpia y planchada por la mañana, está arrugada y con roces. Tiene las manos agrietadas por la sequedad del aire. Se toca el pelo y lo nota áspero. No está en su mejor momento. Se imagina a Gary abriendo mucho los ojos, consternado, mientras las flores se marchitan.

—¿Cómo crees que se gana la vida? —le pregunta Florida.

—¿Quién?

Florida señala a la mujer dormida sentada a la derecha de Linda. Sigue llevando la bufanda azul.

—Envidio a la gente que duerme con esa facilidad. Por lo que recuerdo, siempre he tenido insomnio —dice Florida.

—Estará cansada. A lo mejor tiene dos trabajos y nunca duerme lo suficiente.

Florida cierra los ojos como si sopesara algo.

—No creo. Lleva zapatos caros. Creo que la agota tener que satisfacer a tantos novios. Cansa una barbaridad llevar esa clase de vida, ya no digamos tener muchas relaciones sexuales.

Linda se ríe a carcajadas.

—Cielo —le dice Florida.

—¿Qué?

—Deberías reír más. Me encanta tu risa.

—Sssh, que la vas a despertar.

La azafata pasa por su fila con la bolsa de basura y ambas le sonríen. Linda, aliviada, le entrega la bandeja de comida.

Mark detesta los bajones: el de las drogas, el de una carrera, el de pasarse dieciséis horas seguidas analizando patrones del mercado de valores. Ha dejado definitivamente la cocaína por culpa del bajón. Acabó hartándose de tener dolor de cabeza después de cada subidón, pico-res, los ojos secos y graves problemas para pensar. Le encantaba drogarse, podía comprar sin problemas, por-que el camello era un secretario de la oficina, un joven-zuelo con un futuro prometedor. Además, Mark se comportaba de maravilla, o eso le gustaba creer, mien-tras le duraba el efecto. Conocía a trabajadores descuida-dos, se cruzaba con ellos diariamente en el trabajo. Tipos que se frotaban la nariz, con las pupilas asquerosamente dilatadas, que hablaban tan deprisa que habían de repetir tres veces lo que habían dicho para que los entendieran. Nadie sabía si Mark iba puesto, cosa de la que se enorgu-llecía. Bueno, su hermano sí, pero Jax era una excepción y apenas se veían. Mark intentaba a toda costa no pensar en él. Cuando pensaba en Jax se derrumbaba, y su vida de ex cocainómano dependía de evitar esa sensación.

Con el cinturón abrochado, Mark se siente al borde del bajón. Ahora mismo está eufórico, todavía con el sexo y la adrenalina y una sensación de «¡Ufff! ¿De ver-dad ha pasado esto?». Tiene dos opciones: mantener el motor a tope o quedarse inconsciente para no enterarse del bajón. En el equipaje de mano no lleva lo necesario para un apagón, así que solo puede seguir a tope.

Mira a su alrededor.

—¿Estás bien? —La mujer de al lado lo mira como una madre preocupada.

«Dios santo. Ni hablar. No me vengas con estas», piensa.

Se pone de pie. Le gustaría charlar un rato más con Crispin, pero el viejo tiene los ojos cerrados y la piel traslúcida. Se le ven las venas bajo esa piel fina como el papel de fumar. Mark se estremece. «Enfermedad, vejez, declive. Inaceptable.»

Encuentra a Veronica en la cocina del avión, junto a la puerta de la cabina de mando. Como tiene los sentidos agudizados lo procesa todo, y ahora está rodeado de puertas. A seis asientos de distancia se encuentra la enorme puerta del avión; a su izquierda, la de la cabina de mandos, y justo detrás de él, la del baño de primera clase.

—Hola —dice, tratando de parecer encantador. Intenta esbozar una sonrisa también encantadora, pero le parece difícil lograr ambas cosas: como acertar con los dardos en el centro de la diana. Considera que tiene un ochenta por ciento de probabilidades de haber fallado.

Veronica está agachada en un rincón, doblando cuadrados de celofán y colocándolos en un recipiente. Cuando oye a Mark, se incorpora y se vuelve con un solo movimiento. Su elegancia lo deja atónito.

De niños, su madre solía llevar a rastras a los dos hermanos al ballet. Mark se quejaba, pero en el fondo le encantaba observar aquellos bellos momentos tan especiales. La pirueta de una bailarina. Un salto hacia los brazos de otro bailarín. Veronica acaba de traer esa gracia, esa magia, a la cocina de un avión situado a nueve mil metros de altura.

—Quería darte las gracias —dice, y luego piensa horrorizado: «¿Quería darte las gracias? Dios mío, qué imbécil soy».

—¿Qué has dicho? —Ella parece verdaderamente confundida.

A cámara lenta y con su visión súper detallada, Mark percibe el cambio en la expresión de Veronica. La frialdad y la voluntad de no hacerle ni caso y enviarlo de nuevo al asiento, a la desorientación y la vulnerabilidad.

Ve otra puerta, está rodeado. Solo tiene que cruzarla y sabe cómo hacerlo.

—Tienes trabajo. Lo entiendo y te prometo que no volveré a molestarte. Me gustaría que mañana cenáramos juntos, en Los Ángeles —dice.

Se lo queda mirando. Tiene los labios pintados de un rojo perfecto y los ojos maravillosos.

—Por favor, di que sí. Es una cita —añade.

Veronica se toma su tiempo. Está seguro de que a ella se le dan muy bien los silencios. Mark espera paciente, algo raro en él.

—Vale, es una cita —dice ella finalmente.

—Una cita —repite Mark. El motor que tiene en el pecho ronronea. Sorprendido, comprende que realmente le está agradecido a esa mujer. El bajón se ha aplazado. Irá en punto muerto sobre este logro hasta estar sentado a una mesa frente a ella mañana por la noche.

Jordan mira detenidamente el libro, intentando concentrarse. Bruce y Eddie resuelven a medias un sudoku y se lo van pasando de un extremo de la fila al otro por delante de sus narices. No quiere participar en el juego y sabe que su padre no lo molestará si lee. Así está a salvo, y el libro es bueno, *Oración por Owen*, pero no se concentra. No puede dejar de pensar en lo que le espera en Los Ángeles.

A diferencia de Eddie, no ha hecho nada para evitar la mudanza. Su hermano lloraba, rogando que se quedasen en Nueva York. «Este es nuestro hogar, no podemos irnos de aquí. En Los Ángeles hay terremotos, todo el mundo va en coche y tienes que ponerte crema solar», les había dicho. Sus padres le prometieron que tendría un piano más grande y muchísimos libros, pero el chico no dejó de refunfuñar hasta que la mayor parte de sus pertenencias estuvieron empaquetadas.

A Jordan lo atraía la idea del sol, la playa y las chicas en biquini, aunque no acababa de entender cómo iba la cosa. ¿Era cierto que los chicos de su edad iban a la playa los fines de semana con la toalla y la comida? Todos vivían en casas con jardín. No habría ninguna tienda en la esquina, ni tampoco ninguna Mahira. Jordan se da cuenta de que, cuando la besó por última vez, asumió que una nueva Mahira aparecería por arte de magia en Los Ángeles y que habría una Mahira en todas las etapas de su vida.

Lee la misma frase por cuarta vez y piensa: «Pero no serán los labios de Mahira». ¿Cómo no ha caído antes en ello? No quiere besar a ninguna otra chica. Solo puede besar a la chica adecuada, o al menos eso piensa. Al fin y al cabo, solo ha besado a Mahira. Se endereza para ser más alto que Bruce y Eddie. De golpe, el sol de Los Ángeles le parece insulso, tanto como las chicas en biquini. Tuvo mucha suerte de que Mahira lo escogiera. ¿Y si la suerte lo abandona? ¿Y si su suerte estaba ligada a Nueva York y a Mahira?

—Papá, ¿recuerdas que nos explicaste que un número entero puede expresarse como el producto de números primos? —dice Eddie.

Bruce asiente.

—¿Cómo es eso? Es muy raro, ¿no? ¿Es cierto con todos los números?

Su padre lo mira.

—¿Me estás preguntando por qué es eso cierto?

«Quiero que el avión dé la vuelta», piensa Jordan. Se siente sin fuelle, joven y estúpido. Se da cuenta de la falsedad de sus actos. Se ha negado a pasar por el control de seguridad para llamar la atención. Pidió que le sirvieran comida vegana para llamar la atención. Transgredía las restricciones horarias de su padre y sus normas solo para llamar la atención. Fue Mahira quien lo besó. No tuvo él la idea, sino Mahira, y era lo único privado y auténtico de su vida. Sin ella es un farsante, un mal actor interpretando un papel en la vida real. Jordan la echa de menos de una manera nueva y más intensa. El sentimiento se retuerce como metal caliente en su pecho. Ella estaba en su centro, tal vez «era» su centro, y no lo había valorado hasta ahora.

—Es una buena pregunta, pero no sé la respuesta. Es decir, ¿por qué algo es verdad? —dice Bruce.

Jordan cierra la novela.

—¿Estás cansado, chaval? —le pregunta su padre.

«Le enviaré un mensaje a Mahira en cuanto aterricemos. Le diré lo que siento», piensa Jordan.

—Mirad, ha parado de llover —señala Eddie.

Enero de 2016

Edward y Shay no pueden abrir los petates hasta después de las vacaciones, porque Besa, como dice Shay, se vuelve loca con la Navidad y el Año Nuevo. Como no pega ojo durante las fiestas, ir al garaje es arriesgado. A las dos de la madrugada es capaz de estar en la cocina horneando polvorones de canela o calentando vino con especias. En algún momento va al salón a echar una cabezadita y, en cuanto se levanta, se pone a envolver regalos o a decorar el árbol de Navidad. Antes de que sus primos las visitasen en Año Nuevo, decoró las paredes del salón con banderines rojos, amarillos, verdes y blancos (cada color atrae un tipo de suerte) y horneó pan dulce. A las doce de la noche del treinta y uno de diciembre abrió la puerta delantera y barrió la mala suerte del año anterior.

—¿Se pone así todos los años? —le preguntó Edward, que no recordaba haberla visto así en vacaciones. Shay asintió cansada y cogió un montón de galletas para llevárselas a la habitación, donde se escondía la mayor parte del tiempo.

Los problemas del sueño de Edward empeoraron durante las vacaciones. Lo atribuyó a la dieta rica en azúcar que llevaba y a la frustración de no poder ir al garaje. Le aparecieron ojeras y Lacey le dijo que, si su aspecto no mejoraba pronto, lo llevaría al médico. Para cansar el cuerpo, Edward comía berzas, se tomaba una infusión para dormir antes de acostarse y se ejercitaba con unas mancuernas que guardaba en el sótano. Diariamente se planteaba robarle a Lacey un somnífero para solucionar el problema, pero le preocupaba que las pastillas fuesen demasiado fuertes. Tenía miedo de tomarse una y no volver a despertar.

El primer lunes lectivo, a pesar de encontrarse mejor porque todo ha vuelto a la normalidad y esta noche ya podrá ir con Shay al garaje, está medio dormido en clase. En cuanto el timbre marca el final de la jornada, camina fatigosamente hasta el despacho del director Arundhi para ver cómo les ha ido a los helechos durante las vacaciones. Dentro, coge la regadera de donde siempre.

—Feliz Año Nuevo, Edward —le dice el director.

—Feliz Año Nuevo. —Le cuesta hablar; las palabras son canicas que le bailan en la garganta. Se da cuenta de lo poco que ha hablado hoy.

—Quería preguntarte si te gustaría entrar en el club de matemáticas —le dice mientras estudia el tallo de un helecho araña.

Edward parpadea sorprendido.

—¿Yo? Pues... creo que nunca lo he pensado.

—Se te dan bien las matemáticas por naturaleza. ¿Vas a pensártelo?

—No, gracias.

—¿Qué tal el club de debate? ¿Te interesa algún deporte? De joven me gustaba la esgrima, aunque nunca he logrado suscitar suficiente interés como para crear un club de esgrima en el instituto. —Le languidece el bigote un momento, como si el vello recordase el fracaso.

Edward riega concentrado, trazando despacio un círculo siguiendo el borde de la maceta y otro más pequeño alrededor de la base del helecho.

—Verás, Edward, creo que te vendría bien unirte a un grupo. Ampliar tu círculo. Los seres humanos necesitan una comunidad para estar emocionalmente sanos. Necesitamos lazos, sentir que pertenecemos a algún sitio. No estamos hechos para crecer aislados.

—No estoy aislado, tengo a mis tíos y a Shay —contesta Edward.

—Yo estoy en el club de botánica. Nos reunimos dos veces al mes, nos ayudamos con las investigaciones, compartimos información y comemos unas galletas que están de muerte.

—Shay dice que puedo entrar en la universidad que quiera, siempre y cuando hable del accidente en el escrito de presentación. ¿Cree que es cierto? —dice Edward.

El director lo mira.

—¿Shay te ha dicho eso?

El joven asiente. El director se atusa el bigote.

—¿Y te parece mal?

—Por supuesto. No es justo, ya que no iría a la universidad por mis notas o por lo que me haya esforzado, sino por algo que me ocurrió.

—Algunos dirán que se trata de discriminación positiva. —Sonríe—. Edward, si te molesta tanto, te recomiendo que estudies más y saques mejores notas. Estoy al corriente de que no siempre traes los deberes hechos.

—No quiero entrar en un equipo.

El director lo mira.

—Entonces no lo hagas. A ver, cuando te propongo cosas así, no creas que lo hago pensando en tu currículo o en la profundidad de tu escrito de presentación. Digamos que, más o menos, lo hago pensando en mis helechos.

Edward se pregunta si no está procesando la información correctamente por la falta de sueño.

—¿Sus helechos?

—Bueno, cualquier ser vivo. Un helecho muere si no crece. Me gustaría... —Calla un momento, sopesando lo que dirá—. Me gustaría hacer todo lo posible para que sigas creciendo.

Edward advierte la bondad del hombre que ocupa ese despacho y, al mismo tiempo, piensa que su equipo, su comunidad, se encuentra en la carpeta del garaje. Su club son las ciento noventa y una personas que murieron en el accidente, los hombres y las mujeres que lo miran desde las fotografías y le preguntan algo para lo que no tiene respuesta: «¿Por qué sobreviviste y yo no?».

—Señor Arundhi, ¿puedo irme ya?

El director lo mira con tristeza. Edward reconoce esa tristeza profunda y un fragmento de su propia tristeza emerge a la superficie.

—Si te sientes inseguro, lee —le dice Arundhi. Habla deprisa, como si temiera que esta sea la última vez que puede decir lo que piensa—. Sé autodidacta, Edward. La educación me ha salvado siempre. Aprende acerca de los misterios.

El chico lo mira y le cree. Cree que la educación lo salvó, cree que en algún momento fue alguien que necesitaba que lo salvasen.

—Gracias, director —dice antes de marcharse.

Mientras vuelve a casa, Edward reconoce diferentes tipos de hojas en las matas de hierba. Las nubes cubren el cielo y sabe dónde termina un estrato y empieza otro. Agotado, distingue los límites que separan las cosas. El árbol torcido de la esquina de su casa consta de muchas partes: raíces, ramas, ramas diminutas y las arrugas de la corteza, todas diferentes. Piensa en la fachada del instituto (su corteza), tras la cual se encuentran todas las partes que forman el organismo. Sillas, taquillas, chicos que lloran si los insultan, profesores, conserjes, todo el ruido, la itinerante manada de seres humanos en desarrollo. Los compañeros que lo odian, los que se sienten peor que él a pesar de que su vida entera se haya desplomado del cielo. Edward advierte que no le molesta todo su odio. Quizá sea peor que tu padre esté en la cárcel, vivir en una ciudad de mayoría blanca cuando tienes la piel oscura o que te cueste una barbaridad hacer los deberes. ¿Qué sabe él de todo aquello?

No hay ningún coche en el camino de acceso. Lacey está en el hospital, John en el trabajo y Shay en su habitación, seguramente leyendo o haciendo los deberes. Edward decide ir al garaje, aunque sea de día. Pasará de los petates, tiene que abrirlos con Shay. «Puedo tumbarme en el suelo, nadie me verá», se dice. Desea tener cerca las fotografías. Pero tiene hambre, así que va a la casa para picar algo. Lacey y él se sobresaltan cuando entra ruidosamente en la cocina.

—¡Dios mío! —exclama su tía.

—El coche no está aparcado delante —se defiende Edward mientras asimila la imagen de su tía sentada a la mesa con la ropa del trabajo (unos pantalones de vestir y una chaqueta de punto de su madre), tomándose una cerveza de John, y eso que Lacey jamás bebe.

—Me ha acercado un colega. Estaba en una fiesta de jubilación de una compañera del trabajo y me he tomado unas cuantas copas de champán.

—Ah. —Edward permanece de pie sin saber qué hacer.

—Ven conmigo —le dice Lacey.

Él coge una manzana del frutero de la encimera y se sienta donde siempre, frente a ella. Da un mordisco a la manzana y mastica, más por hacer algo que por disfrutarla. Se quedan un momento en silencio, y Edward piensa que, antes, a esta hora volvía del colegio y encontraba a su tía en el sofá, esperándolo para pasar un buen rato viendo *Hospital General*. Era como si ambos hibernasen juntos durante todas aquellas horas, mirando aquellos dramas tan previsibles. Edward se pregunta si su tía echa de menos esos momentos; él a veces sí.

—¿Has dormido mejor esta noche?

—Sí.

—Me alegro. —Lacey habla más despacio de lo habitual y tiene el cuerpo más relajado—. ¿Te he contado alguna vez que, cuando tengo un recién nacido en brazos en el hospital, a veces me acuerdo de cuando eras un bebé? ¿Y cómo no acordarse, con lo mucho que llorabas? ¿Tus padres te hablaron de la época de los cólicos?

Edward da otro mordisco y asiente.

—Un día tu madre dejó a Jordan con tu padre y vino aquí. Esperaba que te tranquilizaras con el viaje en coche o el cambio de aires, pero no fue así. —Sonríe levemente—. Jane se tumbó en el sofá y se durmió mientras yo paseaba contigo por la casa. No parabas de gritar, pero me daba igual. Aunque llorabas, parecía que te encontrabas bien, como si te hubieran puesto en «modo ira» y tuvieras que gritar a pleno pulmón. Quien necesitaba ayuda era tu madre, y apenas pude prestársela. Más bien era ella la que siempre me ayudaba a mí.

Edward se imagina la situación. Una versión más joven y agotada de su madre durmiendo en el mismo sofá donde Edward ha pasado tantas horas abatido, mientras Lacey lo pasea en brazos. Su madre le habló varias veces de su época de cólicos, pero nunca comentó nada de aquel viaje a Nueva Jersey. Siempre que sacaba a colación los llantos del pequeño Edward era para volver a contarle el final feliz: despertar una mañana y encontrarse con Edward besuqueándole las mejillas.

—No sabía que me trajo aquí.

—Tiene gracia que, al final, Jane y yo hayamos acabado compartiendo ese bebé —dice Lacey, como si hablase consigo misma.

«Compartiendo.» Edward le encuentra un regusto amargo a esa palabra.

Lacey se frota los ojos como lo haría un niño muerto de sueño.

—La mujer que se ha jubilado ha sido administrativa en el hospital durante treinta años. Se irá con su marido a recorrer el mundo. Es un buen plan, ¿no crees?

Como parece necesario que responda algo, Edward asiente.

—Estaba pensando que la jubilación es un poco como ver morir a alguien a quien amas. Te obliga a plantearte cómo quieres pasar el resto de tu vida, a empezar de nuevo o a sentir que deberías hacerlo. —Lo mira, como si lo viera por primera vez—. Tu madre siempre quiso escribir el guion de una película. Hablaba de eso cuando se emborrachaba. ¿Lo sabías?

—En el avión estaba escribiendo un guion.

—No, no me refiero a eso. Lo que tú dices era un trabajo de reescritura. Lo detestaba. Ella tenía una idea, una idea que le encantaba. Se pasó varios años tomando notas sobre el asunto. Me daba envidia lo mucho que se preocupaba por ello. A veces pienso que, por Jane, debería escribir el guion de la película, pero luego me acuerdo de que lo mío no es la escritura.

Edward intenta fingir que empatiza con ella. No sabe qué decir. Por una parte, aborrece la conversación con su tía, por otra, las palabras de Lacey son como un vaso de agua fresca que sacia en él una sed de la que no era consciente. «Cuéntame más cosas de mi madre», piensa. Sabe que, si lo dice en voz alta, el momento pasará y no habrá más confesiones.

Lacey arranca la etiqueta del botellín de cerveza.

—Tendrías que ver a la mujer que acaba de jubilarse. Lo último que dirías es que va a dar la vuelta al mundo. Parece que nunca haya salido de este pueblo. —Bosteza—. ¿Sabes dónde está tu tío?

—¿Trabajando?

Lacey se encoge de hombros y aparta el botellín.

—Últimamente nunca sé en qué anda metido. Voy a echarme una siesta. ¿Me despertarás para la cena?

Edward asiente. Antes de salir de la cocina, su tía se inclina a besarle con dulzura la mejilla y le alborota el pelo. Se sorprende porque Lacey no suele besarlo, pero también porque el momento se escinde, como las nubes en el cielo y las briznas de hierba en el suelo. Ve y siente dos realidades separadas.

Lacey le ha besado la mejilla exactamente igual a como hacía su madre. Edward cree que lo ha hecho a propósito; no puede escribir la película de Jane, pero sabe besarlo como ella. También lo ha besado como habría besado al bebé que tanto deseaba. No se explica por qué, pero lo sabe. La palabra «amor» llega a su cerebro traída por una brisa desconocida y se va, como se ha ido su tía, dejándolo solo en la mesa de la cocina, con el corazón de la manzana en la mano.

A medianoche está sentado junto a Shay en el frío suelo del garaje con los petates. Los dos llevan abrigo y gorro, porque allí hace casi tanto frío como en la calle, aunque Edward no tiembla de frío, sino de emoción. Se miran. «Por fin estamos aquí.»

Como a Shay le gusta internet, ha estado investigando cómo funcionan los candados de combinación. Edward tiene un ordenador portátil para los trabajos de clase y un móvil que apenas usa. La señora Cox le envía mensajes de texto desde que uno de sus hijos le enseñó a hacerlo. Estando en clase de mates le vibra el móvil: «Tienes que visitar Europa antes de cumplir veinte años, mientras tu mente sea aún maleable». El sábado por la tarde: «Te recomiendo que hagas una lista de los libros que lees y que tomes apuntes de las lecturas. Yo me olvido de todo lo que no anoto, así que para mí es importante escribir». También le envió un mensaje el día de su cumpleaños. Decía que le regalaba varios bonos del Estado.

Edward nunca entra en Google para ver qué hay sobre el vuelo, sobre él o su familia. Solo lo usa si necesita buscar algo para el instituto. Shay bromea diciéndole que parece un viejo en cuestiones tecnológicas, pero obviamente entiende a su amigo. Ella es la encargada de buscar información cuando hace falta, como ahora. Lo que ha encontrado en internet es que los candados son viejos y baratos, de modo que, si no recuerdan la contraseña, lo mejor es romperlos.

—Si rompemos el candado, John se enterará —dice Shay—. Esta mañana me he acordado de que tenía un libro que enseña a abrir cerraduras. Lo he encontrado en el fondo de la cómoda. —Coge la mochila—. No creo que nos sirva para abrir un candado como este. ¿Por qué tenía John que usar unos tan baratos?

—¿Por qué tienes un libro que enseña a abrir cerraduras?

—Ah, pues mira, cuando planeaba irme de casa, pensé que sería una buena idea allanar viviendas y meterme en algún armario a dormir mientras cruzaba el país. Así, cuando lo necesitase, tendría un refugio para descansar.

A Edward le gusta imaginar a una Shay pequeña y decidida con un libro sobre cerraduras bajo el brazo.

—Pero ¿adónde querías ir?

Shay se encoge de hombros.

—Ni idea. Ya te dije que en el fondo era consciente de que jamás me escaparía.

Edward sabe que no miente. La versión más joven de Shay planeaba encontrar a su padre en el Oeste. Se pregunta si su intención era reconciliarse con él o echarle la bronca, y llega a la conclusión de que seguramente pretendía ambas cosas.

Ilumina la bolsa de lona que tiene más cerca. La cerradura consiste en una hilera de cuatro diales. La combinación correcta abrirá el candado.

Shay hojea el libro que tiene en el regazo.

—Creo que solo tenemos que probar con todas las combinaciones posibles.

Edward la mira.

—Hay diez mil combinaciones posibles.

—Pues deberías ponerte a ello. Si lo hago yo, me frustraré.

Edward se inclina y hace girar un dial. Tiene que darle un par de vueltas para hacerse una idea de la tracción entre los números y la rueda de debajo. Está buscando la resistencia reveladora del dígito correcto.

—Ojalá John hubiese puesto una alfombra. Puede que tardemos un buen rato y tengo el culo helado —se queja Shay.

A Edward se le ocurre una idea.

—Espera un momento. —Observa detenidamente el candado. Ha sido su tío quien ha elegido la combinación, de modo que no es aleatoria—. Tengo una idea. —Hace girar los cuatro diales hasta que se lee la combinación 2977.

Se oye un chasquido y el candado se abre y cae en la mano de Edward.

—Lo has conseguido... —murmura Shay. Abre por completo la cremallera. Los segundos parecen minutos mientras Edward observa. Es consciente de que en parte no quiere abrir los petates. Quiere que se queden en un rincón: un misterio que atrae a Shay, pero un misterio sin resolver. «Me pregunto», en lugar de «lo sé».

—Está lleno de papeles —dice Shay.

Dentro hay un montón de sobres. Shay coge uno y Edward lee el nombre escrito a mano encima de la dirección: «Edward Adler».

El sobre está cerrado. La dirección no le suena: es un apartado de correos. Se le acelera el corazón. ¿Quién le ha escrito? Shay saca otra carta de la bolsa. Comparte con la anterior el destinatario y la dirección.

Edward se pone al lado de Shay y abre la bolsa para leer varias direcciones a la vez. La caligrafía cambia, así como el color de los sobres y de la tinta. Ninguna carta es igual. Saca una al azar y ve que el matasellos es de hace dos años.

—Todos te escribían a ti —susurra Shay.

Un mar de sobres, todos distintos, todos con el mismo nombre.

La adrenalina pone a toda máquina el cerebro de Edward. Pierde el control de sus pensamientos, que se disparan. Se da cuenta de algo y lo dice en voz alta al mismo tiempo que lo piensa.

—Aquí nunca llega correo, nunca he visto a ningún cartero. Daba por hecho que Lacey iba a recogerlo mientras yo estaba en clase. Sin embargo, todas las cartas debían de llegar al apartado de correos.

Se da cuenta de que Shay piensa: «¿Por qué?».

—Porque se enfadaron mucho por lo de la carpeta. Tuvieron una buena pelea. Y por esto, sea lo que sea. —Señala los sobres, los sellos, las fechas impresas—. Supongo que la otra bolsa contendrá lo mismo, ¿no?

—¿Quieres que abra una?

—No.

A la luz tenue, Shay estudia la cara de su amigo.

«Sé que lo imposible puede ocurrir. Lo he visto, he estado allí», piensa él.

—¿Qué? —susurra Shay.

Edward también habla en susurros, como si trataran de comunicarse por debajo de una conversación más ruidosa, como si para hablar necesitaran un nuevo registro.

—¿Y si las cartas fuesen de mi familia y de todos los que murieron en el avión?

Shay se sobresalta.

—¿Quieres decir que las escribieron sus fantasmas?

—Las cosas no tienen por qué ser siempre lógicas, ¿no crees? Quizá, si no temes las cosas ilógicas, logras ver más allá, ¿no te parece?

Sabe cómo se siente Shay, siempre lo sabe. Ahora está triste y preocupada. Sabe que él quiere que las cartas sean de sus padres y Jordan. Ella también, pero no ha visto lo imposible con sus propios ojos. No estaba dentro del avión cuando se desplomó del cielo. Ella vio el resultado por la televisión, sentada en el sofá al lado de su madre.

—Creo que a veces las cosas no tienen sentido. —Lo dice tan bajito que las palabras se unen al polvo de los estantes que los rodean.

Edward asiente.

—Abre una.

13.40

Un avión nunca está en completo silencio. Los motores zumban y el aire que sale por los respiraderos del techo silba. De vez en cuando alguien tose. Se oyen conversaciones en voz baja, el agudo chirrido de la rueda estropeada del carrito de las bebidas, la puerta del baño cerrándose, un bebé o un niño pequeño contribuye de vez en cuando al ruido protestando con toda la razón del mundo. El cinturón de seguridad y la falta de espacio dicen: «No te muevas». El aire dice: «Escucha». Es el momento del vuelo en el que más pasajeros duermen. Algunos se cubren con la chaqueta o con una manta, como tortugas escondidas en el caparazón. Otros alardean de su vulnerabilidad: duermen con la cabeza inclinada hacia atrás y la boca entreabierta, algunos incluso con un brazo colgando en el pasillo, como esperando a que un desconocido estire el suyo y les coja la mano.

Veronica se contonea por el pasillo de primera clase.

—¿Le apetece algo de beber? —va susurrando para no despertar a los que duermen. Mira a los ojos de todos los despiertos, porque el contacto visual es un ingrediente crucial para que los pasajeros de primera se sientan especiales y que ha valido la pena el dinero gastado.

Sin embargo, cuando le llega el turno a Mark apenas lo mira. La mujer de al lado le pide una botella de agua.

—Por supuesto.

Se vuelve para ver si el anciano o la enfermera quieren algo. Desde el primer instante el ambiente de esta fila la ha resultado repelente. Está claro que el tipo es uno de esos tipos ricos que creen que todo el mundo debe servirlos. Hace un rato Veronica ha visto a su enfermera llorando mientras él estaba en el baño y le ha dado una bolsita extra de frutos secos.

En muchas ocasiones han tratado a Veronica como una ciudadana de segunda, así que entiende el mal sabor de boca que dejan situaciones así. Sabe que unos frutos secos no van a solucionar nada, pero espera que el gesto le recuerde que no está sola. Ha perdido la cuenta de las veces que la han pellizcado y le han palmeado el culo, de las veces que algún hombre le ha dicho que sonriera, como si el estado facial o anímico de Veronica fuese de su incumbencia. En varias ocasiones se ha cruzado por el pasillo con algún tipo que se le ha echado encima descaradamente, pasándole el pene erecto por la cadera. A menudo la llaman «reina», «guapa» y «nena». Le pagan lo mismo que a Luis cuando ella es la sobrecargo y él solo lleva seis meses volando. Hombres que nadaban en cócteles de vodka y tónica la han mirado con lascivia y algunos han criticado su trabajo, impecable, como simple pasatiempo.

Por supuesto, sabe qué hacer en estos casos. Puede que su mejor regalo sea no permitir que la subestimen y deslumbrarlos con su carisma. Le dan pena las mujeres que no saben defenderse, y la enfermera es claramente una de esas.

Veronica se arregla la falda mientras vuelve a la cocina del avión. Está un poco descentrada, no es propio de ella recrearse en los aspectos negativos de su trabajo. Tiene que serenarse. Pero cuando cierra los ojos para centrarse ve los de Mark. Tienen el brillo del terciopelo azul oscuro, lleno de matices. Se ha sobresaltado en el baño cuando se los ha visto. Esa belleza inesperada la ha conmovido. Pensaba que le estaba ofreciendo su belleza; no había previsto recibir la de él a cambio.

Crispin siente algo que no llega a identificar, algo que no siente desde hace décadas, quizá desde la infancia. Es una impresión que titila como una vela iluminando las paredes. La luz viaja por los pasillos oscuros y tortuosos de sus adentros.

Fue el mediano de trece hermanos y se crio en una pequeña casa de Maine. Una casita en la que no había pasillo. Dabas dos pasos y llegabas a la cocina; dos más y estabas en el baño; dos más y entrabas en el salón. Crispin y sus cinco hermanos varones dormían en una habitación pequeña. El mayor era muy religioso, un abusón que solía tumbar en el suelo a Crispin para sentarse encima de él y leerle la Biblia. Con la mejilla contra el suelo áspero, él murmuraba palabrotas con el volumen ideal: ni muy alto, para que su madre no se enterase, ni muy bajo, para que su hermano lo oyera y montara en cólera. En los extraños momentos en los que se acordaba de su juventud, le venía aquel recuerdo. Inmovilizado en el suelo de madera, despotricando mientras su hermano predicaba iracundo.

¿Dónde están esos pasillos? Son ásperos, polvorientos y pertenecen a una casa peor que cualquiera de las que ha tenido siendo adulto. Siempre ha contratado decoradores y se ha casado con mujeres de gusto refinado. Nunca ha sido capaz de crear algo bonito, pero sabe reconocer la belleza cuando la ve. Sus pasillos han estado siempre revestidos de suntuoso papel pintado y bien iluminados con apliques y lámparas de araña elegantes.

La luz de las velas y el áspero interior lo remiten a su infancia en Maine, antes de que la familia tuviera televisor, cuando todos se sentaban cada tarde alrededor de la radio a escuchar las noticias y al humorista Jack Benny. Crispin era el que más se arrimaba siempre a la radio; la suave voz que vibraba por el altavoz era la única pista de cómo era la vida fuera de aquella ciudad, de aquel barrio, de aquel estado nevado. Él quería abandonar todo aquello. Había querido abandonarlo desde el momento en el que fue capaz de enhebrar tres palabras. La mayoría de sus hermanos y hermanas acabaron casándose con la pareja del instituto y trabajaron en la fábrica cercana; el que se le sentaba encima fundó una empresa de paisajismo. Sin embargo, Crispin se dio cuenta de la trampa. Buscó, pidió y le concedieron una beca para un internado. Se fue de casa a los catorce años y jamás volvió.

La luz tiembla, tal vez porque quien la sostiene está cansado. Camina despacio, ya no hay prisa. Una sensación atenazadora devuelve a Crispin al suelo; el peso de su hermano lo aplasta.

Florida examina los asientos de alrededor. Los pasajeros se recuestan y se duermen. El avión zumba en una frecuencia más profunda, como si también hubiese entrado en fase REM. Nota cómo se expande en el silencio. Su atención se dispersa y se permite centrarse en lo que piensa, en lo que siente. Se pregunta si Bobby ya se habrá enterado de que no solo ha ido a la celebración de Nueva York. En el aeropuerto ha tirado el teléfono a un cubo de basura. No le tiene miedo a Bobby, pero es un hombre tremendamente intenso y Florida prefiere irse sin dejar rastro. Se había casado con un hombre atractivo y con potencial, que la hacía gritar de placer en la cama, pero había acabado conviviendo con un desconocido, con una persona imprevisible. Su propia falta de juicio es lo que más la perturba.

Al fin y al cabo, la que lo había estropeado todo había sido ella, no él. La entristece que su dilatada experiencia, también con los hombres, no la haya hecho más sabia. Durante mucho tiempo sostuvo la teoría de que mejoraba con cada reencarnación. Seguía siendo humana, imperfecta pero más evolucionada. Sabía qué era lo importante. Entendía cada vez con mayor claridad que lo principal era el amor. Sin embargo, en esta vida es precisamente el amor lo que ha malinterpretado, en lo que se ha equivocado y lo que ha perdido. Florida mira a sus compañeras de asiento, que duermen: la mujer de los zapatos caros y la bufanda azul, y Linda, con la cara tapada por la melena rubia y la boca entreabierta. Parece una niña, una niña que va a tener un hijo.

Florida se imagina patinando por el sinuoso paseo marítimo. No tiene ningún plan de futuro, pero tampoco carece de recursos. Puede unirse a un grupo de música. Tocar con otras personas siempre la ha nutrido espiritualmente, y eso es algo que necesita. Podría leer el Tarot. Pese a no ser una gran pitonisa no se le da mal, y los clientes siempre salen satisfechos. Presta atención a la persona que se sienta frente a ella, y que te presten atención no es nada común. La mira a los ojos y encuentra en ella la bondad inherente a todo ser humano. A veces esa bondad es un guijarro, a veces un castillo de fuegos artificiales.

Más intangible, y sin embargo la base de su plan californiano, es el hecho de amar. No a los hombres en concreto. No volverá a casarse. Se niega a discutir, a soportar silencios malhumorados o a comer brócoli porque a él le gusta el brócoli y quiere que a ella también. Simplemente amará a todos los que se crucen en su camino, empezando por la chica de al lado. Será una madre para Linda, que necesita una, y una abuela para su bebé.

Cuando le ha dicho que su novio es científico y estudia las ballenas, Florida ha entrevisto fugazmente su propio futuro. Casi siempre se mueve por el pasado pero, muy de vez en cuando, tiene una visión que se extiende hacia la tierra que todavía no ha pisado, como los cables de acero de un puente colgante. Se imagina con Linda y Gary en un barco, en alta mar, con viento racheado. El horizonte bajo y las crestas blancas de las olas los rodean. Ataviados con chubasquero amarillo y gorro de pescador, están de pie, hombro con hombro, apoyados en la barandilla, mirando lo mismo. Cuarenta y cinco metros los separan de la ballena. La criatura sale a la superficie, rocía el cielo con agua y se sumerge de nuevo. Los tres observan maravillados el punto en el que ha desaparecido. Esperan, no les importa esperar. Poco después, el animal, de un tamaño y una belleza increíbles, los recompensa con un salto.

Enero de 2016

Cuando rasgan el sobre, el ruido rompe violentamente el silencio del garaje.

Shay desdobla con cuidado la hoja que contiene, de papel blanco y grueso.

Querido Edward:

Espero que estés bien, que te estés recuperando.

Está claro que Dios te ha bendecido con tu vida.

Mi hija Nancy viajaba contigo. Era nuestra única hija, y su muerte nos ha destrozado a su padre y a mí. Ya era mayor, tenía cuarenta y tres años, pero en mi corazón seguía siendo mi bebé, mi niña pelirroja.

Era médico, muy competente en su profesión, pero su afición era la fotografía. Quisiera pedirte una cosa: que hagas fotos por ella. Le sacaba fotos a todo: a los enfermeros, a su gato Beezus (que ahora vive con nosotros y comparte nuestra desolación), a los edificios, a la naturaleza, a todo. Era su pasión.

Me sentiría mejor si supiera que sacarás fotos por ella, que la cámara no ha dejado de funcionar sino que solo ha cambiado de manos. Espero no estar pidiéndote demasiado, aunque yo diría que hoy en día todos sacamos fotos de vez cuando, ¿no? Solo te pido que lo hagas intencionadamente.

Te deseo lo mejor, Edward. Gracias.

Atentamente,

JEANETTE LOUIS

Shay alza la cabeza, con los ojos como platos.

—Es la de la carpeta.

«Destrozados», piensa Edward.

—¿Abro otra? —susurra Shay.

El papel de esta es gris. La ha escrito el marido de una mujer del vuelo. Tras su muerte, se ha quedado solo con los tres hijos del matrimonio. Le pide a Edward que, por favor, mande una carta a cada uno de sus hijos diciéndoles que conoció a su madre en el avión. «Seguramente no os conocisteis, ¿quién se dedica a conocer a otros pasajeros durante un vuelo? Pero mis hijos no lo saben, así que te creerán. Por favor, diles que te dijo que los quería mucho y que sabía que estarían bien. En la carta para Charlie, pon que su madre quería que siguiese leyendo. Dile a la pequeña que no pierda su dulzura y a Connor que deseaba que siguiera en el concurso de ciencias.» Shay sostiene la fotografía adjunta, de tres niños negros de pie, ordenados por estatura. Los dos mayores llevan un suéter a rayas y la más pequeña un vestido, también a rayas. Los tres sonríen.

—*Mierda* —exclama Shay.

Edward se lleva las manos a la cabeza con los dedos separados, como si sostuviera un balón. Le late.

—Unas cuantas más y lo dejamos por hoy —dice Shay. Edward sabe que su amiga tiene la esperanza de que si siguen leyendo encontrarán una mejor, signifique lo que signifique eso.

La siguiente carta es de una madre cuya hija murió en el accidente. La hija soñaba con visitar la Gran Muralla para honrar a sus antepasados chinos. «Edward, por favor, encuentra fuerzas para cumplir el sueño de mi hija.»

Resulta que en casi todas las cartas le piden que haga algo. En la siguiente, que escriba una novela. En otra le imploran que se mude a Londres, a ser posible a un apartamento con vistas al parque de Saint James. Una madre cuyo hijo aspiraba a ser monologuista quiere que Edward abra un club de la comedia en su pequeño pueblo de Wisconsin y que le ponga el nombre del difunto.

Edward supone que, como Shay, también él tiene la aflicción pintada en la cara. «¿Podremos soportar esto?», piensa.

—¿Cuántas cartas crees que hay? —Preguntarlo le ha costado un verdadero esfuerzo.

—Suponiendo que la otra bolsa esté tan llena como esta, centenares. —Shay sigue con la fotografía de los tres niños vestidos a juego en la mano—. ¿Por qué no te escribían por correo electrónico? ¿Por qué te enviaban cartas?

—Porque John me abrió una cuenta de correo electrónico rarísima, llena de números y guiones, para que ningún desconocido se pusiera en contacto conmigo a través de ella.

—¿Quieres contarles a tus tíos que las hemos encontrado?

Edward se aprieta más la cabeza.

—¿Crees que todas son así? —le pregunta.

«Cómprate una cámara. Escribe a los niños que se han quedado sin madre. Ve a China, Inglaterra, Wisconsin.»

—Espero que no —dice Shay en la oscuridad.

Cuando Edward vuelve al sótano son las tres de la madrugada. Mecánicamente se lava los dientes, apaga las luces y se cubre con las mantas. Cierra los ojos por rutina y porque cree que debe hacerlo. No espera poder conciliar el sueño; hace días que perdió esa esperanza. Pero en cuanto cierra los ojos, nota que algo ha cambiado. La oscuridad de su interior ha adquirido un nuevo matiz, cierta riqueza. Es resbaladiza como el terciopelo. Edward apenas puede mantenerse despierto, se desliza hacia el sueño como un niño cuesta abajo en un trineo. No tenía esta sensación desde que su familia murió. Se siente profundamente aliviado. Piensa vagamente: «Las cartas». Tienen que haber sido las cartas, porque por lo demás no ha habido ningún otro cambio. No tiene lógica, pero está tan cansado que le da igual. Siente tanto alivio que le da igual. Duerme y, a medida que cae en la inconsciencia, nota que cada fibra de su ser lo celebra.

Los sueños de esta noche parecen reales. Escala una montaña que se alza en el otro extremo del planeta y, una vez en la cima, habla por Skype con los familiares de una víctima. Después trata de no resbalar de una roca cubierta de musgo mientras lanza las cenizas de un desconocido en un río de Oregón. Cruza a nado una piscina olímpica intentando batir una marca. Son varias las veces que suda entre las sábanas. Se ve de rodillas, rezando, algo que jamás ha hecho.

Al día siguiente deambula de clase en clase, sin prestar atención a lo que le dicen. Más de una vez Shay tiene que cogerlo por el codo y redirigirlo. No opone resistencia alguna, pero piensa: «Da igual si voy a clase de inglés o de ciencias sociales».

Esa noche, quince minutos después de que se hayan apagado todas las luces de los dormitorios, cruzan el césped para ir al garaje.

Una vez dentro, Edward abre el candado del petate.

—Creo que deberíamos establecer ciertas normas —le propone Shay.

—¿Qué normas?

—Leer solo diez cartas por noche, tal vez, o durante solo una hora, o algo así. Son... intensas. Y deberíamos quedarnos las que hayamos leído. No podemos sacar de aquí las bolsas, claro, pero puedo rellenarlas para que no se note si nos llevamos unas cuantas cartas. Me gustaría llevar un registro; así podremos responderlas si decidimos hacerlo.

—¿No crees que John se dará cuenta?

—Nunca ha abierto estas cartas. Algo me dice que quería dejarlas aquí para siempre, o quizá dártelas cuando seas mayor.

Edward ya no la escucha. Con el brazo metido en el petate, coge un sobre y lo saca.

Querido Edward:

Hoy ha salido el sol a las cuatro y cincuenta y cinco minutos de la mañana. Llevo una semana sin ver a Linda ni a Betsy. Ya ha pasado más de un año desde la última vez que se avistó una cría de ballena azul. Cabe la posibilidad de que mi colega y yo estemos siguiendo las últimas ballenas azules del planeta. Eso da que pensar. Quizá sea la razón por la que no desembarqué tras el último viaje. Debería descansar, pasarle mis notas a otro científico y dedicarme a ver películas y comer hamburguesas. Pero no quería. Si te soy sincero, me preocupa que estas chicas vayan a desaparecer definitivamente si les quito los ojos de encima. Ya sé que es una estupidez. Sin embargo, desde que Linda murió he abandonado completamente mi vida en tierra firme, por lo que, posiblemente, el único sitio donde sirvo para algo es en el mar.

En fin, Edward, espero que estés bien. Agradezco tener a alguien a quien mandar cartas. Te deseo lo mejor, de corazón.

GARY

—Eh, esta es bonita —comenta Shay con evidente alivio—. Un saludo, Gary.

—Un saludo, Gary —repite Edward.

En la siguiente carta le piden que vaya a Alabama para abrazar a una mujer postrada en cama, madre de un hombre que viajaba en el avión siniestrado. Edward se imagina inclinándose hacia la cama de una desconocida frágil y moribunda para abrazarla. Cuando termina de leerla, se la pasa a Shay, que toma notas en una libreta de todas las peticiones para recopilarlas en una base de datos.

En las dos siguientes le piden que siga la vocación del difunto: que se haga enfermero y después violinista. Una mujer le pide que rece por su marido antes de acostarse todas las noches. Le ha enviado unos salmos escritos a mano y Edward supone que también debería leerlos antes de dormir.

—No puedes hacer tantas cosas —dice Shay.

—A lo mejor sí, ¿no? —En cuanto llega a la mitad de las cartas, piensa: «Tengo que hacerlo. Tengo que tocar el violín. Tengo que sonreír más. Tengo que aprender a pescar». Termina de leerlas con la sensación de que ya les ha fallado.

Querido Edward:

Mi madre te conoció hace poco en Washington. Me consta que os acercó a tu tío y a ti al coche. Quería que alguno de mis hermanos o yo mismo asistiéramos con ella a la audiencia, pero todos le dijimos que estábamos ocupados. Creo que estamos programados para decirle que no a lo que sea que nos pida, como castigo por los crímenes que cometió durante nuestra niñez, según nuestra opinión.

Mi hermano menor está en rehabilitación, así que la suya era una excusa con todas las de la ley. En mi caso estaba leyendo a William Blake. Torturo a mi madre obligándola a costear mi segundo doctorado en poesía. Le digo que la culpa es suya, porque siempre ha insistido en lo importantes que son las artes, a pesar de que ella las enfoca como un pasatiempo de ricos y no como el objeto de la vocación de sus propios hijos.

Cuando leo poesía, me olvido de mis padres, y eso es lo que pretendía la tarde en que se celebró la audiencia. Intento olvidarme del accidente y de que me engendraron dos seres humanos miserables. Pero me reconcome la idea de que debería haber estado en ese coche contigo, porque debería haber acompañado a mi anciana madre. Además, soy consciente de que eres la última persona que vio a mi padre con vida, suponiendo que pasaras junto a su asiento o lo vieras en la silla de ruedas en el aeropuerto. La idea de compartir tu presencia es poética.

Seguramente te preguntarás por qué te he mandado esta carta. Desde que mi padre murió, me obligo a escribir algo todos los días. Quiero hacer cosas, no solo estudiarlas. Lo ideal es que escriba un poema, pero si tengo un mal día, escribo cartas. Y hoy te he escrito para conectar los puntos de vida existentes entre mis padres, tú y yo.

Cordialmente,

HARRISON COX

—¿Le vas a decir a la señora Cox que su hijo te escribió? —pregunta Shay después de leerla.

Edward niega con la cabeza. Esta carta pertenece a una categoría diferente, a una que comparte con la secretaria de la escuela que le contó que de niña daba de comer a los caimanes o con el compañero del laboratorio de ciencias que le dijo que de mayor quería ser cantante de ópera. Son secretos, confesiones y, por tanto, sagrados. Se los guarda para sí.

Edward está mirando el contenido del petate con cara de sueño. Shay lo interrumpe.

—Para. Tenemos que dejarlo ya. Hemos leído más de diez cartas.

Cuando la ayuda a levantarse, Edward nota que su amiga tiene las yemas de los dedos manchadas de tinta. Se siente más viejo o más pesado que cuando ha entrado en el garaje. Shay también está cambiada, aunque él no sabe definir en qué. Salen a la oscuridad de la noche llevando consigo todas las palabras que han leído.

—No esperaba que aguantaras tanto —le dice la señora Tuhane al reflejo de Edward en el espejo.

El chico acaba de sentarse en el banco para hacer pesas. Lo sorprende el comentario, porque esta es la primera vez que la entrenadora no le da una orden. Le gustaría que Shay estuviera aquí para hacer de intérprete, porque quiere contestar correctamente, pero no tiene ni idea de a qué se refiere.

—¿Cómo dice?

—Creía que te rendirías, que irías a quejarte a dirección de que esto es demasiado duro. Que a las dos semanas de empezar cambiarías la sala de pesas por la biblioteca. Estaba segura de que pasaría eso.

Edward cabecea, todavía confundido.

—Pero ¿no es obligatorio?

La señora Tuhane desliza una pesa pequeña en cada extremo de la barra que Edward está a punto de levantar.

—Chico, te estoy felicitando. Llevas unos cuantos meses aquí. Eres más duro de lo que creía, y te estás poniendo fuerte.

Edward observa su cuerpo delgaducho en el espejo.

La profesora le lee el pensamiento y frunce el ceño.

—No importa que no se te vean los músculos, eso es completamente irrelevante. Estás más centrado y levantas cuarenta y cinco kilos, así que, objetivamente, eres más fuerte. Y ahora deja de perder el tiempo.

Edward se tumba en el banco y agarra la barra. Antes de ir a clase ha leído unas cuantas cartas que se llevó del sótano, entre ellas la de una anciana de Detroit que le explicaba que uno de sus veintisiete nietos, que siempre había sido su favorito, había fallecido en el accidente. Se preguntaba si todos los pasajeros del avión eran demasiado buenos, en el aspecto que fuese, para este mundo. ¿Qué opinaba él de esa teoría?

—Arriba.

Edward obedece a la profesora.

Otra la había escrito una mujer que aseguraba haberle besado la mejilla delante del edificio de la audiencia de la NTSB, en Washington, pero Edward no recordaba que nadie le hubiese dado ningún beso. En otra, una madre se arrepentía de lo crítica que había sido con su hija: «Le dije que si no dejaba de comer carbohidratos tendría el pelo feo. ¿Por qué me importaba su aspecto? Eso pienso ahora».

En unas cuantas cartas le hacían comentarios que, desde su punto de vista, estaban de más.

«Por favor, disfruta cada instante de tu vida. No desperdicies el regalo que te ha sido concedido.»

«Asegúrate de hacer algo útil.»

«Vive cada día honrando a quienes murieron.»

La que le dicen cómo tiene que vivir son las que menos le gustan.

—Además, a tu edad el metabolismo es como un horno a tope. Si sigues entrenando con la misma regularidad, habrás ganado diez kilos de músculo cuando llegues al último año de instituto. Ahora baja, despacito —le dice la señora Tuhane.

Edward baja la barra hasta el pecho. Se imagina dentro de tres años, con el pecho más ancho y los brazos y las piernas más fuertes. Piensa en las cartas sin abrir que hay dentro de los petates, todas con su nombre, y sigue subiendo y bajando la barra hasta que le duele todo el cuerpo.

Mientras cenan, Edward se fija en que sus tíos no tienen ganas de hablar. No sabe dónde guarda Lacey las pastillas para dormir, pero le gustaría encontrar el frasco y vaciarlo en el retrete. «Si quieres dormir, gánatelo», tiene ganas de decirle. Es consciente, por otra parte, de que él no se lo ha ganado; las cartas le han hecho el regalo del sueño.

Su alianza tácita es con John. Su tío parece distraído y en dos ocasiones echa un vistazo al móvil estando sentado a la mesa, cosa que Lacey detesta. Su tía mira a Edward mientras les explica a ambos que se le ha hecho larga la jornada, en otras palabras, que se ha pasado una hora de más meciendo bebés.

—¿Alguna vez has olido a un recién nacido? —le pregunta.

—Creo que no.

—Un día tienes que venir al hospital y oler a uno. No hay palabras para describirlo, es maravilloso.

«Aún me quedan muchas cartas por leer», piensa, e imperceptiblemente se inclina hacia John. Si Lacey es fuerte envuelta en el manto de la valentía de su madre, ¿dónde deja eso a su marido y su sobrino?

—Lo del olor de los recién nacidos es muy cierto —dice John, demasiado tarde.

Ambos lo miran y una expresión de alarma cruza el rostro de John. Edward, sensible a los momentos en los que reinan el anhelo y la confusión, sabe exactamente qué experimenta cada uno de los tres en ese preciso momento. Lacey mira a su marido como si la hubiese golpeado sin querer, como si hubiera dicho lo que se moría de ganas por escuchar hace años, cuando tener en brazos a un bebé suyo era lo que más deseaba en el mundo, pero ahora que ya no lo necesita, lo considera una traición. John, perdido y aterrado, los mira pensando: «Dios, ¿he metido la pata hasta el fondo?». Y Edward, obsesionado por las cartas del garaje, es decir, absorto en un mundo de preguntas y de un acuciante deseo de respuestas, siente cada átomo de la vulnerabilidad que comparten y se pregunta si alguno de los tres llegará a estar bien algún día.

Cuando Edward sale de casa después de cenar, se encuentra con Besa esperándolo en el camino de acceso al garaje.

—Ah, hola —la saluda.

—Me gustaría saber en qué andáis metidos mi hija y tú.

Aunque hace frío, ninguno de los dos lleva abrigo.

—Últimamente nos ponen muchos deberes —dice, y lo recorre un escalofrío.

—*Mi amor*, no insultes mi inteligencia.

Besa siempre lo ha llamado así, pero a Edward le parece que desde hace un año se muestra menos cariñosa con él. Además, ya es bastante más alto que ella y es evidente que a la mujer la fastidia un poco tener que alzar la cabeza para mirarlo. En una ocasión, Shay le dijo que a su madre le encantan los niños pero que desconfía de los hombres, y él se da perfecta cuenta, no sin incomodidad, de que tiene aspecto de hombre joven.

Intenta parecer digno de confianza.

—Deberías preguntárselo a Shay, Besa.

Ella lo mira con el ceño fruncido.

—Sabes que lo he hecho. ¿Crees que te lo habría preguntado a ti primero?

Edward suspira. Mentirle a Besa es impensable. Toda su cara exige la verdad. Se inventa algo que en parte es cierto.

—Estamos trabajando en un proyecto, intentamos ayudar a la gente.

Ella lo fulmina con la mirada, de una manera tan parecida a Shay que le hace gracia.

—¿En plena noche? ¿Te crees que no os oigo correteando por ahí?

—Es que..., bueno, el proyecto...

Besa lo interrumpe.

—¿Os estáis acostando?

Por lo visto la cara que pone Edward es suficientemente elocuente, porque Besa se relaja enseguida. Se inclina hacia él y le acaricia la mejilla.

—*Pobrecito*, lo siento, no pretendía provocarte un infarto. Tengo mis miedos, pero ya veo que estaba equivocada.

Edward es incapaz de decir nada. La cara le arde. Besa se ríe y lo coge del brazo, guiándolo hacia su casa.

—Me alegro de que trabajéis en un proyecto. Doy por hecho que es para el instituto, ¿no? Shay necesita mantener la media alta para que le den la beca. Un proyecto para subir nota sería estupendo. A Shay no le diremos nada de esto, ¿vale?

—De acuerdo —consigue responderle.

Besa lo hace entrar en su casa.

Edward se queda unos minutos al pie de las escaleras para que el corazón se le normalice y el rubor le desaparezca antes de entrar en la habitación de Shay. Cuando lo hace, lo alivia que ella esté sentada al escritorio, de espaldas a él.

—Estoy terminando una —le dice sin volverse.

Edward se sienta en la cama y espera. Shay le pasa un sobre grande.

—¿Estás bien? Parece que el sol te ha quemado —le dice su amiga.

—Estoy bien, ¿cuántas respuestas tienes?

—Hoy solo una.

«Hemos de contestar las cartas que sean de niños pequeños o que hablen de ellos», le dijo Shay a la mañana siguiente del día en el que abrieron la primera bolsa de lona. Decidieron que ella escribiría las respuestas en el ordenador y que Edward las firmaría. Shay empezó con la primera que leyeron, la del padre que le pedía a Edward que escribiera una carta distinta para cada uno de sus tres hijos. Shay estuvo varios días escribiendo y reescribiendo aquellas cartas. «No puedo cometer ni un solo error. Esto es importante, tengo que acertar con lo que digo», le decía.

Edward saca la carta recién redactada del sobre y la ojea. Shay le ha escrito a una monja de Carolina del Sur que aseguraba que la belleza de la salvación de Edward la había disuadido de dejar la Iglesia.

—Sé que no es la carta de un niño, pero me ha parecido una monja encantadora, y es muy vieja, ¿te parece bien que le respondamos? —dice Shay.

—Tú decides a quién contestamos y a quién no.

—La monja vio tus fotos del hospital, se fijó en tu pelo, y tuvo la certeza de que Dios te había salvado.

—¿Mi pelo?

—Al parecer, Jesús lo tenía moreno y brillante, como si estuviera húmedo, como si se lo hubiesen ungido, y el tuyo tenía el mismo aspecto.

—¿Tenía el pelo húmedo? Qué asco.

—Cree que Dios te lo ungió, y que, por lo tanto, te salvó la vida.

A Edward le dan ganas de reír, pero no tiene fuerzas para subir la risa por la garganta y soltarla.

—Mañana me saltaré las clases. Lacey estará todo el día en el hospital porque tiene formación para no sé qué, y quiero leer las cartas que quedan. Tengo continuamente la sensación de no poder respirar.

—Vale, yo también me las saltaré.

Edward ya contaba con ello y tiene preparada la respuesta.

—Si faltamos los dos se notará mucho y podrían pillarnos. Yo casi no tengo faltas, así que si no voy al instituto ni se enterarán. Además, tienes que mantener la media. —Se sonroja al decirlo, recordando de qué lo ha acusado Besa antes.

A Shay se le marca más el hoyuelo y eso no es buen síntoma. La irrita que Edward haya planeado esa pequeña aventura sin contar con ella.

Se miran fijamente. Edward no tiene elección. A estas alturas del partido no tiene nada en contra del instituto, pero es una pérdida de tiempo. Un tiempo que podría dedicar a leer las cartas. Cada una es como la página de un libro que no entenderá del todo hasta haberlo terminado. Nunca había sentido una necesidad tan acuciante como la que tiene de leer todas y cada una de esas palabras. Siente que la importancia que les da lo va cambiando; nota que los hilos se están juntando, intentando tejer una forma con la que pueda mirar a los ojos a las personas de las fotografías.

14.04

Ya han recorrido dos tercios del viaje hasta Los Ángeles. Los pasajeros piensan en el futuro inmediato, buscando la luz al final del túnel. Los hombros se relajan y los dolores de cabeza desaparecen. Quedan menos horas en el avión de las que ya llevan. De nuevo esperanzados, piensan en cuestiones prácticas, como pedir un taxi o a quién enviar un mensaje en cuanto el tren de aterrizaje toque tierra.

Jane levanta la vista de la pantalla.

Acaba de reescribir la escena de la pelea entre dos robots y solo ha podido disfrutar cambiándoles el género: ahora son femeninos. «Las chicas al poder», piensa asqueada. Se imagina a las robots con el aspecto de Lacey y el suyo. Son hermanas y, aunque se quieren a rabiar, han estado desde siempre enfrentadas, probando su relación a puñetazos. Jane es la séptima escritora reconocida que trabaja en el guion y el único modo de soportarlo es darle un toque personal.

La puerta de la cabina se abre y ve perfectamente su oscuro interior: el parabrisas, un panel lleno de luces que parpadean y palancas, el hombro del copiloto. El piloto, de cabello gris y bigote entrecano, sonríe a Veronica, le dice algo que Jane no alcanza a oír, entra en el baño y la puerta de la cabina se cierra.

Jane vuelve al trabajo. Escribe tres líneas de diálogo, las borra y hace otro intento. Le parece que está avanzando. Entonces oye un grito agudo y mira hacia todas partes. «¿Un bebé? ¿Será uno de los míos?», piensa de entrada. Luego: «No seas ridícula, que ya no son bebés. Ya no me necesitan como antes».

—¿Hay algún médico en el avión? —dice la misma voz aguda de antes, y a pesar de los pasajeros que se han levantado y de Veronica, que ha salido al pasillo, Jane ve que la que grita es la enfermera que va de blanco. Está inclinada sobre el viejo de al lado. El hombre tiene un aspecto espantoso; bueno, espantoso no, pero tiene muy mal aspecto. Con la piel como de goma y los ojos cerrados, está más blanco que las paredes del avión.

Jane ha dejado de teclear y se aprieta inconscientemente la marca de nacimiento, fuerte, como si se tratara de un botón para invertir el avance de las agujas del reloj, aunque solo sean unos minutos.

—Mierda —dice Mark.

Ha retrocedido un poco, ocupando parte del asiento de Jane. Un poco incorporados, los dos intentan ver entre la gente a la enfermera agitada, que sostiene el brazo del anciano como si fuese un instrumento musical que no sabe tocar.

—Tiene mal aspecto, ¿verdad? —comenta Mark.

Veronica habla por megafonía con tranquilidad y voz serena.

—Señores y señoras, recuerden que la señal de mantener el cinturón abrochado está encendida. Esperamos turbulencias, así que permanezcan en sus asientos. En segundo lugar, si hay algún médico en el avión, le ruego que se acerque a primera clase.

«Quiero estar con mis chicos», piensa Jane. Se imagina corriendo hacia la cola del avión, dejando atrás al enfermo y su enfermera y cediéndole el asiento a Mark, que parece deseoso de alejarse todo lo posible de la escena que se está desarrollando.

Una mujer pelirroja, robusta y baja, entra en primera clase con una mochila gris. Con una mano coge la del anciano y le pone la otra en el cuello. Espera.

—¿Qué le ocurre? —murmura Veronica.

Todos los pasajeros de primera clase están pendientes. La enfermera, sin nada a lo que aferrarse, está desconsolada.

—Ha muerto.

—¿Muerto? —susurra Veronica—. ¿Está segura?

—Sí.

Jane siente un vahído y se sujeta al respaldo delantero. Hay un cadáver al otro lado del pasillo. Solo había visto muertos a sus padres, pero hace veinte años de eso y no la pilló desprevenida gracias al diagnóstico poco favorable y a su visible declive. Sus cuerpos inertes en ataúdes. A su madre le pintaron los labios de color rosa, su favorito, y tenía las manos cruzadas a la altura de la cintura.

Poco después Jane se da cuenta de que Mark está agarrado al respaldo y de que Veronica se tambalea frente a ella. Se oye otro grito agudo, pero no de la enfermera, que está sentada, muda, ni del viejo, desplomado en su asiento.

—¡Turbulencias! —grita alguien, y por una fracción de segundo Jane agradece que todo esto no ocurra bajo su piel, porque si el temblor y las sacudidas fueran suyas tendría un verdadero problema.

Enero de 2016

Por la mañana, Edward finge que va al instituto. Desayuna con sus tíos y usa el baño de arriba para comprobar si John ha dormido en el cuarto del bebé. Las sábanas están arrugadas y en la mesita de noche hay una novela voluminosa de Luis L'Amour, *Last of the Breed*. Edward se sorprende. Tiene la impresión momentánea de que la cama, las cartas y el lago que se ve por la ventana son lo mismo, como una hilera de libros en un estante. Las tres cosas tienen el mismo peso y la misma densidad. ¿Por qué debería cambiar su estado de ánimo por alguna de ellas? Son neutrales. Las camas están hechas para dormir. Las cartas para ser leídas. «O me estoy volviendo zen o mi depresión ha empeorado», piensa.

Espera a Shay en la acera, como siempre. Se despide de Besa y se aleja con su amiga calle abajo. Aunque está enfurruñada y casi no abre la boca, sabe que no lo delatará en el instituto.

—Gracias —le dice cuando llegan a la esquina.

—Evidentemente, tienes que enseñarme todo lo que leas.

—Evidentemente.

La ve alejarse. Espera a que cruce la calle y se adentra en el bosque que limita con la parte posterior de los edificios de su manzana. Sabe que John y Lacey están saliendo de casa y que puede volver sin ser visto.

«Cuando eras muy pequeño, nos visitasteis y estuviste jugando con Jordan en el bosque de atrás. Como nunca habías estado en un bosque, te encantó», le había dicho su tía en una ocasión. Edward no lo recuerda, pero mientras se abre paso entre las raíces, se imagina a Jordan y a él, de niños, corriendo alrededor de los enormes troncos. Edward, riendo, sigue a su hermano. Los dos niños estudian un bicho del suelo y después encuentran dos palos y los usan de espada.

Edward se detiene en el seto que linda con el garaje. En ningún momento se pregunta si los dos niños que corren delante de él son reales. Siente que su imaginación, alimentada por el contenido de las cartas tal vez, últimamente combate la realidad. En sus ensoñaciones a menudo ve a Gary, con la barba rubia salpicada de gris, tomando notas en la cubierta de su barco de investigación. Hace unos días, en el gimnasio, le pareció ver reflejado en el espejo a Benjamin Stillman levantando pesas. El soldado llevaba el mismo uniforme que en el avión y levantaba una cantidad enorme de peso. Parecía tan real que a Edward estuvo a punto de caérsele la mancuerna. Se volvió de golpe. La señora Tuhane lo amonestó: «¡Adler, no te despistes!». Sin embargo, como era previsible, no había nadie.

Edward observa a Jordan. Debe de tener nueve años. Es el chico que saltó del techo de un coche para impresionar a Shay. El pelo negro, siempre indomable, se le ha alborotado. Edward recuerda perfectamente cada detalle de la cara de su hermano. La voz y las facciones de sus padres van perdiendo nitidez, pero, por algún motivo, recuerda a su hermano con claridad, quizá porque Jordan siempre ha formado parte de él. Son inextricables incluso ahora. Edward sonríe porque su hermano sonríe a la espada que tiene en la mano.

Se le ocurre una pregunta: «¿Qué puedo hacer por ti?».

¿Por qué no se le ha ocurrido antes? Ha tenido que leer una montaña de cartas para planteárselo. Lacey le besó la mejilla y lo hizo por su hermana, así que él tiene que poder hacer algo por Jordan. Cualquier día, hoy mismo, puede preguntarse: «Si Jordan estuviera aquí, ¿qué le apetecería hacer?».

No sabe por dónde empezar pero, como vuelve a tener hambre, decide que lo primero que hará será comer. Atraviesa el seto, se asegura de que ya no estén los coches de sus tíos y se va a la cocina. Puede comer como Jordan. Se lleva al garaje un calco casi exacto de lo último que comió su hermano en el avión: zanahoria, compota de manzana y un sándwich de humus.

—¿Cómo? ¿No me has traído nada? ¡Qué maleducado! —oye en cuanto abre la puerta.

Junto a las bolsas de lona está Shay, sentada con las piernas cruzadas en el suelo de cemento.

—No te enfades. No habrá ningún problema, te lo prometo. Si hace falta me acostaré con quien sea —le dice.

Edward frunce el ceño para mostrar sus dudas al respecto, pero no está enfadado.

—Además, juntos leeremos el doble de cartas —añade su amiga.

Edward se sienta a su lado.

—Pásame una.

Shay abre la cremallera de la segunda bolsa, de la que faltan por leer una tercera parte de las cartas. Shay ha traído impresa la base de datos para ir apuntando las peticiones.

Leen durante unos minutos.

—No niegues que te has alegrado al verme —le dice Shay.

—Siempre que te veo me alegro —le responde sinceramente.

Abre la carpeta como si buscara la fotografía que corresponde a la carta que acaba de leer. Lo que de verdad quiere es mirar la foto de su hermano. Es posible que haya decidido quedarse en casa y estar donde está ahora mismo por Jordan. Desde luego, su hermano también habría hecho novillos. Simplemente, la motivación ha seguido la estela de la acción. «¿Qué haría Jordan? ¿Qué puedo hacer por Jordan?» Tiene la misma edad que su hermano cuando murió y la sensación, la esperanza, de estar más que nunca en la órbita de su hermano.

Lee una serie de cartas. En todas le dicen cómo debe vivir su vida. «Cumple tus sueños. Mi hijo temía fracasar y jamás se unió a un grupo de música. No temas correr riesgos.»

«Mi hija era despreocupada y dejaba para más adelante sus sueños porque creía que si algo tenía era tiempo. Un día se subió a un avión para ir a Los Ángeles a ver a su hermana. Me dijo que tras el viaje empezaría a esforzarse. Piensa en lo mucho que tu madre debe de echarte de menos y haz que se enorgullezca de ti.»

«Perdona que divague (le he estado dando al Jack Daniel's), pero mi mujer era el amor de mi vida y estaba en la escuela de repostería porque tenía un don para eso. Ojalá hubieras probado sus *beignets*. Eran una delicia. Averigua cuál es tu don, Edward Adler, y sácale todo el jugo. Se lo debes a mi mujer.»

Normalmente, después de leer cartas de este estilo siente un enorme peso en el pecho. Sin embargo, hoy, mientras se come el sándwich de su hermano y sentado junto a Shay, siente una inyección de la energía chispeante y contestataria de Jordan, que siempre andaba buscando la oportunidad de decir «de eso ni hablar», de desafiar las expectativas y los límites de su padre, de hacer lo contrario que los demás. Edward nunca tuvo esa tendencia, pero le parece estar ingiriéndola con el humus. «De eso ni hablar», piensa, y es la primera vez que tiene en cuenta la opción de responderles «de eso ni hablar» a quienes le dicen cómo tiene que vivir.

Se saca el teléfono del bolsillo y le envía un mensaje de texto a la señora Cox. «No he podido leer el libro sobre inversiones que me mandaste, lo siento mucho. Lo he intentado, pero como el tema no me interesa, no lo he terminado. Quisiera añadir que Shay y yo hemos pasado muy buenos ratos con las biografías que me has enviado. Espero no haberte decepcionado.»

En cuanto manda el mensaje se quita un peso de encima. Se sentía culpable por no haberle dicho nada acerca del libro desde que se lo envió. Saca otra carta de la bolsa.

¿Qué tal, Edward?:

Mi madre murió de depresión hace mucho tiempo y Mark, mi hermano, también habría muerto por culpa de la depresión, pero se estrelló antes en ese avión de las narices. Lo único que siempre he sabido es que yo no iba a seguir sus pasos, por eso hago surf, fumo y no quiero nada que no quepa en mi camioneta. Guardo solo lo que amo.

Mark me dejó todo su dinero en el testamento, y eso que llevábamos tres años sin hablarnos. Lo hizo para que cambiase de estilo de vida. Quería endosarme esa millonada porque, después de saldar unas deudas insignificantes, creía que me compraría una casa y un Benz y jarrones elegantes para llenar los estantes vacíos. Quería que fuera como él, vamos, rico y miserable y endeudándome con la tarjeta de crédito, pero me niego en redondo. Voy a donar toda esa barbaridad de dinero y la indemnización del seguro. Bueno, después de arreglar el neumático trasero izquierdo de la camioneta y de comprarme una tabla de surf nueva.

Mi novia es budista y siempre da las gracias a la playa, a las olas y a la puesta de sol. Yo antes creía que eran bobadas místicas, aunque me gustaba escucharla. Me he pillado dándole las gracias a un árbol en una o dos ocasiones. He llegado a la conclusión de que, a pesar de ser una bobada, es una bobada interesante.

En fin, mi chica me dice que tengo que darle las gracias a Mark porque me ha liberado otra vez, ha hecho que me dé cuenta de lo importante que es para mí la vida que he elegido. Pero creo que prefiero dártelas a ti, chico. Gracias por recibir esta carta, gracias por tu vida y por ser el que se salvó.

He incluido un cheque con el dinero del testamento y la indemnización. Quiero que lo tengas tú. Guárdatelo, regálalo, haz lo que te dé la gana. Me da igual. Te lo mereces, después de todo lo que has pasado, y a mí no me sirve para nada.

Así que gracias y paz, hermano.

JAX LASSIO

Según el matasellos del sobre la carta se envió hace dos años, y dentro hay un cheque a nombre de Edward Adler por un importe de siete millones trescientos mil dólares.

—Ostras —dice Edward.

—¿Qué? —Shay le quita la carta. La lee rápidamente y se queda pasmada.

Edward mira detenidamente el cheque y la cifra que aparece escrita en él.

—Ponlo a contraluz. Es lo que siempre hacen en las películas, no sé por qué —dice Shay.

Edward lo sostiene delante de la ventana. Sigue siendo un cheque con el mismo número increíble de ceros.

—Madre mía, madre mía, ¿crees que es una broma? —apunta Shay.

—No. —Edward abre la carpeta para buscar la fotografía de Mark Lassio. Su sonrisa descarada le hace parecer deseoso de salir en la portada de las revistas. Edward recuerda a Mark saliendo del baño antes que la azafata. No sonreía, pero parecía satisfecho, como si estuviera donde quería estar. «Qué asco», le dijo a Jordan. ¿Cómo es posible que ahora esté en una misma red con este hombre y su hermano?

—Ni siquiera necesitas el dinero. Esto es de locos —comenta Shay detrás de él.

Cuando a la tarde siguiente el sistema de megafonía llama a Edward para que se presente en el despacho del director, él da por hecho que el señor Arundhi se ha enterado de que se saltó las clases. Mientras recorre los pasillos, busca a Shay: quiere decirle que es culpa suya; siempre van juntos a todas partes, de modo que es bastante llamativo que ambos faltaran y los han pillado.

El director Arundhi está en la puerta. Sostiene la regadera de un modo raro, como un cigarrillo, y parece que haya dormido con el traje.

—¿Qué ocurre? —pregunta Edward. Tiene que ser algo más grave que su ausencia; el director está hecho un guiñapo.

—Ha sido un virus, seguro. En tres días han muerto seis helechos. —Señala el hueco que ha quedado en el alféizar. También ha desaparecido una maceta colgante—. He quitado las plantas enfermas. Confío en que así no haya más contagios. No veo síntomas en los otros helechos. —Lo mira inexpresivo—. No hay otra que cuidar los que quedan.

—¿Puedo hacer algo?

—Sí.

No parece que Arundhi vaya a decir nada más, como si no fuese necesario especificar qué puede hacer, como si le bastase con la promesa de ayudarlo.

—¿Qué? —le pregunta Edward.

—¿Podrías llevarte a casa el pata de canguro? No sé dónde empezó el virus. Puede que mi casa esté infectada, o que lo esté el despacho. Por favor, guárdalo tú hasta que todos se hayan recuperado.

Edward mira la maceta amarilla del rincón, hogar del viejo helecho. Es la planta que lleva más tiempo con Arundhi, su favorita.

—Pero ¿y si se me muere?

—Confío en ti, Edward, confío plenamente en ti.

En cuanto Edward llega a casa prepara un sitio para el helecho, en el sótano. Coloca la maceta amarilla en una mesa plegable debajo de la ventana por la que entra más luz. Al lado de la planta deja una bolsa de fertilizante y un pulverizador lleno de agua a temperatura ambiente. Comprueba el estado de la tierra y rocía las hojas.

En el extremo opuesto del sótano, Shay no deja de dar saltos.

—Es que aún no me lo creo. ¡Siete millones de dólares! —le dice cuando la mira.

—Ya lo sé.

—Por lo que he leído en internet, los cheques antiguos se pueden ingresar en el banco siempre y cuando el dinero siga en la cuenta de origen. ¿Me haces el favor de dejar en paz ese arbusto?

—Es un helecho, y no, no te voy a hacer ese favor.

—Con todo ese dinero podrías comprar doce casas en este pueblo, ¡o a lo mejor una isla en alguna parte! ¿Qué piensas hacer?

Edward lleva el cheque en el bolsillo trasero. No sabía dónde guardarlo y llevarlo encima le parece lo más seguro. Instintivamente se toca el bolsillo. Se ve haciendo surf con Jax, a quien imagina como una estrella de cine melenuda. Se pasan el cheque entre las olas.

—De momento no puedo ocuparme de eso.

—Ya, no puedes ocuparte de nada hasta que no hayas leído todas las cartas —dice, exasperada y resollando por los saltos que da.

—Exactamente. —Edward toca la tierra con un dedo. Se pregunta si la planta sabe que la han cambiado de sitio y si está confundida. Se pregunta si echa de menos al director Arundhi.

Esa noche Shay cena con ellos. Se sientan a la mesa, con un plato de chuletas de cerdo, brócoli y puré de patatas delante.

—Creo que debería deciros que a partir de ahora seguiré una dieta vegana —dice Edward.

Lacey arruga la nariz, como si nunca hubiese oído esa palabra.

—¿Vegana?

—Me comeré su chuleta de cerdo y su ración de puré de patatas si está hecho con leche. No os preocupéis, que aquí no se tira nada —dice Shay.

—¿Y a qué viene ese cambio? —se interesa John.

Edward les dice la verdad.

—Lo hago por mi hermano. —Cae en la cuenta de que posiblemente sus tíos no estaban al corriente de los hábitos dietéticos de Jordan y añade—: Se hizo vegano pocas semanas antes de morir.

John y Lacey se encogen. Edward sabe que se debe a que ha dicho «morir». Todos han dicho siempre «el accidente» para referirse a la muerte de su familia. La historia se divide entre antes y después del accidente.

—No tenéis que cocinar de otra manera. Yo me serviré de las verduras que comáis y me prepararé un sándwich —les dice.

—No nos va a pasar nada por comer más verdura —comenta John.

—No quiero que cambiéis nada. —Sabe que ha levantado la voz, pero no puede evitarlo. Le molesta haber tenido que contárselo y que decidan hacer algo al respecto. Esta decisión, esta idea les pertenece solo a Jordan y a él.

—Es bonito que lo hagas por tu hermano —dice Lacey, aunque no parece muy convencida.

«Deja de preocuparte, no tomes más pastillas para dormir y ocúpate de tu matrimonio», querría decirle Edward. Sin embargo, se lo calla.

Es medianoche y están en el garaje. Shay divide en dos un montón de cartas sin leer. Edward abre la primera de la mitad que le corresponde.

Querido Eddie:

Me llamo Mahira. Mi tío es el propietario de la tienda en la que siempre comprabais. No sé si sabes quién soy. Jordan me dijo que no se lo había contado a nadie, pero puede que tú no formaras parte de esa categoría. A lo mejor tendría que explicarte que estábamos juntos, que Jordan fue mi primer novio. No puedo hablar por tu hermano, claro, pero yo lo amaba.

En cuanto me dijo que os mudaríais a la Costa Oeste, tomé la decisión de estudiar en la universidad de Los

Ángeles. No se lo dije, por si al final no podía ir, pero sabía que no nos despedíamos para siempre. Quiero estudiar Física, y allí hay muy buenos planes de estudio. Me había imaginado ese futuro. Me imaginaba conociéndote a ti, su hermano. Nos imaginaba a los dos haciéndonos amigos en una playa.

Ahora tengo dieciocho años y le he dicho a mi tío que necesito descansar un año antes de ir a la universidad. Así que aquí me tienes, trabajando en la tienda mientras mi tío está en Pakistán visitando a la familia. ¿Por qué te cuento todo esto? Creo que porque quiero contárselo a Jordan. Ojalá le hubiese contado mis planes antes de que cogiese aquel avión. Creía que tenía tiempo. Es curioso ser joven y no tener tiempo, ¿verdad? También te escribo porque quería decirte que tu nombre siempre lo hacía sonreír. Si yo estuviera en tu lugar, me gustaría saber algo así.

Espero que estés bien, Eddie,

MAHIRA

Edward lee una y otra vez la carta. Podría haber seguido hasta el momento de salir del garaje, pero Shay se da cuenta.

—¿Qué pasa con esa carta? —le pregunta.

Edward se la da.

—¿Tú sabías que tenía novia? —le dice ella cuando termina de leerla.

—No. —La palabra resuena en su interior como si se hubiese convertido en un pozo vacío.

—¿Llegaste a conocerla?

Niega con la cabeza.

—Posiblemente la vi en la tienda, pero no me acuerdo.

—Siete millones de dólares y una novia —susurra Shay.

Edward se imagina a su hermano dando vueltas alrededor de los troncos de los árboles, saltando del techo del coche, con los brazos extendidos en el control de seguridad del aeropuerto. El dolor se extiende por su cuerpo, como una falla geológica antes de un terremoto. «¿Qué puedo hacer por ti, Jordan? ¿Qué significa esto? ¿Cómo puedo ayudarte?», piensa.

La respuesta es inmediata: «Ve a verla».

TERCERA PARTE

Llevamos dentro a los demás,
irremediablemente y para siempre.

JAMES BALDWIN

14.07

La lluvia gélida que golpea el avión provoca un fallo técnico. Los tubos de Pitot (así llamados por el ingeniero e inventor francés de principios del siglo XVIII Herni Pitot), que son unos pequeños polos de acero situados fuera del avión, se congelan. Se supone que no deberían congelarse, ni siquiera a temperaturas árticas. Es un factor crucial que se mencionará siete meses después en la vista de la NTSB. Cuando están congelados, los tubos de Pitot no pueden realizar su función, que consiste en medir la velocidad del avión. Aunque esto supone un problema, los aviones cuentan con sistemas redundantes. Si falla un motor, hay otro igual de la misma potencia. En este caso, el fallo de los tubos de Pitot desconecta el sistema de piloto automático. El avión ya no tiene control de crucero. Los pilotos tienen que comprobar los sensores del cuadro de mandos y medir la velocidad y la posición del avión.

Ha dejado de llover, pero el tiempo (un mar de aire y humedad) sigue siendo un obstáculo. Las bolsas de aire giran alrededor del avión como bandadas de aves migratorias. El piloto sale del baño, vuelve a la cabina de mando, ocupa el asiento izquierdo y analiza el radar.

Deja que el copiloto siga encargándose de los instrumentos.

—Una nube rotor, más grande de lo que parecía en el radar —dice el piloto. Se centra en la pantalla—. Gira ligeramente a la izquierda para esquivar la corriente.

El copiloto, con doce años menos de experiencia, está preocupado.

—¿Qué?

—Escora el avión ligeramente a la izquierda. Pilotamos en manual, ¿no?

El copiloto asiente e inclina el avión hacia la izquierda. Un extraño olor a chamusquina inunda la cabina de mando. La temperatura aumenta.

—¿Le pasa algo al aire acondicionado?

—No, es un efecto del mal tiempo —contesta el piloto.

El sonido del rebufo se incrementa.

—No pasa nada. Una acumulación de cristales de hielo en el exterior del fuselaje. Estamos bien. Reduzcamos la velocidad —dice el piloto.

En la cabina de mando, una alarma suena durante 2,2 segundos para recordarles que el piloto automático está desactivado.

Desde hace una temporada, Jordan tiene claro que ya no necesita a sus padres. Aún vive con ellos porque es costumbre que los hijos sigan con los padres hasta los dieciocho años. Sin embargo, sabe que podría conseguir fácilmente un trabajo, seguir formándose leyendo libros, pasar muchas horas con Mahira sin tener que dar explicaciones y vivir como le diera la gana. Se imagina su piso: un estudio de techo alto, muy luminoso, con una cama elevada. Siempre que se imagina viviendo en ese estudio lleva gafas y tiene una taza de café en la mano, a pesar de que goza de una perfecta visión y la cafeína le da sudores.

Ve que la doctora desaparece detrás de la cortina de primera clase. Sabe que los tres hombres Adler se preguntan lo mismo: «¿Le ha pasado algo a mamá?».

—En primera hay un anciano enfermo. Seguramente... —Bruce no termina la frase.

El avión da saltos hacia la derecha como una piedra rebotando en un estanque.

El movimiento del avión sacude algo dentro de Jordan y emerge una nueva verdad: «Los necesito, a los tres». Y mientras el avión titubea como si estuviese decidiendo el próximo movimiento, en el piso de Jordan ha aparecido una litera en la que dormirá con su hermano y una habitación para sus padres.

Marzo de 2016

Durante la mayor parte del trayecto en autobús a Nueva York, Edward mantiene los ojos cerrados. Shay y él han leído y clasificado todas las cartas. Es el primer lunes de las vacaciones de primavera, Lacey trabaja y Besa pasará todo el día con un primo, por lo que han podido irse de casa sin que nadie se entere. Sin embargo, Edward está molesto por tener que hacer este viaje. Habría apostado la vida a que no existía secreto alguno entre Jordan y él; sin embargo, su hermano besó a una chica. Amó a una chica, a una desconocida. O bien no quiso decírselo, o bien no confiaba tanto en él.

A mitad de camino abre los párpados, como si la luz fuese a los ojos lo que el aire es a los pulmones.

—El fin de semana que viene no voy a hacer las pruebas para el examen de ingreso en la universidad.

—Muy bien —dice Shay.

—¿Tú vas a hacerlas? —Está en contra de esas pruebas. El bus toma la curva de entrada al túnel Lincoln.

—No sé qué voy a hacer con mi vida, o sea que sí.

—Yo tampoco sé qué voy a hacer con mi vida.

Shay se encoge de hombros.

—Bueno, tú no tienes que hacer exámenes absurdos, pero yo soy una persona normal.

Edward está agitado, como si hubiese tomado cafeína, a pesar de no haber bebido ningún refresco. Ya están en el túnel. No les ha dicho a sus tíos adónde va. Ni se les pasa por la cabeza que pueda ir más allá de casa de Shay. Después de todo, nunca lo ha hecho.

Es la primera vez que vuelve a Nueva York, pero no quiere decirlo en voz alta.

—El primer verano me dijiste que yo no era normal pero tú tampoco —comenta.

—Mira, si quiero tener la posibilidad de hacer algo, necesito tener una carrera —contesta Shay. Está sentada junto a la ventana, y Edward la ve de perfil con la otra mitad de la cara reflejada en el cristal. Parece más una mujer joven que una niña.

En la terminal de autobuses de la Autoridad Portuaria cogen un taxi para ir a la tienda. Ante Edward se despliega el Upper East Side mientras se dirigen al norte por la cuadrícula de Manhattan. La vida de los Adler giraba en torno a aquellas calles. Pasan por delante de la tintorería de siempre, la biblioteca con la fachada de ladrillos, el colmado venido a menos donde compraban la mayor parte de la comida y, una manzana después, el supermercado elegante donde Bruce compraba la carne y el queso.

Pasan frente a una tienda de antigüedades en la que su madre compró un reloj. Lo puso en la cómoda y les dijo que le recordaba a su abuela en Canadá. Después, sobrepasan el buzón en el que Edward se apoyó mientras su padre echaba dentro el cheque de los impuestos de abril. Recuerda que su padre abrió y cerró la trampilla quejándose de lo injusto que era pagar guerras en las que no creía. «Si pudiese decidir a qué se destinan mis impuestos, los pagaría de mil amores», le dijo.

Edward se ajusta el cinturón de seguridad para protegerse de los recuerdos.

—¿Tienes algún plan o solo vamos a conocerla? —le pregunta Shay.

Edward se encoge de hombros. Lo único que sabe es que tiene que ver a Mahira. Por dos razones: la primera, que Jordan querría verla y, la segunda, que es la única persona viva aparte de él que amaba a su hermano con todo su corazón. Los dos han perdido a Jordan.

—No vamos a quedarnos mucho rato —contesta.

El taxi para en un semáforo. Edward piensa que está a punto de conocer a una persona, a punto de conocer una verdad que le había sido ajena. La carta de Mahira ha abierto una puerta en su vida. Es como si hubiera descubierto que al lado de la cocina de su casa hay otra habitación en la que está la novia de Jordan. ¿Hay más puertas en las que nunca se ha fijado? Una idea inquietante pero sugerente. No puede recuperar a su familia, todo lo que ha perdido, pero a lo mejor sí que puede rescatar a personas y objetos cuya existencia desconocía.

El taxi se detiene en el cruce de la Setenta y dos con Lexington. Shay paga al conductor mientras Edward espera en la acera. Debe de tener cara de susto, porque cuando se la ve, Shay abre los ojos como platos.

—Todo irá bien. Yo te echaré un cable —le dice.

«Gracias», piensa, y ve que Shay se da la vuelta y entra en la tienda. Ve su nueva vida entrando en su antigua vida.

La tienda es rectangular y estrecha. En el centro hay una larga hilera de estantes. Es un sitio limpio y bien iluminado. Si tenía calderilla, Edward se hacía con un batido de chocolate de la nevera del rincón. Iba allí con su padre a por productos de primera necesidad: papel higiénico, desodorante o leche. En este lugar Jordan y él compraban a escondidas las golosinas, normalmente

Jordan barritas de chocolate y él ositos Haribo. Fue el primer sitio donde pudieron pasearse a su aire. Bruce los enviaba a comprar algo en concreto y programaba el temporizador del reloj para que sonase a los quince minutos. Los hermanos tenían que volver a casa antes de que hubiera pasado ese tiempo.

Edward se queda de pie en la puerta. Una intensa añoranza por su hermano se apodera de él y lo asfixia. ¿Cómo puede estar aquí de pie, solo?

Tras el mostrador no hay nadie. En un rincón hay un niño con una camiseta de fútbol delante del expositor de las revistas. Edward se pregunta si Jordan también lo conocía. Todo es posible. A juzgar por su aspecto, el chico seguramente había empezado primaria cuando los Adler vivían en el barrio. Puede que Jordan fuese su canguro y se lo hubiese ocultado.

—Nada, aún no nos ha llegado esa revista. A lo mejor llega mañana —grita una chica desde la trastienda.

—Vale, gracias —contesta el niño. A paso ligero, pasa por delante de Shay y Edward y sale de la tienda.

Edward mira a Shay sorprendido. Lleva dos latas de sopa, una barra de pan bajo el brazo y una bolsa de *pretzels*.

—¿Qué pasa? He pensado que si no comprábamos nada llamaríamos la atención —le susurra ella.

—Yo diría que ya la llamamos. —Pero le está agradecido de nuevo por acompañarlo y compartir su nerviosismo aunque no comprenda todos sus miedos.

Edward nota un cambio en el ambiente y ve que la chica vuelve de la trastienda. Simultáneamente, ella repara en él, se detiene y se estremece de pies a cabeza, como si acabase de salir de un lago helado.

—¿Eres Eddie Adler? —le pregunta.

Edward asiente.

—Te pareces a él.

—Lo siento —se disculpa, aunque le gusta que se lo diga. Hace tiempo que nadie lo compara con Jordan.

Se fija en ella: morena, media melena, rostro en forma de corazón y la piel más oscura que la de Shay. «Jordan te amaba», se dice.

—Recibí tu carta. No sabía lo tuyo con mi hermano —le explica Edward.

Más calmada, Mahira asiente. Se ha serenado.

—Lo suponía. —Mira a Shay—. Me llamo Mahira. ¿Quieres que te coja lo que llevas? No es cómodo sujetar tantas cosas a la vez.

Shay deja torpemente la comida en el mostrador.

—Soy una amiga de Edward. Me llamo Shay —le dice.

Mahira frunce el ceño.

—¿Edward? Pensaba que te llamaban...

—Llámame Eddie, si lo prefieres.

La puerta se abre y los tres se vuelven hacia ella. Un hombre con el uniforme de UPS deja tres cajas grandes en el suelo.

—Hasta mañana —se despide.

—¡Hasta mañana! —le responde Mahira.

El hombre se va. Se abre otra vez la puerta y entra una mujer con un cochecito de bebé. Le habla en voz baja y cantarina al pequeño y va directa hacia la estantería de los pañales.

—Y... ¿vives aquí? —le pregunta Shay a Mahira.

—En el piso de arriba. —Señala al techo—. Y tú ahora vives en Nueva Jersey con tus tíos. ¿Son agradables? —le pregunta a Edward.

—Sí, son buena gente —contesta Edward.

La mujer del cochecito se acerca al mostrador y los dos amigos le dejan sitio. Mientras saca el monedero del bolso les echa un vistazo. Parece decirles: «¿En qué andáis metidos, chicos?».

Edward y el bebé se miran. La criatura tiene unos ojazos azules, las mejillas regordetas y ni un pelo en la cabeza. Sin dejar de mirarlo, se mete casi toda la mano en la boca y hace como que sopla. Después se saca los dedos y sonríe.

—Eres una preciosidad —le dice Shay con educación.

La mujer termina de pagar, mete los pañales debajo del cochecito y madre e hijo se alejan y pasan bajo la campanilla de la puerta.

—Cerraré la tienda unos minutos para que podamos charlar sin que la mitad del barrio se pasee por aquí. Hay una metomentodo que viene cada tarde a la misma hora a comprar un paquete de chicles; creo que informa a mi tío de lo que hago. Mejor que la evitemos —dice Mahira.

Le da la vuelta al letrero de la puerta para que quede claro que la tienda está cerrada y corre dos pestillos grandes.

—Ahora tienes quince años, ¿verdad? —le pregunta.

Edward observa los pestillos. Preferiría que no hubiese cerrado la puerta, que escapar fuese algo fácil en vez de un incómodo desafío. Asiente.

—Tú tenías quince años cuando salías con mi hermano.

«Salías con mi hermano.» Lo que acaba de decir le parece irreal.

Mahira va hasta el mostrador y se apoya en él.

—Te pareces a Jordan, pero tienes la voz distinta. Tampoco tienes sus ojos —dice.

Edward siente un dolor que lo recorre de pies a cabeza y sabe que es el dolor de Jordan. Su hermano debería estar aquí. Si fuese Jordan, se acercaría al mostrador y la abrazaría. ¿Debería hacerlo por su hermano?

Mira a Shay. Es sólida, es real. Está de pie junto a un expositor de patatas fritas de diferentes sabores. Los observa con la misma cara que pone cuando estudia para un examen.

—Llevas... ¿el abrigo de tu hermano? —le pregunta Mahira.

Edward se mira la parka naranja. Ya es de su talla, pero tiene los codos desgastados y las costuras se abren. Lacey lo ha amenazado con tirarla y comprar otra.

—Sí, tengo toda su ropa —contesta.

—Claro, es lógico. —Aunque el tono sigue siendo el mismo, los ojos le brillan.

Edward quiere mantener una conversación normal, entre personas normales, aunque sabe que eso es pedir demasiado.

—En la carta decías que te has cogido un año sabático, ¿no?

Mahira asiente.

—Creo que este otoño empezaré la carrera científica en la Hunter; está a unas manzanas de aquí y es barata. Soy una mujer de ciencias. Siempre lo he sido, y para mi tío es importante que sea ingeniera.

Edward no tiene ni idea de qué tipo de persona es él. Se siente encendido de dolor y sabe que Mahira experimenta lo mismo. Jordan se interpone entre ambos, un receptáculo de nostalgia creado por su proximidad. Entre ellos no hay un fantasma sino nostalgia. «Mahira + yo = nostalgia de Jordan», piensa Edward. Pero la palabra «nostalgia» se queda corta. El nombre «Jordan» se queda corto.

«Ya basta de tonterías», le dice a Edward un Jordan brillante, que carga con todas esas pérdidas.

—¿Cómo te enteraste del accidente? ¿Dónde estabas en ese momento? —le pregunta a Mahira.

Se ha esmerado en recopilar ese dato de la gente que lo rodea. Para él es como unir los puntos de una gráfica que indican la localización de cada cual en ese momento concreto. John se enteró del accidente por Twitter, inmediatamente. Estaba trabajando para una empresa minorista y cuando vio el titular lo metió todo en la bolsa y llamó a Lacey desde el aparcamiento. No estaba seguro de si era el mismo vuelo y esperó al teléfono mientras ella comprobaba el último correo electrónico que le había enviado su hermana, en el que detallaba el viaje. Shay estaba en la cama leyendo *Ana la de Tejas Verdes* cuando oyó el timbre del teléfono y a su madre gritando en español. Besa y ella vieron las imágenes del accidente en la televisión del salón, con el volumen alto para que los sollozos de Besa no ahogasen la voz del reportero. La señora Cox estaba en el centro cultural 92nd Street Y escuchando una conferencia sobre el legado de Eleanor Roosevelt. Su chófer le tocó el brazo y ella lo siguió hasta el vestíbulo, donde el empleado le enseñó la noticia en el teléfono. El doctor Mike estaba pasando consulta cuando el avión se estrelló y no se enteró hasta más tarde, cuando puso la radio del coche.

—Pues... —Mahira se vuelve hacia la trastienda—. Volvía del instituto. Siempre pasaba por delante de un enorme bar deportivo que hay en la esquina de la Ochenta y tres. Las paredes están forradas de pantallas, normalmente con dos o tres deportes. Fútbol americano, fútbol o hockey sobre hielo. Sin embargo... —Duda un momento antes de proseguir—: Aquel día se veía en todas el costado de un avión en medio del campo. Me detuve porque era una imagen inusual, sobre todo para un bar deportivo. Nunca había entrado, pero ese día entré en el bar y el camarero me explicó lo que había pasado. —Calla un segundo y abre las manos, como si alguien fuese a darle dinero, un regalo o su cariño. Las deja caer—. Ya en casa, en la tienda, me enteré de que había sobrevivido un chico.

Edward procesa la información.

—Seguramente pensaste que se trataba de Jordan.

Mohira no dice nada. El cerebro de Edward dibuja otra realidad. El superviviente es Jordan, que cuando sale del hospital no va a casa de Lacey y John, sino que insiste en recuperarse con Mahira, en el piso de encima de la tienda. Se lo imagina tumbado en una cama individual, con la pierna escayolada y una mueca de dolor, pero mirando a Mahira. Sufre la pérdida con ella y eso lo reconforta. No lo ha perdido todo cuando el avión se ha estrellado.

—Lo siento —dice.

—Tú y yo tendríamos que habernos conocido en una playa de California. —Mahira sonríe, pero es una sonrisa forzada—. ¿Queréis saber algo raro?

Shay, que lleva un rato en silencio, toma la palabra.

—Sí, por favor.

—Una mujer me lee las cartas del Tarot. Vive a unas cuantas manzanas de aquí. Tiene una lámpara morada en la ventana y una campanilla en la puerta. Es absurdo, y no me creo nada de lo que me dice, pero no puedo dejar de ir.

—¿Y qué te dice?

Mahira se sonroja ligeramente.

—Cuentos de hadas. Me habla de Jordan, de mí y de nuestro amor. Creo que sigo yendo por eso. No tenía a nadie más con quien hablar de Jordan. Mi tío no me oirá hablar de él.

—Jordan —dice Edward pensativo.

—Jordan —dice Mahira en el mismo tono pausado y conocedor que ha usado con el empleado de UPS. Igual que le ha dicho «hasta mañana».

Alguien llama a la puerta y dan un respingo. Al otro lado del cristal veteado se distingue una silueta. Levanta el puño para volver a llamar pero desiste y se va.

Edward se pregunta qué le diría a él la tarotista. Lo atrae la idea de que alguien le hable del amor que lo unía a su hermano.

—¿Por qué lo vuestro era secreto? ¿Por qué Jordan no me lo contó?

Mahira cabecea.

—Para serte honesta, no hablamos mucho de eso. Yo huía de las conversaciones largas por miedo a estropear la relación, a decir alguna estupidez. Pensaba que ya le hablaría, que ya le haría preguntas, que ya se lo explicaría todo.

—Pensabas que teníais tiempo —dice Shay.

—Sí.

Edward piensa en las cartas, en todas las personas que le hacen preguntas, tratando de creer que encontrarán una solución o un propósito para su angustia. La chica solitaria que tiene delante y la aflicción de esas cartas le golpean el corazón. Se encorva un poco.

—Me parece que debería abrir la tienda —dice Mahira.

—Claro —contesta Edward.

Sin embargo, antes de separarse, se quedan un momento de pie en silencio.

Por la noche vuelven al garaje.

—¿Por qué no puedes hablar con John en casa, mientras desayunáis, como una persona normal? Ni siquiera sabemos en qué momento va al garaje de madrugada. A lo mejor tenemos que esperarlo horas y horas.

—He de hablar con él aquí, sin que esté Lacey. —Edward se sienta en el reposapiés, que ya considera suyo. El sillón es de Shay.

—Últimamente estás un poco mandón. No sé si me gusta.

Edward sonríe.

—Puedes dormir hasta que llegue.

—Eso haré. —Shay se rebulle en el sillón buscando la

postura más cómoda—. Hoy has estado a punto de besar a Mahira.

Edward se queda de piedra y se sonroja.

—Se me ha pasado por la cabeza, por Jordan. —Inspira entrecortadamente—. No tengo claro qué puedo o qué debería hacer por él.

—Te he visto sopesar la idea.

—¿Cómo? ¿Qué cara ponía?

Shay sonríe y se encoge de hombros.

—No tengo palabras para describirlo.

Edward la mira a los ojos y descubre algo nuevo en ellos. Edward creía que lo sucedido le había ocurrido solo a él, pero Shay ha cambiado y los autores de las cartas también han cambiado, por lo que los efectos de la onda expansiva posiblemente sean infinitos. En este momento, él busca el infinito en el hoyuelo de Shay.

Se quedan en silencio y ella apaga la linterna.

—Buenas noches —dice en la oscuridad.

Se acurruca en el sillón. Edward se queda en el reposapiés. El espacio que separa a los dos adolescentes está cargado, los átomos están desbordados de nuevas posibilidades. Intuye que ambos se han imaginado besándose. Él se imaginó volviendo la cabeza e inclinándose, los labios rozándose. Piensa en el espacio que se interponía entre Mahira y él esta tarde, en la presencia resplandeciente de su hermano, en la pérdida de lo que fue.

El profesor de ciencias les ha hablado hace poco del Gran Colisionador de Hadrones de Suiza, la máquina más grande que se ha construido. «Con ella se están investigando varias teorías de la física de partículas. Los científicos creen que están a punto de descubrir qué ocurre en el aire que separa a dos personas. Por qué unas personas nos repelen, otras nos atraen y cualquier otra posibilidad intermedia. El espacio que hay entre nosotros no está vacío.»

Nota con cada fibra de su ser que Shay está apenas a un metro de distancia. No intenta ponerse cómodo; tiene la intención de seguir despierto hasta que su tío entre en el garaje.

Mira fijamente las tinieblas y se da cuenta de que no para de revivir el encuentro en la tienda. El desconsuelo que siente por la pérdida de Jordan ha aumentado, algo que creía imposible. Antes echaba de menos a su hermano por la falta que le hacía a él. Era una pérdida terrible, pero para él. Ahora también lamenta lo que su hermano se ha perdido. Jordan jamás volverá a sentarse con Mahira sintiendo mariposas en el estómago.

Se extiende ya una franja morada en el cielo cuando John abre la puerta del garaje. Se queda en la puerta contemplando la escena. El muchacho de ojos cansados y la joven dormida.

—Buenos días —dice, cauteloso.

—Hola. —Edward se incorpora—. No te preocupes, que no ha pasado nada. Solo quería decirte que he revisado el contenido de las carpetas. Las encontré por casualidad. Después abrimos las bolsas de lona y leímos las cartas.

La cara de John es de sorpresa y algo más, ¿quizá miedo?

—¿Abristeis los candados de los petates? Pensaba dártelas cuando fueras mayor. Sé que te pertenecen. Pero es que leí unas cuantas cuando empezaron a llegar y encontré indignante que mandasen ese tipo de cartas a un niño.

—Eso supusimos.

John suspira y es el ruido de una roca cayendo montaña abajo.

—Hay más, aparte de esas.

Edward tarda un momento en comprender lo que ha dicho.

—¿Hay más cartas?

—Tampoco muchas. En el armario del pasillo hay unas cuantas que han llegado hace poco. Siguen llegando, pero muchas menos. Las recojo los viernes en la oficina de correos.

Shay se rebulle en el sillón.

—¿Por qué un apartado de correos? —le pregunta Edward cuando Shay vuelve a quedarse quieta.

—Nos suscribimos al servicio cuando recibimos el archivador con los efectos personales. Nos pareció más seguro que el correo no llegase directamente a casa. No queríamos que te encontraras con nada que no hubiésemos revisado antes.

Edward observa a su tío. Lo único que los diferencia es la edad, piensa. John no tiene más conocimientos que Edward. John y Lacey están desempeñando los papeles que tienen asignados, los de marido, mujer y tíos. Edward se negaba a contarles a sus tíos lo de las cartas a pesar de la insistencia de Shay porque quería tener claro qué hacer con ellas antes de preguntárselo a los adultos. Daba por hecho que Lacey y John le darían una buena respuesta, una solución al problema. Pero acaba de comprender que no es el caso.

—¿Lacey y tú os reconciliaréis? —le pregunta.

John sonríe, incómodo.

—Está decepcionada conmigo. Es comprensible. —Se encoge de hombros—. Cuando llevas tanto tiempo con alguien... Nada es tan estable como uno cree. Siempre que pasamos por una situación difícil, Lacey y yo tenemos un desfase temporal cuando nos enfadamos. Al principio reacciono con frialdad y ella se desmorona. Cuando se calma, yo ya suelo estar bien, pero esta vez... Digamos que en nuestro matrimonio hay un fallo informático.

—Es complicado —dice Edward, intentando ayudarlo.

John gesticula englobándolo todo: las fotografías, las cartas, la madurez, el matrimonio.

—Si vives lo bastante, todo se complica.

Edward piensa en la historia que serpentea, intrincada, entre él y Shay. Y en la que continúa latiendo entre Mahira y su hermano, a pesar de que Jordan haya muerto. Escucha el ligero susurro del aliento de Shay.

—Creo que habría sido mejor que me lo hubieras mostrado todo desde el principio. Creo que es importante... ver a todos los que murieron. Importan tanto como nosotros y quiero recordarlos —dice.

Edward observa a su tío mientras este reflexiona sobre lo que acaba de exponer.

—Interesante. Tal vez tendría que habértelo enseñado todo, sí, pero me sentí incapaz. —Bañado por la luz pálida del amanecer, parece un hombre mayor—. Porque, verás, lo que más temía, que lo que más temíamos... —John duda.

—¿Qué? —dice Edward.

John vuelve ligeramente la cabeza. Ya no mira a su sobrino sino el amanecer.

—Que pudieses..., en fin, hartarte de vivir. El doctor Mike nos dijo que era una posibilidad, y cuando llegaste aquí te matabas de hambre y te caíste en la calle. Tenías una depresión de caballo.

Edward, sorprendido, intenta comprenderlo.

—¿Temíais que me suicidara?

—Tomábamos las decisiones tratando de evitarlo. No quería que estuvieras cerca de nada que pudiese amargarte más. Lacey cree que me lo tomé demasiado a pecho y que para protegerte del accidente acabé obsesionado por él. —Se frota la cara—. Ya sabes que las mujeres son más listas que nosotros.

En una ocasión, el doctor Mike le había dicho durante una sesión que descartara la opción del suicidio. Edward, confundido por el comentario, no respondió. Pero ahora, teniéndolo en cuenta, ve el que ese miedo fomentaba todas las atenciones del director Arundhi, la receta de las pastillas para dormir de Lacey y las nuevas arrugas en la cara de John. Niega con la cabeza.

—Jamás habría hecho algo así.

John se encoge de hombros: «Puede, pero no tenía la certeza».

La agotada mirada de su tío hace que se dé cuenta, por primera vez, de por qué John tenía que salvarlo a toda costa. Su tío, pese a todo su empeño, su atención y sus cuidados, ha sido incapaz de salvar a los demás: a los bebés de Lacey; a Jane, Bruce y su sobrino mayor. Estaba dispuesto a arruinarse la vida e incluso a hundir su matrimonio para no perder al niño que había llegado a su casa.

—Nunca os habría hecho eso. —Primero mira a su tío y después a Shay, ya que esto la incumbe también—. Porque sé qué es que te abandonen.

La frase lo deja sin aliento, como si la verdad le hubiera quitado algo. Siente un destello de miedo, pero luego ve la expresión de su tío. John abre los brazos y Edward da un paso adelante.

14.08

El copiloto, asustado por la alarma, las turbulencias o el hecho de volar en modo manual (la mayoría de los pilotos se entrenan para despegar y aterrizar en modo manual, no para controlar el aparato en pleno vuelo), toma una decisión irracional. Tira de la palanca de control lateral para que el avión ascienda de manera pronunciada. Desde su posición, el piloto no ve el brazo derecho del copiloto y no se le pasa por la cabeza que su colega pueda cometer semejante error.

—Estable —dice el piloto.

—Entendido.

El copiloto para y, casi inmediatamente, el ordenador del avión reacciona. Una alarma advierte a los pilotos de que están abandonando la altitud programada. Suena la alarma de la entrada en pérdida. Esta última consiste en una voz artificial que no para de gritar «¡Entrada en pérdida!», seguida de un sonido intencionadamente fuerte y molesto conocido como «grillo». Una entrada en pérdida es una situación potencialmente peligrosa que puede ser el resultado de volar demasiado despacio. A una velocidad crítica, un ala pierde de golpe mucha efectividad para sustentar el aparato, que puede caer. Sin embargo, el piloto cree que están siguiendo el protocolo adecuado e ignora la alarma. El copiloto sigue tirando de la palanca de control lateral, cubierto de sudor frío y respirando superficialmente. Intenta que no se note que está aterrado.

El suelo se comba bajo los pies de Veronica y luego recupera la forma normal.

—Vuelva a su asiento —le dice a la doctora.

Mira primero al muerto, y después, con más calidez, a la enfermera.

—Vuelvo enseguida —le dice.

Vuelve a trompicones a su asiento, situado a la vuelta de la esquina de primera clase. Se deja caer en el duro rectángulo horizontal y se abrocha el cinturón. Recuerda la cara pálida de Crispin Cox. Piensa que ya no respira ni le corre sangre por las venas. Nunca se le había muerto nadie durante un vuelo. ¿Cuál es el protocolo en estos casos? Se los ha leído todos, y en un caso así lo primero es avisar al piloto. Lo hará en cuanto pueda llegar al intercomunicador. Después, lo ideal es trasladar el cadáver a una fila de asientos desocupados, lejos del resto de pasajeros. En este vuelo es imposible, porque no hay ni un solo asiento libre, sin embargo, leyó que en ocasiones se deja cuidadosamente el cadáver en un armario hasta haber aterrizado. En la cola del avión hay un armario que, una vez vaciado, podría servir.

Se imagina cargando el cadáver con Ellen por toda la cabina para llevarlo al armario. Ellen lo sujeta por los pies y ella por debajo de los brazos. Luis las espera en el armario para ayudarlas.

El avión tose con fuerza y el morro cabecea. Veronica se concentra en los quejidos y los ruidos metálicos de esta máquina colosal que conoce tan bien como su propio cuerpo. «¿Qué intentas decirme?», se pregunta.

Abril de 2016

Edward solo se atribuye dos responsabilidades: leer las cartas conforme van llegando y cuidar el helecho del director Arundhi. Lo cuida desde hace casi cuatro meses. El helecho prospera, verde y plácido en la mesa de debajo de la ventana del sótano. Edward saca fotos al pata de canguro y se las enseña al director Arundhi para que vea lo sano que está. El despacho del director parece menos un invernadero y más un despacho. El virus ha sido resistente, terrible, y atacó en tres oleadas. Finalmente ha dejado en paz los helechos, pero han muerto trece. Solo quedan unos cuantos en el alféizar y en la mesa auxiliar.

—Tengo que reconstruir esto. Me estoy planteando comprar unas orquídeas. Son unas plantas maravillosas, ¿no crees? —Arundhi suspira y Edward comprende que no lo dice de corazón. Solo son palabras. El director le pide que, por si acaso, se quede con el pata de canguro unas semanas más.

El viernes es el único día de la semana que Edward tiene en cuenta, porque John trae cartas si ha llegado alguna. Shay y la monja de Carolina del Sur se han hecho amigas por correspondencia. Edward le escribe a Gary y le hace preguntas sobre las ballenas. Ambos adolescentes le envían mensajes a Mahira. Han respondido a todos los niños. Han contestado a los grupos situados en los extremos, piensa Edward, a los muy viejos y a los muy jóvenes. Entre un extremo y otro hay cientos de peticiones que Edward compara con un tramo de arenas movedizas. No ha decidido qué hacer con ellas, pero sabe que, si cumpliera una, tendría que cumplirlas todas. Y eso, tal y como indica la base de datos de Shay, es técnicamente imposible. Tendría que estar viviendo simultáneamente en varios lugares del mundo y ser a la vez médico, bibliotecario, chef, activista, novelista, fotógrafo, profesor de cultura clásica, diseñador de moda, corresponsal de guerra, sumiller y trabajador social, entre otras ocupaciones. Estaría cumpliendo deseos opuestos en lugares separados por varios husos horarios.

Esta mañana ha leído una carta breve y prácticamente ininteligible de la mujer del copiloto. En ella le explicaba cómo conoció a su marido en la universidad y lo mucho que siente que cometiese un error en la cabina de mando. «Mi marido mató a ciento noventa y una personas. ¿Te imaginas cómo es mi vida?», decía al final.

De todas las cartas que ha leído, esta es la única que no deberían haberle enviado. Está seguro. Su marido mató a la familia de Edward. Se pregunta cómo es posible que le parezca bien escribirle pidiéndole... ¿qué? ¿Una confirmación? ¿Empatía? Tendría que estar enfadado con ella, pero no lo está. No tuvo nada que ver con lo ocurrido y también la abandonaron. Además, le guste o no, realmente se imagina cómo es su vida. Imagina su sentimiento de culpa, el avión quebrado que debe aplastarla cada vez que intenta dormir.

Está en el vestíbulo principal del instituto; se fija en la multitud de adolescentes que hay por todas partes. Dentro de tres minutos empieza la clase de sociales; están dando la Revolución francesa. Sabe que sus compañeros quieren sacar muy buenas notas para tener más posibilidades de ser aceptados en el programa de ampliación de historia del año que viene, no porque les encante la materia, sino porque las mejores universidades consideran que un buen estudiante debe cursar como mínimo tres asignaturas de ese programa. Al final del vestíbulo hay una salida y Edward decide utilizarla.

Se encamina hacia la calle principal. Tiene la sensación de que, a su espalda, el instituto se aleja como una nube a la deriva. Sabe que, en cuanto Shay vea que no está ni en sociales ni en ninguna otra parte del edificio, se quedará confundida y preocupada. Se siente mal por ello. Sin embargo, sigue caminando. Después de subir al bus con destino a Nueva York, le escribe un mensaje a Mahira pidiéndole la dirección de la tarotista.

«¿No deberías estar en clase?», le contesta ella.

«Sí.»

«Je, je. —Le manda la dirección—. No olvides que no son más que chorradas.»

En Nueva York toma un taxi. La dirección corresponde a una calle arbolada del Upper East Side. En la esquina se baja del taxi. En los últimos seis meses ha recorrido más kilómetros que durante los tres años anteriores. Es como si al cumplir la edad de Jordan, su hermano lo hubiese obligado a moverse. Ahora no tiene ni la menor idea de hacia dónde lo empuja.

Edward ve antes la lámpara roja de la ventana que el número del portal. Es una ventana de la planta baja de un edificio de tamaño mediano. En la esquina inferior derecha de la ventana hay un letrerito blanco que pone en letras negras: «Madame Victory le leerá el futuro. Timbre 1A».

«Esto es una chorrada», piensa, y la desesperación lo invade de nuevo. Se queda de pie en la acera de enfrente. «Contestaré la carta de la mujer del copiloto en cuanto llegue a casa. Le diré que la entiendo», piensa. Gracias a esta decisión recupera la iniciativa. Cruza la calle, sube los escalones y llama al timbre.

Oye un chasquido y empuja las dos puertas del edificio. Entra en el vestíbulo. La moqueta es verde y el papel pintado de las paredes tiene un motivo de hojas. La puerta de la izquierda está entornada. Edward la abre del todo.

—¿Hola? —Está en un salón. Hay una mesa redonda de madera con cuatro sillas, un buró y, en la pared del fondo, un tapiz de estilo renacentista de un unicornio alzado sobre las patas traseras encerrado en un corral. Alrededor del corral hay un mar de flores. Edward recuerda que, cuando era muy pequeño, vio una película de dibujos animados sobre un unicornio, y que estuvo una temporada obsesionado con aquel mítico animal. En parte, su obsesión venía por el hecho de que sus padres, que se enorgullecían de enseñarles a sus hijos la diferencia entre la realidad y la ficción, parecían incómodos cuando él les preguntaba si los unicornios existían. «Puede. A lo mejor existieron hace mucho tiempo», le dijo su madre.

—Un momentito, cielo —dice una mujer. Edward oye campanillas y mira hacia la ventana, donde un móvil de metal tintinea. ¿La ha puesto en movimiento la voz de la mujer? Se le eriza el vello de los brazos y de pronto allí está ella.

Es alta, por lo menos mide un metro ochenta, y lleva un pañuelo de colores en la cabeza. Tiene la piel morena, los ojos castaños y una sonrisa alegre. Lleva una falda de color amarillo chillón y una sudadera con capucha completamente abrochada.

—Siéntate, guapo —le dice, ofreciéndole una silla—. Te informo. Quince minutos con Madame Victory cuestan treinta dólares, solo acepto dinero en efectivo.

—Vale —contesta Edward. Sin embargo, no se decide a tomar asiento, su cuerpo está en guardia. El móvil sigue tintineando, pero menos. No llega a descifrar el mensaje que le manda su organismo; lo experimenta como una descarga de adrenalina. «Ten cuidado, peligro, vete.» De todos modos, al final acaba por sentarse.

Madame Victory ocupa una silla al otro lado de la mesa.

—¿Prefieres que te eche las cartas o que te lea la mano?

—No lo sé.

Lo mira a la cara por primera vez. A Edward le cuesta sostenerle la mirada, pero no puede apartar los ojos. El nivel de adrenalina no ha bajado. El campanilleo sigue, como si un niño de dos años estuviese jugando con el móvil de la ventana. Edward se rebulle en la silla intentando ponerse cómodo. Es ella la que le está haciendo esto; lo sabe, pero no entiende el motivo. «¿Te conozco?», piensa. Pero evidentemente no se conocen.

—Mmm, me gustaría leerte la mano. Por favor, dame la mano, cielo —le dice.

Edward extiende el brazo, todavía delgaducho pese a los ejercicios con pesas. Tiembla un poco. De pronto piensa en lo íntimo que resulta el gesto de ofrecerle la mano a otra persona. Ella se la toma. Madame Victory tiene la piel seca y caliente.

—Me suenas de algo —le dice la pitonisa.

—Una amiga viene a verte. —Mahira no es su «amiga», pero no sabe de qué otro modo referirse a ella. ¿Como la novia-de-su-hermano-de-la-que-no-sabía-nada? ¿Como la-otra-persona-que-amaba-a-Jordan?

Madame Victory asiente, como si ya lo supiera. Le estudia la mano. Con el índice, le toca el centro de la palma.

—Eddie... —susurra.

—¿Podría repetirlo? —Quizás la ha entendido mal. La pitonisa calla—. ¿Le dijo Mahira que vendría a verla?

—¿Mahira? —Niega en silencio y toca el montículo situado bajo cada dedo—. Esto es algo que no suelo preguntar a mis clientes, pero ¿qué quieres saber?

—¿A qué se refiere? —Edward está confundido—. Pensaba que me iba a adivinar el futuro... ¿Hay más opciones?

No dice nada. Está encorvada, mirándole la mano y no la cara.

—Quiero saber qué hacer —se escucha decir. Al igual que la decisión de responder a la mujer del piloto, este comentario lo calma. Quiere saber qué hacer.

La mujer le da una palmadita en el centro de la mano.

—Eso es fácil. Solo tienes que hacer lo que todos tenemos que hacer. Tenemos que pensar en quiénes somos, qué poseemos, y usar ese conocimiento para el bien de todos.

Repite las palabras mentalmente más de una vez.

—Pero podrías decirle eso a cualquiera.

La tarotista sonríe.

—Claro que podría. Por desgracia, no todo el mundo viene a verme. Sin embargo, dada tu edad y tus antecedentes, este consejo te será particularmente útil.

Edward nota la vibración del teléfono en el bolsillo. Sabe que a esta hora ya se han terminado las clases. Shay le escribe mensajes: «¿Dónde estás? ¿Te encuentras bien?».

—Se supone que se han de seguir estos pasos: decidir qué quieres estudiar y entrar en la mejor universidad, según tus posibilidades, y después en la mejor escuela de posgrado, y después conseguir el mejor trabajo —dice Edward.

La cara de Madame Victory se ilumina al escuchar aquello. Edward se fija en que la piel se le llena de luz antes de echarse a reír. La suya es una risa poderosa, cálida y efervescente que llena la habitación. La pitonisa echa la cabeza atrás y con una mano se sujeta la tripa. El móvil de la ventana se une al festival, y Edward también se ríe. Escucha su propia risa, una risa nueva, desconocida.

Cuando la mujer deja de reír, su luz se va atenuando.

—Eddie, eres una persona muy cerebral, ¿verdad?

—Prefiero que me llame Edward. Por favor, ¿podría decirme cómo sabe mi nombre?

—Lo que tienes que entender, cielo, es que el laberinto del que intentas salir no es de naturaleza intelectual. Una ecuación se resuelve razonando, pero esto no. Para salir del laberinto necesitas otro enfoque.

—¿A qué se refiere?

—Ya han pasado los quince minutos —dice, en un tono completamente diferente.

—Pago por otros quince.

—Me temo que hoy es imposible. Tengo un cliente que siempre viene a la misma hora. Si quieres, puedes venir otro día. —Sigue sosteniéndole la mano; le pone la suya encima y una sensación cálida le sube por el brazo—. No sé si darte setas —dice, como si hablase consigo misma.

—¿Setas? —Edward se acuerda de los hongos que crecen entre las raíces de los árboles del jardín de sus tíos.

—*Psilocybe semilanceata*. Te mostrarían los distintos enfoques que te he comentado. Pero no, no te las voy a dar. Eddie, eres capaz descubrirlos por ti mismo. Confío en que encontrarás el camino —contesta.

—No lo comprendo —dice Edward.

Madame Victory sonríe.

—La comprensión está sobrevalorada.

La tarotista se levanta y Edward la imita. El móvil tintinea. Edward se saca la cartera del bolsillo.

Ella niega con la cabeza y se le acerca. Nota que todo el cuerpo de Madame Victory emite el mismo calor que antes ha notado en la mano. Huele a canela.

—La primera sesión te la regalo.

La pitonisa lo coge del brazo y lo acompaña hasta la puerta. Justo antes de abrirla, le habla al oído.

—No hay nada que justifique lo que te ocurrió. Podrías haber muerto, pero no fue así. Tuviste suerte. Nadie te eligió por un motivo determinado, lo que en el fondo significa que puedes hacer lo que quieras.

El muchacho abre la puerta, la cruza, se queda de pie en el vestíbulo y se da cuenta de que lo han decorado para que parezca un bosque.

14.09

El piloto grita por primera vez.

—¡Comprueba la velocidad!

El avión está ascendiendo al vertiginoso ritmo de dos mil cien metros por minuto. A medida que gana altitud, pierde velocidad, hasta el punto de arrastrarse a solo noventa y tres nudos, una velocidad más propia de una avioneta pequeña que de un avión de pasajeros.

Piloto: Céntrate en la velocidad. Céntrate en la velocidad.

Copiloto: Sí, sí, desciendo.

Piloto: Estabiliza.

Gracias al sistema de protección antihielo, uno de los tubos de Pitot vuelve a funcionar. En los monitores de la cabina de mando vuelven a verse los detalles de la velocidad válida.

—Ya estamos descendiendo.

—Poco a poco.

—Sí.

El copiloto reduce la presión sobre la palanca y el avión gana velocidad a medida que mengua el ángulo de ascenso. Acelera a doscientos veintitrés nudos, la alarma de entrada en pérdida deja de sonar. Los pilotos recuperan momentáneamente el control. Sin embargo, la comunicación entre ellos no es buena. Esto implica que el piloto no sabe que están al borde de la catástrofe y que el copiloto ignora que, si no vuelve a tirar de la palanca, llegarán sanos y salvos a Los Ángeles sin sufrir ningún retraso.

Mark no encuentra a Veronica. Está sentado, buscando a tientas la hebilla suelta. A su lado, Jane respira de un modo raro.

—Solo son turbulencias —la tranquiliza, con la voz entrecortada por las sacudidas del avión—. Nunca hay accidentes de avión causados por turbulencias. Lo leí por ahí.

—Ya lo sé. Ahora lo único que quiero es estar con mi familia.

Mark recuerda haber ido en avión con Jax y su madre. Tenía nueve años, compartía con su hermano unas barritas de caramelo y contenía el impulso de dar patadas al asiento de delante. Una lucha permanente contra los nervios.

—Soy escritora. Creo que tengo la costumbre de ver todas las posibilidades que se derivan de una situación determinada. Y en cualquier situación hay como mínimo una posibilidad aterradora —le cuenta Jane.

—No haga eso. Céntrese en lo que tiene delante —dice Mark.

Sin embargo, Mark está concentrado en dos cosas muy distintas. Por una parte, tiene la esperanza de volver a ver el rostro de Veronica y, por otra, repasa el acuerdo que ha estado preparando para cuando llegue a Los Ángeles. Se le ha ocurrido una estrategia para zanjar el asunto, una estrategia compleja y cauta. Ese no es su estilo.

Con cada latido, siente que se le agudizan las capacidades y mejora su aptitud. Con este acuerdo demostrará a sus colegas que se equivocaban al creer que no podía rendir al máximo sin cocaína. Demostrará a los periodistas lo equivocados que estaban al pensar que era la flor de un día. Está preparado para llenar el hueco que los hombres como Cox están dejando en el escenario mundial. Entonces Veronica se lo follará; toda mujer viva querrá follárselo. Ni las turbulencias ni el difunto protagonista del otro lado del pasillo van a detenerlo. Nada puede detenerlo.

Mayo de 2016

Mientras están en el supermercado o probándose zapatillas en el centro comercial, Shay le susurra inesperadamente: «Siete millones de dólares». Edward, con una mueca, dice: «Aún no». Ha guardado el cheque en el sobre original de la carta de Jax, debajo de su cama, con el resto de las cartas. Todas las tardes, después del instituto, levanta pesas en el gimnasio y corre alrededor del lago con Shay. Cuando hace buen tiempo, van corriendo hasta el parque infantil y se sientan en los columpios hasta que dejan de jadear. Edward hace diariamente los deberes de matemáticas, lo nunca visto. A mitad del curso contrataron a una profesora nueva y por fin los deberes le parecen interesantes y lo motivan. Mientras profundiza en un problema difícil, le parece tener a su padre junto a él, recomendándole estrategias.

Edward ignora lo que está a punto de suceder. Acaba de llegar por correo. Es una de las cartas que su tío recoge los viernes en la estafeta. John se la da en el vestíbulo y Edward la abre. Suele esperar a estar solo con Shay, pero la inclinación de las letras del sobre lo impulsan a abrir la solapa. Da igual que sea casi la hora de cenar y que John esté presente.

Querido Edward:

Debes saber que Jax hablaba de ti a menudo. Pensar en ti lo hacía feliz. Lo liberaste cuando te mandó el dinero. Para Jax era importante que fuese tuyo. Tengo la carta en la que le preguntabas si estaba seguro, si prefería que se lo devolvieras. Nunca quiso que le devolvieras el dinero.

Le dio por el surf extremo, así que el año pasado nos mudamos a California, cerca de un punto donde se forman olas gigantescas. Le encantaba. Murió hace tres meses. Cayó desde la cresta de una ola y desapareció. Lo encontraron dos horas después, con la correa de tobillo de la tabla atrapada bajo unas rocas.

El abogado me dijo que, si ingresabas el dinero, podrías tener algún problema por la muerte de Jax. Por eso te envío un nuevo cheque por la misma cantidad. Por favor, no me contestes diciéndome que lo sientes, porque no hay nada que sentir. No ha sido ninguna tragedia. Una verdadera tragedia es morir viendo la tele en el sofá. Morir mientras haces algo que amas con todas tus fuerzas, eso es mágico.

Espero que tengas magia en la vida, Edward.

TAHITI

Edward alza la mirada.

—¿Estás llorando? —le pregunta John, y en ese preciso instante Shay entra en casa.

—Jax ha muerto —le dice a su amiga.

Shay se tapa la boca.

—¿Qué ha pasado?

—¿Qué ocurre? —dice John.

—Un momento. —Edward sube al piso de arriba y coge la primera carta de Jax. Se la da a su tío. John la lee. Después el chico le da la de Tahiti y el cheque nuevo.

Cuando John termina de leer las dos cartas y el cheque, se va a la cocina. Los dos adolescentes son su sombra. Lacey está cocinando en los fogones. Lleva auriculares y tararea. Se los quita en cuanto entra la tropa. El ambiente ha cambiado desde que Edward habló con John en el garaje. Están todos en la misma página, aunque la página sea de una historia en desarrollo y con final incierto. La relación entre sus tíos ha mejorado. Hace unos días, Edward oyó a Lacey llamar «Osito» a su tío, que se puso colorado de felicidad.

—No te lo vas a creer.

John la pone al corriente mientras ella va leyendo las dos cartas y el cheque.

—¡Ay, Dios! —exclama cada vez que termina.

Se congregan alrededor de la mesa de la cocina, donde han dejado los papeles. Dada su forma y el lugar que ocupan, parecen dos salvamanteles y una servilleta.

—Si no recuerdo mal, hace tiempo me explicaste que cada familiar de las víctimas recibió una indemnización de un millón de dólares y que yo recibiré una de cinco en cuanto cumpla veintiún años, ¿verdad? —dice Edward.

—Efectivamente —contesta John.

—Entonces, por ejemplo, la abuela de Benjamin Stillman recibió un millón de dólares.

Lacey se sorprende al escuchar ese nombre (de los cuatro, es la única que no se sabe de memoria los nombres de los pasajeros), pero no dice nada.

Edward y John han completado la información de la carpeta. Fue su tío quien tuvo la idea de que trabajaran juntos. Una tarde le dijo a su sobrino: «He estado pensando en lo que dijiste en el garaje. Creo que deberíamos terminar de documentarnos sobre todos los del avión, para asegurarnos, como señalaste, de que todos sean "recordados". Me gusta mucho esa idea. —Miró con timidez al adolescente—. ¿Quieres ayudarme con eso?».

Edward le contó a John todo lo que sabía acerca de los pasajeros. Le habló de la doctora pelirroja que fue a primera clase a examinar a alguien, de cuando habló con Benjamin, de la mujer con campanillas en la falda y de la novia de Gary. Incluso le contó que Mark y Veronica estuvieron juntos en el baño. Mientras el chico hablaba, John fue tomando nota y añadiendo los detalles en el dorso de las fotografías correspondientes.

Cuando John escribía la información de Florida en el dorso de su foto, le explicó a Edward que había hablado con el marido de la mujer: «¿Sabes? Me dijo que Florida creía en la reencarnación, que creía que había tenido cientos de vidas. Después del accidente, Bobby, creo que se llamaba así, vendió la casa y se compró una caravana. Está recorriendo el país buscando la nueva encarnación de Florida».

Lo primero que pensó Edward fue que, si encontraban una foto de la nueva encarnación de Florida, podían meterla en la carpeta. Después negó con la cabeza y, cuando se volvió hacia su tío, entendió que estaba pensando lo mismo. Tío y sobrino se miraron sonriendo de un modo particular, una sonrisa instaurada poco después de empezar a trabajar juntos. Con aquella sonrisa confirmaban que estaban chalados y les importaba un bledo estarlo.

—Lolly Stillman recibió un millón de dólares. ¿Por qué lo preguntas? —dice John.

Los cuatro juntos, de pie, miran la correspondencia, el cheque, la llegada y la partida de Jax Lassio. Edward nota que se le relajan los hombros después de haberles confesado otro secreto a sus tíos. Ya no le interesan los secretos.

Antes de irse a dormir, Edward rocía el helecho, comprueba la humedad de la tierra y añade otra cucharada de fertilizante de una bolsa que guarda bajo la mesa. El director Arundhi le ha dicho que se quede el pata de canguro. «Estas plantas no están hechas para ir de un lado para otro —le ha dicho, con el bigote mustio—. Lo has cuidado el tiempo suficiente para que tu casa sea su nuevo hogar.»

Edward se lava los dientes, se pasa el hilo dental y se pone el chándal con el que duerme. Lo último que hace antes de acostarse es comprobar una vez más el estado del helecho. Haciendo todo esto se le ha ocurrido una idea redonda. Con el dinero de Jax puede comprarle al director unos cuantos helechos especialmente caros e infrecuentes para que reconstruya su invernadero particular. En la cama, mientras lo piensa, sonríe.

La carta de Tahiti lo ha entristecido, pero al mismo tiempo también lo ha aliviado. Ha sido como el punto final de una frase incompleta. Edward puede pasar página. Le resultaba incómodo que Jax le hubiera dado el dinero, sobre todo porque no entendía el porqué. Tenía que saber que Edward recibiría una indemnización, que no necesitaba ese dinero. Después del accidente, era lo último que necesitaba, tal vez. Sin embargo, Jax había decidido dárselo de todas formas. A lo mejor puede regalarlo siguiendo el mismo espíritu. Dárselo a alguien para que, simple y llanamente, tanto él como el beneficiado se sientan bien.

El director se siente bien rodeado de helechos. Puede hacer construir un invernadero detrás de la casa del señor Arundhi y llenarlo de helechos. Sonríe, y se da cuenta de que está sonriendo. Se le ocurre que la señora Cox consideraría esa idea una estupidez. Para ella, el dinero es un medio para ganar más dinero, una herramienta para tener una vida próspera. La anciana vería bien un gesto filantrópico, una donación a una entidad de prestigio como un museo, pero jamás aprobaría una frivolidad como esta. No se lo reprocha, pero el placentero cosquilleo que le recorre el cuerpo le indica que va bien encaminado.

¿Con quién más podría compartirlo? ¿A quién más le gustaría dárselo por absurdo que parezca? A quienes han sufrido por culpa del accidente pero no han visto ni un céntimo. Podría pagar la matrícula de la universidad a Shay, algo imposible para Besa, y la de Mahira. Financiarle a Gary la investigación sobre las ballenas; como no estaba casado con Linda, no lo indemnizaron. También a la abuela de Benjamin, a pesar de que ha cobrado la indemnización. Si a la anciana le parece conveniente, puede regalarlo a su vez.

Le parece oír a Shay diciéndole: «No te olvides de la monja ni de los tres niños de la primera carta».

¿Quién más? ¿Qué más?

Tendido en la cama, se siente cada vez más pesado; se le cierran los ojos. Lo último que piensa es que las donaciones han de ser anónimas. Nadie tiene que poder seguir el rastro del dinero hasta él. De lo contrario, sería un capullo.

14.10

El avión se encuentra setecientos sesenta y cinco metros por encima de la altitud inicial y, aunque sigue ascendiendo a un ritmo peligroso, se encuentra dentro de su envolvente de vuelo. Sin embargo, el copiloto vuelve a tirar de la palanca de control lateral, provocando que el morro del avión se alce y que pierdan velocidad. Más tarde, cuando otros pilotos repasen la grabación de la caja negra del vuelo 2977, no podrán creer que, en ese punto, un piloto entrenado repitiera el mismo error. Pero así es.

La alarma de entrada en pérdida se activa.

—Presta atención —dice el piloto.

—Vale.

Puede que los pilotos hagan caso omiso de la alarma porque consideran imposible que el avión esté entrando en pérdida. Hasta cierto punto, no es descabellado que lo hagan. El avión tiene un sistema de pilotaje por cable que reemplaza los controles de vuelo manuales convencionales por una interfaz electrónica; las entradas de los controles son transferidas directamente al ordenador, encargado a su vez de que los servos accionen el timón de dirección, el timón de profundidad, los alerones y los flaps. Por lo general el ordenador funciona dentro de lo que se conoce como «ley normal», lo que implica que en ninguna circunstancia ordenará un movimiento que pueda hacer que el avión abandone su envolvente de vuelo. Así que, mientras el ordenador funciona bajo la ley normal, un avión no puede entrar en pérdida.

Sin embargo, en cuanto el ordenador no recibe los datos de la velocidad del avión, desconecta el piloto automático y pasa de la ley normal a la «ley alternativa», que da mucha más libertad al piloto. Dentro de la ley alternativa, el piloto puede hacer que un avión entre en pérdida, justamente lo que está ocasionando el copiloto al tirar de la palanca.

—¿Qué pasa? —le pregunta a Benjamin la anciana que tiene al lado—. Por Dios, ¿qué ocurre?

Lo mira con los ojos muy abiertos y le agarra el brazo. Benjamin no está seguro de si es consciente de esto último.

—Son turbulencias, señora. No se preocupe.

El avión da un par de sacudidas. Se oye un ruido, como si varias maletas rígidas hubiesen caído. Benjamin silba muy flojito. «No quiero morir con una vieja blanca agarrada a mí. Dios, no lo permitas.»

—Tengo catorce hijos —le dice la anciana.

—¿Catorce?

Se pone contenta de haberlo sorprendido.

—Bueno, vivos solo me quedan nueve.

—Vaya, lo siento.

—¿Tienes madre?

Bam. Otra sacudida.

—No, señora.

—Ah. —Parece decepcionada.

El soldado echa un vistazo a la familia del otro lado del pasillo. El pequeño Eddie, aterrorizado, agarra la mano de su hermano. Benjamin se ablanda un poco. «Pobre niño», piensa. Le dan ganas de llorar y comprende que su compasión no abarca solo al niño que tiene al lado, sino al que era él a la edad de Eddie. «Pobre niño.»

—Una familia tan grande debió de darle mucho trabajo —le dice.

—Sí. Como eres hombre, nunca sabrás lo que es esforzarse tanto. Es algo que solo las mujeres sufrimos.

El avión se sacude. «Estamos fuera de rumbo», piensa Benjamin.

—Mi hija mayor me recogerá en el aeropuerto. Viviré con ella. Tengo planes.

—Eso es bueno.

—Te cuento cómo será mi jubilación: estaré tumbada todo el día, leeré revistas y beberé gin-tonics. —Frunce los labios—. Ahora mismo, uno me vendría de perlas.

Benjamin vuelve a mirar a la familia del otro lado del pasillo. Piensa en Gavin, con esos ojos alegres tras las gafas. Piensa en dejar el ejército, doblar el uniforme, meterlo en un baúl y cerrarlo. Se imagina haciendo puzles en la mesa de la cocina con Lolly. También se ve besándose con un hombre detrás del 7-Eleven del final de la calle.

Tanto en la academia como en el campamento se despertaba con un: «¡En pie, soldado!». Tuvo un oficial al mando que, cuando rayaba el alba, disfrutaba entrando en los barracones y preguntando para confundirlos: «¿Dónde está el enemigo?».

Durante la mayor parte de su vida lo han despertado así. Así han sido sus despertadores, sus llamadas a la acción. «¿Dónde está el enemigo?», se pregunta. Lo invade la tristeza. El plan de la anciana de pasarse todo el día sin hacer nada lo horroriza. Él seguirá en guardia, seguirá en pie.

Julio de 2016

Durante el verano entre noveno y décimo, Edward y Shay trabajan de monitores en el campamento de la localidad. A Edward le adjudican los niños mayores, y la primera mañana se reúne con un grupo de chicos de doce años. Está a punto de presentarse y pasar lista cuando se estremece.

Va mirando a los niños uno por uno. Les mira los ojos, un par castaños bajo una pelambrera, un par azules. Más o menos la mitad de los chicos se tapan la cara con el flequillo, pero Edward ve lo que hay detrás de las estudiadas cortinas. Los ojos de los niños esconden algo. Aunque Edward no sabe qué, no puede apartar la mirada.

—Mi madre me ha dicho que ibas en un avión que se estrelló —dice uno.

—Sí.

—¿Te dolió?

—Muchísimo.

Los chicos se ríen. Edward recuerda que tenía su misma edad cuando sufrió el accidente. A los doce años estaba roto de dolor, pero también hay dolor en los ojos de los niños.

—¿Pasa algo? —pregunta uno.

—No. Poneos en fila, del más alto al más bajo.

Se mueven todos a la vez, golpeándose con las mochilas. Edward solo está ganando tiempo. Los mira mientras se organizan para ocupar cada uno su lugar.

«¿Es por la edad?»

«¿Es porque están a punto de abandonar la niñez?»

Por la tarde nada con ellos. Si pudiera evitar que entraran en el lago, lo haría, pero la natación es una parte inamovible del programa del campamento. Antes de meterse en el agua, les recuerda las normas de seguridad.

—No arméis bulla. Centraos en la brazada que estáis dando. Tenéis todos claro quién es vuestro compañero, ¿no? Estad pendientes solo de él. Iremos nadando hasta la boya y volveremos. No os desviéis ni os distraigáis. ¿Estamos?

Tras recorrer unos cuarenta y cinco metros, se asegura de que todos los chicos saben nadar bien. Aunque se queda más tranquilo, sabe que sigue existiendo la posibilidad de que se hagan daño o cometan un error. Pasa por su lado, mirándolos a la cara para comprobar que no tienen ningún problema. Los chicos también lo miran y sonríen.

Esa misma noche le comenta a Shay:

—Creo que seré profesor. Puede que de matemáticas de séptimo.

Ella se ríe, pero luego se da cuenta de que lo ha dicho en serio.

—¿Eso te gustaría?

—Creo que sí.

—De un montón de niños con *brackets* y acné. A esa edad todos estamos a medio hacer. ¿Recuerdas el flequillo absurdo que llevaba yo? —dice Shay.

—Más o menos.

—¿Por qué te gustaría pasarte la vida rodeado de niños de doce años?

—A lo mejor puedo ayudarlos. Cuando tenía doce años, tú me vigilabas. Apuntabas en una libreta todo lo que te sorprendía, ¿te acuerdas? A lo mejor a esa edad todo el mundo necesita que le presten mucha atención. Me compraré una libreta.

Ella lo observa. Se le marca el hoyuelo en la mejilla.

«Aún sigue anotando cosas en la suya», piensa Edward.

Edward y John se pasan el siguiente fin de semana transformando la habitación del bebé en un despacho. Han regalado la cama individual y la mecedora. Primero pintan las paredes de blanco tiza, el color que Lacey ha escogido. Los dos mascullan tratando de montar un escritorio de Ikea con una llave Allen, varios tornillos y pernos. Lacey mueve el sillón verde de un rincón a otro buscando la posición que proporcione mejor feng shui. Cuando se decide, colocan al lado la estantería llena de novelas del Oeste.

Hace unas semanas limpiaron el garaje. Juntaron todas las cartas. Edward escogió las que quería guardar bajo la cama del sótano. John cerró el apartado de correos y la correspondencia les llega directamente al buzón de casa. El último paso era arreglar la habitación.

Acaban de terminar y los tres están agotados y sudorosos. Se apiñan en la puerta, mirando fascinados el nuevo despacho, como si fuera el resultado de una reforma sorpresa y no de su trabajo.

Un viernes por la noche, cuando se acerca el final del verano, Shay y Edward caminan hacia el lago después de la cena. Los adolescentes se sientan con las piernas cruzadas en la suave hierba. Desde allí se ve el lugar donde Edward nada con los campistas todos los días. Es una tarde veraniega particularmente hermosa y el lago brilla como una moneda bajo el sol poniente.

—Nos quedan dos semanas para volver al instituto —dice Shay.

Edward contempla el lago resplandeciente y los árboles oscuros del fondo.

—El día que llegué, John me llevó a la habitación del bebé y desde la ventana me enseñó el lago. Pasó mucho tiempo hasta que volví a verlo, porque nunca subía al piso de arriba. Recuerdo que me decía que cuando me sintiera mejor iríamos a nadar; me parecía tan improbable como pisar la Luna.

Shay se abraza las rodillas.

—Estabas tremendamente flaco y débil. A duras penas podías caminar hasta el final de la manzana.

—Este verano he nadado casi todos los días. —No lo considera ningún logro. Piensa en los contratiempos y la desolación que caracterizan su vida. Tarotistas, cartas desgarradoras, la amistad con su tío y los baños en el lago. Todo ha sido igualmente inesperado.

—No le he dicho a mi madre que vendríamos al lago. —Shay se recuesta en la hierba.

—No le habría importado.

—A mí sí.

A Edward le hace gracia que Shay no quiera compartir ninguna de sus experiencias, sean o no trascendentes, con Besa. Ambas están inmersas en un tira y afloja continuo, una batalla que Edward no entiende pero que hasta cierto punto le divierte. Jordan y Bruce tenían una relación similar. Quizás Edward era demasiado pequeño para entablar esa batalla primordial. Se recuerda abrazando a sus padres, nada más. No tuvo la oportunidad de mantener una relación más complicada con ellos. Otra pérdida más.

—No sé qué temperatura hace, pero es perfecta —comenta Shay.

Edward estira la mano para comprobarlo y decide que su amiga tiene razón. Se echa sobre la hierba.

—Shay —le dice.

—¿Sí?

No la mira. Contempla el cielo crepuscular.

—Te quiero.

—Y yo a ti.

Edward se ríe. Nunca lo habían expresado y lo encuentra ridículo. Siempre la ha querido y siempre la querrá, lo sabe, incluso si otro avión se estrella o a ella la atropella un coche o sufre un infarto, incluso si él tiene cáncer o les da un ictus a los dos o el calentamiento global evapora el agua y los obliga a unirse a las milicias de recursos hasta morir de hambre o de sed.

—Qué cansada estoy —dice Shay.

—Yo también. Es culpa de esa carrera absurda. He estado tres horas remando en canoa con los chicos.

Ambos se quedan en silencio. Edward se ha dormido, a lo mejor, aunque es plenamente consciente de cuanto lo rodea. Percibe la forma del lago, tanto el área de su superficie como su profundidad, y también la luna que asoma a medias por el horizonte. Siente la pérdida de su hermano, y esa pérdida le parece tan real como un árbol del fondo. Inspira y, cuando espira, nota las moléculas de su cuerpo incorporándose al aire que lo rodea. «Creo que me estoy durmiendo», piensa. Sabe que Shay está a su lado. Las moléculas de la chica se mezclan con las suyas; ella también forma parte de él. Eso significa que todos aquellos a los que ha tocado, a quienes ha estrechado la mano o ha abrazado también forman parte de él. Siguiendo esta lógica, tiene moléculas de Jordan, de sus padres y de todos los pasajeros del avión.

En las cartas siempre le hablaban del peso con el que tenía que cargar. Él también pensaba que tenía que cargar con todas aquellas vidas perdidas. Se lo debía a los muertos. Sostenía el peso de ciento noventa y un cadáveres, como un paracaídas en descenso. Sin embargo, si los pasajeros forman parte de él, si todo momento y todo ser humano están interconectados, los pasajeros siguen existiendo porque él existe. El presente es infinito y el vuelo 2977 cruza el cielo oculto por las nubes.

Cuando le dijo a John en el garaje que jamás abandonaría a nadie, estaba siendo sincero. Sin embargo, ahora entiende la complejidad del asunto. Simultáneamente está sentado en el avión con su hermano y tumbado en el suelo con Shay. Jordan discute con su padre sobre el maltrato animal y besa a la Mahira de quince años y, al mismo tiempo, tras el mostrador de la tienda, la Mahira de dieciocho años ama a Jordan.

—¿Shay? —dice.

—Mmm.

—Antes tenía una idea absurda... —Tras una pausa, prosigue—: Supongo que todavía la tengo. Mientras yo permanezca en el suelo, el avión permanecerá en el cielo. Seguirá volando en su ruta normal a Los Ángeles. Soy su contrapeso. Todos siguen vivos allá arriba mientras yo siga vivo aquí abajo.

—¿El chico de doce años que eras también está en el cielo?

«Eddie», piensa él, y asiente.

—Lo entiendo. La verdad, tiene sentido —comenta Shay.

Edward sonríe con los ojos cerrados, porque Shay también lo entiende. Edward ve a su madre en primera clase, apretándose la marca de nacimiento en forma de cometa; a su padre, con la cara de sorpresa que ponía cuando resolvía un problema matemático. Se ve a sí mismo dentro de unos años, dando clases a alumnos de séptimo en el colegio del director Arundhi, intentando convencerlos de que no les pasa nada malo. El Edward del futuro lleva americana de mezclilla y les explica a los estudiantes que deben ayudar a quienes lo necesiten, y que han de aceptar que los ayuden cuando les haga falta.

Edward recuerda a Madame Victory partiéndose de risa, con la cara brillante de alegría. La oye diciéndole: «Nadie te eligió por un motivo determinado». Recuerda la pregunta del chico del campamento: «¿Te dolió?». Nota los dedos de Shay entrelazados con los suyos. La luz de la luna le atraviesa los párpados y, como si fuese el lago que tiene delante, ve el dolor y la pérdida en los que ha estado nadando durante todos estos años. Sin embargo, resulta que el dolor es amor. Son dos emociones entrelazadas, las dos caras de la misma moneda.

Se toman su tiempo para volver a casa. Deambulan entre árboles enormes y cruzan carreteras silenciosas. En cuanto llegan a su calle, Edward se detiene delante de la casa de sus tíos. Mira la ventana de la que iba a ser la habitación del bebé pero que ningún bebé llegó a ocupar ni ocupará jamás. Recuerda aquella vez que, al otro lado de esa ventana, estaba de pie, con las muletas, transido de dolor. Mira más arriba, donde, más allá de lo que alcanza a ver, un niño viaja en avión sin tener ni la más remota idea de lo que le espera.

14.11

—Estoy en TOGA, ¿no? —dice el copiloto.

TOGA es el acrónimo de Take Off, Go Around, despegue, seguir el vuelo. Cuando un avión despega o aborta un aterrizaje, debe ganar velocidad y altitud lo más eficientemente posible. Los pilotos se entrenan para aumentar la velocidad del motor hasta el nivel TOGA e inclinar hacia arriba el morro del avión durante esta fase crucial del vuelo.

El copiloto quiere aumentar la velocidad y escapar del peligro, pero el avión está muy por encima del nivel del mar; el aire, a once mil cuatrocientos treinta metros, es muchísimo más tenue que al nivel del mar. Tanto el empuje de los motores como la elevación generada por las alas son menores a esa altitud. En tales circunstancias, el ascenso resultante del ángulo de elevación del morro es mucho menor. De hecho, puede ser que dicho ángulo provoque un descenso, como sucede en este caso.

Hay una explicación para un comportamiento tan irracional por parte del copiloto. El estrés psicológico intenso suele bloquear la parte del cerebro más innovadora y creativa. Cuando las personas están agotadas, tienden a limitarse a lo conocido, a lo que han hecho muchas veces. Si bien los pilotos deben entrenarse pilotando manualmente los aviones en cualquier fase de vuelo, en la práctica lo hacen a baja altitud, mientras despegan, aterrizan y maniobran. De este modo, no es extraño que el copiloto responda como si estuviera cerca del nivel del mar, pese a no ser la respuesta adecuada en esta situación.

El avión alcanza su máxima altitud. Con los motores a plena potencia y el morro con una inclinación de dieciocho grados, el avión avanza horizontalmente un momento y empieza a caer.

Piloto: ¿Qué demonios pasa? ¡No entiendo qué está pasando!

—Tengo que ir al baño —dice Linda.

—¿Estás loca? No voy a dejar que te levantes —contesta Florida.

—La doctora acaba de ir a primera clase y ha vuelto hace nada. —Linda mueve los pies en los siete centímetros de espacio disponible. Sabe que se comporta como una cría malhumorada. Así se siente, de hecho. Con cada sacudida del avión, las campanas de la falda de Florida suenan como una alarma. Linda está incómoda. El cinturón se le clava y le parece que tiene una ampolla en el talón. Está atrapada y el avión se sacude de un modo incomprensible. Nunca había experimentado unas turbulencias tan fuertes. Le gustaría llamar a Gary y preguntarle si ha tenido un vuelo tan complicado.

Florida se la queda mirando.

—La mujer ha ido a primera porque alguien ha muerto.

—¿Qué dice? ¿Por qué dice eso?

—Habría tardado más en volver si hubiese salvado a alguien. En cuanto ha llegado, ha visto que ya no había nada que hacer.

Linda se rebulle en el asiento buscando una postura cómoda. Es una conversación absurda, demasiado absurda para seguir con ella. Nadie ha muerto en el avión. Eso no ha pasado. Es imposible que esté atrapada con un muerto en un proyectil de metal con alas. No puede ser que las primeras semanas de existencia de su bebé incluyan algo así.

En cuanto aterrice presentará una queja. No sabe a quién, porque no quiere faltar al respeto a los pilotos, pero alguien ha metido la pata y ella está sola y embarazada oyendo un coro de campanitas.

Diciembre de 2016

Edward y el doctor Mike mantienen una extraña conversación que el chico recordará a menudo a lo largo de su vida. No hablan en la consulta del psicólogo, sino que se encuentran por casualidad en el centro comercial un sábado.

Edward y Shay han venido a pie esta mañana porque ella tiene cita para teñirse el pelo de rosa chillón. Lo hace para enfadar a Besa.

—Recuérdame tal y como soy ahora —le ha dicho justo antes de entrar en la peluquería. Edward se lo ha tomado en serio. La adolescente mide un metro sesenta y ocho y tiene el cuerpo esbelto de una corredora. Viste tejanos y una chaqueta de *snowboard*, a pesar de que nunca ha esquiado ni practicado *snowboard*. Lleva una melena corta, lisa y morena. Tiene el aspecto de la mujer de ojos amables que algún día será, aunque si alguien le toca las narices, de amables tienen poco. No suele llevar gafas porque prefiere las lentillas. Edward sigue utilizando su hoyuelo como termómetro anímico.

—¿Me has mirado bien? —le ha dicho Shay.

—Te he mirado bien.

—Bueno, ahí voy.

Ya han pasado noventa minutos desde que Shay entró, y como mínimo aún le queda una hora. Edward está dando una vuelta por el centro comercial cuando se encuentra con el doctor Mike. Sonríen, sorprendidos, y Edward se percata de que le saca media cabeza al psicólogo. El hombre lo invita a tomar un café o un té y Edward acepta.

Después de pedir en la barra, se quedan de pie junto a la ventana de la sofisticada cafetería. Edward hace una confesión, tal vez por lo inesperado del encuentro o porque Edward cumplió dieciséis años hace unos días, una edad que su hermano nunca alcanzó, y se siente incómodo.

—Me parece que ya debería haberlo superado —dice—. Todos los demás se han olvidado del vuelo. Bastante, al menos. Pero yo todavía pienso en eso constantemente.

El doctor Mike remueve un rato el café. Varias personas pasan junto a la ventana. Hay tres hombres barbudos en fila, todos mirando el móvil. Una embarazada camina despacio junto a un pequeño con el pelo afro. Edward se nota los latidos del corazón, percibe el calor del té que, a través de la taza, le entibia la mano.

—Tienes grabado en lo más hondo lo que te ocurrió, Edward. Vive dentro de ti y nunca te abandonará. Forma parte de ti, y así será hasta el último de tus días. Desde la primera vez que nos vimos, has estado aprendiendo a vivir con ello.

14.12

Como el copiloto está tirando de la palanca al máximo, el morro del avión sigue inclinado y el gigante de hierro apenas tiene velocidad suficiente para que las decisiones tomadas en la cabina de mando sirvan de algo. Las turbulencias continúan sacudiendo el avión. Mantener las alas niveladas es casi imposible.

—Maldita sea, he perdido el control del avión. ¡No puedo controlarlo! —dice el copiloto.

—Cojo yo los mandos. Asiento izquierdo a los controles. —El piloto vuela en modo manual por primera vez.

—No lo entiendo —dice el copiloto, derrumbado en su asiento—. He estado tirando de la palanca desde que se ha activado el modo manual.

—¿Qué? ¿Has tirado de la palanca? ¡No! —La empuja, pero ya es demasiado tarde. Con el morro levantado, el avión cae en un ángulo de cuarenta grados. La alarma de entrada en pérdida sigue sonando.

—¡Hemos perdido el control del avión!

—Ya no hay nada que hacer...

Mientras el avión se tambalea, Florida recuerda los dibujos animados en los que un vehículo está en precario equilibrio al borde de un precipicio, y de pronto el viento cambia o un pajarito se posa en el capó y el coche se despeña. Se pregunta por qué una situación así, si está representada con dibujos animados, resulta graciosa.

Pone su mano cálida sobre la mano fría de Linda y se agarran juntas al reposabrazos.

—No te sueltes, cielo. Saldremos de esta —le dice.

—Vale —susurra Linda.

Florida se sobresalta cuando, al otro lado de Linda, ve a una desconocida mirándolas aterrada. Ya no lleva el pañuelo azul con el que se cubría. Es hindú. No dice nada, se limita a mirarlas como si esperara que le digan lo que le espera.

Florida intuye que la mujer está a punto de gritar y quiere evitarlo.

—Me llamo Florida. Ella es Linda. Estamos aquí para ayudarnos.

La mujer, de unos cincuenta y cinco años, asiente.

—Me he quedado dormida. Me he despertado pensando que estaba en el lugar equivocado, en el avión equivocado —dice en voz baja.

—Vamos hacia Los Ángeles —explica Florida.

—Los Ángeles, sí, ahí voy yo, gracias a Dios —dice.

Mira por la ventana. Lo único que se ve es un mar de nubes grises. Se vuelve de nuevo hacia las dos mujeres.

—Pero ¿qué ha pasado?

Una pregunta demasiado general.

—No lo sabemos —responde Florida.

—No tenemos ni idea —añade Linda.

El avión cae deprisa. Con el morro alzado y a una velocidad de cien nudos, la aeronave desciende tres mil metros por minuto en un ángulo de cuarenta y un grados y medio. Aunque los tubos de Pitot vuelven a estar operativos, la velocidad es tan baja (inferior a sesenta nudos) que los datos de entrada del ángulo de ataque no son válidos y la alarma de entrada en pérdida deja de sonar momentáneamente.

Sorprendentemente, los pilotos debaten acerca de si están ascendiendo o descendiendo antes de ponerse de acuerdo en que descienden. El avión sigue con el morro levantado cuando se aproxima a los tres mil metros de altitud.

—¡Asciende, asciende!

Veronica, con el cinturón abrochado, intenta levantarse. El avión vuela en un ángulo que nunca ha experimentado. Desearía volver a estar en el baño con Mark, enroscada a él. «¿Qué han hecho esos idiotas en la cabina?» Siente el impulso de ir con sus pasajeros para tratar de calmarlos, de ayudarlos.

Mark resbala del asiento. Llevaba el cinturón flojo y ahora, en vez de sujetarle la cintura, lo sostiene por las axilas. Mira al techo. Piensa en Jax y en la última discusión absurda que tuvieron. Se da cuenta de que no había terminado. No ha terminado.

Jane se abisma en sus adentros; tapándose la cara con las manos. Como el avión está temblando, no puede ir con los suyos, así que los visita mentalmente. Se imagina sentada en el regazo de Bruce. Nota las piernas del matemático debajo de las suyas. Lo mira a los ojos, porque no les quedan palabras para compartir. Después besa a los chicos, les da besos y besos y más besos, tal y como Eddie la besaba cuando era un bebé.

A medida que el avión se acerca a los seiscientos nueve metros, los sensores detectan que se están aproximando muy deprisa a la tierra y una nueva alarma se activa. Ya no hay tiempo de bajar el morro del avión para aumentar la velocidad.

Piloto: ¡Esto es imposible!

—Pero ¿qué está pasando?

—Diez grados de inclinación...

Exactamente un segundo y cuatro décimas después, la grabadora de voz de la cabina de mando deja de funcionar.

Bruce piensa en su problema matemático; seis años trabajando en él y todavía no puede plantearlo correctamente ni mucho menos resolverlo. En la bodega del avión tiene una bolsa de lona llena de diarios y notas. Recuerda la página en la que hizo un avance el agosto pasado, la botella de Malbec que aquella noche se tomó con Jane. Aquel avance le hizo creer que estaba más cerca de la solución de lo que realmente estaba. Debería haberse dado cuenta. Había confundido un claro con el final del bosque.

A lo largo de los siguientes meses llegó la aceptación, agravada por el anuncio de que no se le había otorgado la plaza de profesor titular en la universidad. Este revés y el fracaso lo habían dejado hecho polvo, aunque había tratado de que su mujer no lo notara. Se había preguntado: «¿Por qué le doy tanta importancia?». La respuesta fue inmediata: «Por los chicos». Quería que lo vieran trabajar, y lo vieron, pero también alcanzar luego un logro importante. Quería que se enorgullecieran de su padre. Quería hacer algo digno del orgullo de Jordan y Eddie.

El avión se desploma. Sostiene las manos de sus hijos y piensa: «Necesito más tiempo».

Querido Edward:

Me llamo Lyle. Hace algún tiempo fui voluntario paramédico en Greeley, Colorado. Estaba en el equipo más
cercano al lugar donde el vuelo 2977 se estrelló. Me llamaron mientras estaba en el trabajo, en un supermercado ShopRite. Soy carnicero y provengo de una larga es-
tirpe de carniceros. Estaba troceando un pollo y
pensando que cuesta un poco preparar una buena comida. Son curiosos los detalles que la mente retiene.

Aquel fue mi último día en el ShopRite y como voluntario paramédico. Después de lo ocurrido, no pude
volver al trabajo. Un médico me dijo que estaba deprimido; otro que tenía estrés postraumático. Me parece
incluso de mal gusto decirte lo que me ocurrió, después
de lo que has pasado, pero, si te cuento mi historia, te la
cuento entera. En resumen, sufrí lo mío y al final decidí
mudarme, a pesar de que mi familia había vivido en el
norte de Colorado durante muchísimo tiempo. Incluso
desde antes de la llegada de Colón. Ahora vivo en
Texas: necesito los grandes espacios abiertos, aunque
los de aquí son más secos, menos verdes. Sigo siendo
carnicero.

Te escribo porque no puedo librarme del recuerdo de aquel día. Te me apareces en sueños y gritas como gritaste entre los restos del avión. Si has dejado de leer o si has roto la carta, lo entiendo. Ojalá yo también pudiese hacerlo.

En nuestro pueblo solo había cuatro voluntarios paramédicos, aunque, por supuesto, vinieron los de otros distritos. Como te decía, éramos los más cercanos y fuimos los primeros en llegar al lugar. Yo me acerqué en coche y Olivia y Bob en la ambulancia. También vino alguien más, pero, por mucho que me devano los sesos, no recuerdo cómo se llama. Nos seguía de cerca el camión de bomberos, uno muy sofisticado que le costó un dineral al condado y cuya compra habíamos discutido durante varios años. El jefe de bomberos estaba emocionadísimo; por fin podía utilizar el camión.

Llegar fue como entrar en un plató de Hollywood. Pero ver una sección de un avión en medio del prado de una granja lechera por la que había pasado cientos de veces me pareció tan horrible como ver una ballena varada.

«Tenemos que devolverlo al cielo», fue lo primero que pensé.

Me parecía un objetivo tan razonable como cualquier otro. Hasta entonces, la emergencia más grave a la que me había enfrentado había sido el ataque cardíaco que tuvo un viejo en su cama. Su mujer llamó al 911, acudimos y sobrevivió. Habíamos hecho un curso de capacitación, pero no estábamos preparados para algo así. Olivia estuvo genial. Nos gritó que cubriéramos cada uno un cuadrante. Nos dijo que buscáramos supervivientes que nos ayudaran. Yo fui al extremo izquierdo, cerca de la cola, separada del resto del avión. Estuve al menos una hora caminando sobre trozos de metal, asientos que habían salido disparados y objetos irreconocibles, tosiendo por el humo. Oía a los otros gritar: «¿Hola? ¿Hola?». Esperaba que mis colegas tuvieran más suerte que yo.

Intentaba encontrar la manera de marcharme (básicamente de volver cuanto antes al coche) cuando te oí...

Edward hace todo lo posible para evitar el recuerdo del accidente, pero a veces lo invade como una enfermedad, y cuando empieza no hay escapatoria. Desciende en la hora más oscura de una noche de insomnio. De vez en cuando se le cuela cuando se toma un respiro o cuando un ruido fuerte le acelera el corazón.

Sin previo aviso, el avión se inclina hacia abajo dentro de él.

Agarra la mano de su padre y la de Jordan. Entrelazan los brazos y Eddie los mira fijamente mientras los compartimentos superiores se abren y las bolsas caen por todas partes. No está seguro de si el avión apunta hacia arriba o hacia abajo.

—Os quiero, chicos —grita Bruce—. Quiero estar aquí con vosotros. Os quiero.

—Yo también os quiero —dice Eddie.

—Os quiero —dice Jordan.

No está claro si pueden oírse por encima del silbido, del estruendo que los rodea. Tal vez hay una puerta abierta en alguna parte. Tal vez arriba es abajo.

—¡Jane! —grita Bruce, tratando de imponerse al estrépito.

Alrededor de Eddie la gente hace ruidos que nunca

había oído y nunca volverá a oír. Se produce un crujido ensordecedor, como si el mundo se hubiera partido en dos. Se ve lágrimas en el brazo. ¿Son suyas o de Jordan?

El ruido es tan fuerte, la presión sobre su cara, sobre su piel, tan grande, que no puede mantener los ojos abiertos. Él, y todos los demás, caen.

... Al principio no creí que fuera tu voz, Edward. Estaba seguro de que oía otra cosa. Pero la misma frase se repitió una y otra vez y me acerqué a ella como a un imán.

—¡Estoy aquí!

»¡Estoy aquí!

Aparté una plancha de metal; fue como abrir una puerta, y allí estabas, furioso, como ofendido por la espera. Me miraste a los ojos y gritaste: «¡Estoy aquí!».

Seguí observándote, un niño con el cinturón de seguridad todavía alrededor de la cintura, hasta que volviste a gritar. Te cogí y te abrazaste a mi cuello. Sentí que me estabas salvando mientras te salvaba.

Fuimos con los demás. No dejabas de repetir, ya más tranquilo pero con la misma insistencia: «Estoy aquí. Estoy aquí. Estoy aquí».

EPÍLOGO

Junio de 2019

Edward y Shay recorren el país con las ventanillas siempre bajadas en el Acura de segunda mano que compraron con el dinero de Jax.

Con ese dinero Edward hizo realidad la mayoría de las ideas que se le habían ocurrido aquella noche en el sótano. Los fondos de Jax pagarán la carrera y el posgrado de Shay y de Mahira. Esta última ha recibido la ayuda a través de una organización benéfica que apoya la formación académica de las chicas de color, así que ignora que procede de Edward. Por su trabajo en el hospital, Lacey ha aprendido a moverse bastante bien en asuntos administrativos, y se le han ocurrido varias tapaderas ingeniosas para repartir las contribuciones. Se puso en contacto con el club botánico del señor Arundhi, al que donó una determinada suma con la condición de que el director jamás se enterara de su origen. El club ha construido un invernadero independiente donde celebrar las reuniones y exponer colecciones particulares, incluida la notable colección de helechos de la Costa Este. También ha fundado una pequeña organización benéfica comprometida con los supervivientes de las tragedias. A través de esta organización han ayudado a quienes Edward ha querido, como por ejemplo a Gary y a la fundación dedicada a la conservación de las ballenas para la que trabaja, a Lolly Stillman, a la monja y a los tres niños de la fotografía de la que Shay nunca se despega.

El aire acondicionado del coche funciona cuando quiere, de modo que no suelen usarlo, y eso que normalmente están a treinta y dos grados. Van por las autovías a toda velocidad, con la melena de Shay, otra vez castaña, al viento. Cuando le toca a ella conducir y escoger la música, pone hip-hop. A veces acompaña las piezas con *beatbox*, que a Edward le hace mucha gracia. Si conduce él, elige lo que oyen dependiendo de su estado de ánimo: a veces pone un *podcast*, otras a Bach y otras no pone nada.

La ceremonia de graduación del instituto fue hace dos semanas, bajo una carpa blanca, en la cima de una colina. El director Arundhi les hizo entrega de los diplomas. Entre los asistentes se encontraban el doctor Mike, la señora Cox, Lacey, John y Besa. Ya hace seis meses que el psicólogo le dijo que no tenía que volver a la consulta, y a Edward lo sorprendió alegrarse tanto de verlo en la ceremonia. La señora Cox le regaló un ejemplar del poemario que su hijo acababa de publicar. Edward y Shay sonrieron de oreja a oreja cuando rasgó el papel de regalo. «Harrison tiene mucho talento», dijo la señora Cox sosteniendo el libro para que todos vieran la portada. «Ha ganado el Premio Walt Whitman, un galardón muy prestigioso.»

Finalizada la ceremonia, se fueron juntos a cenar a un sitio elegante, y todos los adultos bebieron mucho vino, menos la señora Cox, que optó por los martinis. El doctor Mike y el señor Arundhi estuvieron hablando un buen rato sobre una temporada de béisbol que los marcó a ambos de niños. La señora Cox los entendió mal cuando hablaban de los Mets y contó a todos las exposiciones que había visto aquella temporada en el Met. Dejaron tomar una copa de vino a Edward y Shay por lo especial de la ocasión.

Durante el postre, Edward los sorprendió a todos, e incluso a sí mismo, levantándose para pronunciar un brindis. Lo conmovió el mero hecho de ver a sus allegados prestándole atención. «Quería daros las gracias a todos y cada uno de vosotros. Gracias, de corazón», les dijo. Shay alzó la copa y todos la imitaron y, posiblemente, se emocionaron un poco. John miró a Lacey y dijo: «Lo hemos conseguido». Lacey, cuyos ojos brillaban, húmedos por las lágrimas, se rio y contestó: «Sí, supongo». Se inclinó a besar a su marido, Edward volvió a sentarse y todos aplaudieron.

En Colorado, Shay y Edward llegan al hotel más cercano al lugar del accidente y se registran. El recepcionista los mira como si dudara de que sean mayores de edad. Llevan encima el carné de identidad, pero al final el hombre se encoge de hombros y no se lo enseñan. Los dos amigos se han pasado varias semanas en un tira y afloja con los adultos para que los dejasen hacer el viaje.

«Espera uno o dos años. ¿Por qué tanta prisa? *Solo tienes dieciocho*», decía Besa.

«A los dieciocho te consideras mayor, pero no es así. Necesitas más experiencia al volante para un viaje tan largo», decía Lacey.

«Tengo que ir antes de empezar en la facultad y tengo que hacerlo yo solo con Shay», alegaba Edward. No tenía ningún motivo mejor que exponer. Simplemente sabía que debía hacerlo y que no podía esperar.

Shay y él empezarán la carrera en otoño. Tal y como había predicho ella, lo habían admitido en todas las universidades por las que había optado, pero solo había optado por las mismas que Shay. Luego había esperado a que su amiga escogiera para matricularse en la misma.

Al final Besa les dio permiso porque Shay le prometió que respondería a todas las llamadas y a todos los mensajes que le enviase. Su madre le instaló en el teléfono una aplicación de rastreo. «Así, si os perdéis, podré ir a buscaros.»

Los dos amigos nadan en la piscina cubierta. Les han dado dos habitaciones contiguas, así que después juegan a las cartas en la cama de matrimonio de Edward. Comen en el restaurante de al lado del hotel. Al día siguiente, antes de que el sol haya terminado de salir, se suben al coche y, doce minutos después, llegan al lugar del accidente. Edward tiene náuseas mientras se acercan. El viaje ha sido idea suya, pero sigue sintiendo que no le quedaba otra que hacerlo. Se pregunta si es una buena idea volver al lugar del que escapó de milagro. ¿Y si esta vez no consigue abandonarlo? En sus pesadillas el prado lo mira fijamente y se lo traga de un bocado.

Hay un pequeño aparcamiento de tierra. En el cielo conviven el rosa y el amarillo; el sol continúa su ascenso. No hay nadie. Planificaron la visita para un martes porque Shay investigó y se enteró de que era el día con menos afluencia de público.

«No vaya a ser que alguien te reconozca», dijo. Habían leído un artículo en internet acerca del monumento y se enteraron que gracias a esta obra el joven escultor se había hecho famoso. En él se comentaba también que la gente se acercaba a cualquier varón de entre catorce y treinta años que visitaba el lugar para preguntarle si era Edward Adler.

Una valla de madera separa el aparcamiento del prado. Edward sale del coche. Toma varias bocanadas de aire puro. Delante de él, en el centro del prado, se alza la escultura. Una bandada de ciento noventa y un gorriones plateados unidos para dar forma a un avión en pleno despegue.

—Qué preciosidad... —murmura Shay.

Se acercan. La hierba crecida les acaricia los tobillos. Llevan pantalón corto y sudadera. Edward llega a la cola del avión de pájaros y se detiene a contemplarla. Los gorriones plateados se alejan de él. Los de más abajo están a su alcance. El monumento es más pequeño de lo que parecía en las fotos. No tiene el tamaño de un avión comercial, sino de una avioneta.

Edward lo rodea. Aparte de la escultura no hay ninguna otra señal del accidente. El prado se extiende en todas direcciones. Ve la carretera por la que han llegado, el coche y el amplísimo cielo color pastel. Hay tanto cielo que sus proporciones le parecen erróneas, como si el horizonte contuviera casi todo el planeta.

—Edward —dice Shay. Su amiga se encuentra en la parte delantera de la escultura, donde los pájaros están más altos. Hay un poste metálico con una placa. Edward no se mueve, ya lo sabe todo: la fecha, el número de vuelo y el número total de personas que perdieron la vida.

En el artículo que leyeron había una fotografía de la inauguración del monumento. Unas cincuenta personas rodeaban a los pájaros. Los familiares de las víctimas con la cabeza alzada, observando mientras apartaban la tela que cubría la escultura. Todos los tonos de piel y todas las edades tenían su lugar entre el público. La única que no prestaba atención al monumento era una pequeña de pelo rizado que, a gatas, examinaba la hierba.

Edward estuvo un buen rato mirando detenidamente la fotografía. Se centraba especialmente en las caras, tratando de identificar a la abuela de Benjamin Stillman, al hombre que recorría el país buscando la reencarnación de Florida, a Harrison el poeta.

—Vamos a sentarnos en la colina —propone ahora.

Shay estuvo repasando los alrededores del monumento en los mapas de Google y encontró una colina situada a unos cuarenta y cinco metros. Es un buen sitio para descansar y, en caso de que hoy venga alguien más, difícilmente se acercará allí.

Edward se sienta en la cima o, mejor dicho, se deja caer en ella, porque las piernas le flaquean. Se siente raro, pero eso es algo que ya esperaba. De hecho, casi esperaba que el prado se abriera y se lo tragara para rectificar su error. Es consciente, como si tuviese un reloj dentro, de un nanosegundo en concreto de hace seis años transcurrido justo encima de donde ahora tiene la cabeza. El efímero momento final en que el avión seguía siendo un avión y los pasajeros aún vivían.

Edward fue el único que superó aquel nanosegundo, y aquí está otra vez. Tiene los ojos de su madre, es más alto que Bruce y Jordan, y es capaz levantar su propio peso en el banco de pesas del gimnasio. Al venir aquí ha cerrado un círculo. Cuando se marche, puede llevarse ese círculo, puede llevarse todo lo que contiene este momento y este lugar.

Cierra los ojos. Es el niño sujeto al asiento de un avión que se agarra a su padre y a su hermano, y es el joven sentado en el sitio donde el avión se estrelló. Eddie y Edward.

Abre los ojos y se da cuenta de que la fotografía del artículo se hizo desde este ángulo. Puede que el autor subiese a la colina con un teleobjetivo. Al final Edward no identificó a nadie de la fotografía. Sabía cómo eran los muertos, pero no los vivos. ¿Los padres de la doctora pelirroja eran pelirrojos? Ni idea. Había unas cuantas ancianas de tez oscura, ¿cuál de todas guardaba relación con el soldado Stillman? ¿Cuántos de los presentes le habían escrito una carta?

La hierba ondea y brilla con las personas que murieron ese día y sus familiares, que se acercaron a ver los pájaros que reflejan la luz como cucharas de plata bruñida. «Madame Victory tenía razón: no soy especial. No he sido elegido», piensa Edward.

—Tuviste suerte —dice Shay, apoyada en los codos.

Edward la mira, porque ha dicho lo que él estaba a punto de decir.

—Yo también tuve suerte, mucha suerte de que tú fueses el superviviente —añade ella.

Aunque tiende instintivamente a restar importancia a lo que le ha dicho, es más sabio y decide no hacerlo. La presencia de Edward es para Shay lo que la pérdida de Jordan es para él. Sabe que la muerte de su hermano lo acompañará siempre aunque vaya dejando atrás el recuerdo de sus padres. En cualquier caso se habría hecho mayor y se habría separado de ellos, como se separará de sus tíos cuando se marche a la universidad en otoño. Es ley de vida. Sin embargo, Jordan y él habrían seguido juntos, su destino era envejecer los dos. El dolor por esa pérdida nunca se aliviará. Objetivamente sabe que, sin él, la vida de Shay se habría tejido con otros momentos, otros amigos u otra falta de amigos, otras peleas con Besa, otros libros y otras luchas.

—Podría haber seguido planeando escaparme y sin hacerlo nunca. No habría escrito a esos niños —comenta Shay, como si de nuevo le hubiese leído el pensamiento. Mira al cielo—. Habría sido peor de lo que soy.

Shay es de la manera que es a causa de él, que si vive en lugar de sobrevivir meramente es gracias a ella. Se pregunta si los científicos que trabajan con el Gran Colisionador de Hadrones esperan descubrir, aparte de lo que hay en el aire entre dos personas, cómo ese aire cambia por dentro a esas personas. Le parece oír a su profesor de ciencias: «El espacio que hay entre nosotros no está vacío».

La brisa le acaricia las mejillas; los gorriones plateados apuntan hacia el cielo. Los dos amigos contemplan el espectáculo. Cuando Edward mira a Shay, ve que lo ella está mirando. Se le marca el hoyuelo de la mejilla.

—¿Qué significa cuando se te marca el hoyuelo? —le pregunta.

Ella no responde, pero la conversación tácita que fluye constantemente entre ellos es ruidosa. Shay es la niña que llevaba un pijama de nubes rosadas la primera vez que entró en su habitación y es la mujer que dará a luz a la hija de ambos dentro de diez años y es esta joven dispuesta a ofrecérselo todo.

Edward oye mentalmente a su hermano. Jordan le dice que no pierda el tiempo, que no desperdicie el amor. Ve a Shay inclinándose hacia él. Cuando lo besa, borra el cielo entero.

Agradecimientos

Una de las mayores sorpresas y alegrías de la maternidad ha sido ver lo mucho que se quieren mis hijos. Los dos hermanos de esta novela no se parecen a ellos, pero el amor que se profesan es el fiel reflejo del que se profesan mis niños. Gracias, Malanchy y Hendrix, por enseñarme que hay más clases de amor.

Quiero dar las gracias a la abogada Alicia Butler, que me ha ayudado a entender «quién se lleva qué» cuando un avión se estrella. Si hay algún error en lo referente a eso, es exclusivamente mío. También quiero dar las gracias a mi amiga Abbey Mather por ponerme en contacto con Alicia. Gracias a Frank Fair por explicarme cómo funciona el ejército. No tiene precio todo lo que me ayudó Robert Zimmermann con los aviones y el pilotaje. Respondió a todo lo que le pregunté cuando empezaba a escribir la novela y me ayudó a corregir los errores que acabé cometiendo. Si alguno queda, es por mi culpa.

Mi agente, Julie Barer, es una verdadera maravilla; estoy muy agradecida por el hecho de que forme parte de mi vida. Quiero dar las gracias tanto a ella como a los miembros de The Book Group por ayudarme y apoyarme. Jenny Meyer, Caspian Dennis, Nicole Cunningham y Heidi Gall merecen una mención especial.

A Whitney Frick le gusta este libro tanto como a mí y me guio en su edición, un proceso realmente precioso. Me alegro de que sea mi editora. Susan Kamil es brillante, y agradezco haber tenido la oportunidad de trabajar con ella. También quiero dar las gracias a Clio Seraphim por lo que ha trabajado en la novela. Me encanta que, en el Reino Unido, el libro esté en manos de Venetia Butterfield, de Viking Penguin.

Brettne Bloom y Courtney Sullivan creen incondicionalmente en mí y en mi trabajo, lo cual es un gran regalo. Las quiero. Stacey Bosworth y Libby Fearnley pertenecen a la misma categoría, y les estoy también muy agradecida. Tengo la suerte de estar rodeada de mujeres valientes y estupendas.

Mis padres me han apoyado siempre. Ser su hija ha sido un regalo para mí. Nadie me ha ayudado más que Cathy y Jim Napolitano. Mi sobrina Annie me pidió que le diese las gracias en la novela, así que: ¡Annie, gracias! También quiero dárselas a Katie.

Me encanta trabajar en *One Story* (¡a qué esperas para suscribirte!), por los compañeros. Quiero dar las gracias a Maribeth Batcha, Lena Valencia y Patrick Ryan. Fui una de los cientos de personas que amaron a Adina Talve-Goodman. Debería haber escrito muchos libros, haber brillado en muchas sobrecubiertas, por lo que quería nombrarla. Te echo de menos, Adina.

Hellen Ellis, Hannah Tinti y yo somos un escabel de tres patas. Nos leemos mutuamente desde 1996 y, cuando reviso lo que escribo, me parece oírlas. Todo sería distinto, y peor, de no ser por ellas.